送你一束玫瑰花

蒋亚林/著

中国书籍出版社

图书在版编目（CIP）数据

送你一束玫瑰花 / 蒋亚林著. —北京：中国书籍出版社，2014.3
（中国书籍文学馆·小说林）
ISBN 978-7-5068-3958-7

Ⅰ．①送… Ⅱ．①蒋… Ⅲ．①小说集—中国—当代 Ⅳ．①I247

中国版本图书馆 CIP 数据核字（2013）第 305305 号

送你一束玫瑰花

蒋亚林　著

图书策划	武　斌　崔付建
特约编辑	陈　武
责任编辑	杨铠瑞
责任印制	孙马飞　张智勇
出版发行	中国书籍出版社
地　　址	北京市丰台区三路居路 97 号（邮编：100073）
电　　话	（010）52257143（总编室）（010）52257153（发行部）
电子邮箱	chinabp@vip.sina.com
经　　销	全国新华书店
印　　刷	北京富达印务有限公司
开　　本	710 毫米 ×1000 毫米　1/16
字　　数	231 千字
印　　张	18
版　　次	2014 年 6 月第 1 版　2014 年 6 月第 1 次印刷
书　　号	ISBN 978-7-5068-3958-7
定　　价	36.00 元

版权所有　翻印必究

序

李敬泽

"中国书籍文学馆",这听上去像一个场所,在我的想象中,这个场所向所有爱书、爱文学的人开放,不管是白天还是夜晚,人们都可以在这里无所顾忌地读书——"文革"时有一论断叫做"读书无用论",说的是,上学读书皆于人生无益,有那工夫不如做工种地闹革命,这当然是坑死人的谬论。但说到读文学书,我也是主张"读书无用"的,读一本小说、一本诗,肯定是无法经世致用,若先存了一个要有用的心思,那不如不读,免得耽误了自己工夫,还把人家好好的小说、诗给读歪了。怀无用之心,方能读出文学之真趣,文学并不应许任何可以落实的利益,它所能予人的,不过是此心的宽敞、丰富。

实则,"中国书籍文学馆"并非一个场所,它是一套中国当代文学、当代小说的大型丛书。按照规划,这套丛书将主要收录当代名家和一批不那么著名,但颇具实力的作家的长篇小说、中短篇小说集和散文集等。"中国书籍文学馆"收入这批名家和实力作家的作品,就好比一座厅堂架起四梁八柱，这套丛书因此有了规模气象。

现在要说的是"中国书籍文学馆"这批实力派作家，这些人我大多熟悉，有的还是多年朋友。从前他们是各不相干的人，现在，"中国书籍文学馆"把他们放在一起，看到这个名单我忽然觉得，放在一起是有道理的，而且这道理中也显出了编者的眼光和见识。

当代文学，特别是纯文学的传播生态，大抵集中在两端：一端是赫赫有名的名家，十几人而已；另一端则是"新锐"青年。评论界和媒体对这两端都有热情，很舍得言辞和篇幅。而两端之间就颇为寂寞，一批作家不青年了，离庞然大物也还有距离，他们写了很多年，还在继续写下去，处在最难将息的文学中年，他们未能充分地进入公众视野。

但此中确有高手。如果一个作家在青年时期未能引起注意，那么原因大抵有这么几条：

一、他确实没有才华。

二、他的才华需要较长时间凝聚成形，他真正重要的作品尚待写出。

三、他的才华还没有被充分领会。

四、他的运气不佳，或者，由于种种原因，他的写作生涯不够专注不够持续，以至于我们未能看见他、记住他。

也许还能列出几条，仅就这几条而言，除了第一条令人无话可说之外，其他三条都使我们有足够的理由对这些作家深怀期待。实际上，中国当代文学的丰富性、可能性和创造契机，相当程度上就沉着地蕴藏在这些作家的笔下。

这里的每一位作者都是值得关注、值得期待的。"中国书籍文学馆"

收录展示这样一批作家，正体现了这套丛书的特色——它可能真的构成一个场所，在这个场所中，我们不仅鉴赏当代文学中那些最为引人注目的成果，而且，我们还怀着发现的惊喜，去寻访当代文学中那相对安静的区域，那里或许是曲径幽处，或许是别有洞天，或许是，众里寻他千百度，蓦然回首，那人却在，灯火阑珊处……

目 录

二月的少年
001 ◀

送你一束玫瑰花
011 ◀

真想杀了他
021 ◀

钢琴之殇
033 ◀

白　鸽
043 ◀

任红曾经爱过的几个男人
048 ◀

最后一个离开肯德基店的老人
068 ◀

秋风叙述
074 ◀

乡村的围剿
087 ◀

目录

青　烟
▶ 099

奶奶讲的故事
▶ 115

遥远的青山
▶ 123

都是为了你，宝贝！
▶ 137

校　园
▶ 148

南下列车
▶ 171

飘逝的红纱巾
▶ 183

非常杀戮
▶ 197

白光情结
▶ 216

捕　捉
▶ 246

二月的少年

少年王小民十二岁那年，在镇上中心小学读四年级。二月的一天，班主任薛老师走进教室，身后跟着一个女孩。目光顺着，抿着嘴，头微微低着，肩上斜斜地挎一只黄帆布大书包。这种书包在上世纪六七十年代挺流行挺时髦，好些宣传画上红卫兵小将腰间挎的都是它，它是革命的象征，毛主席的好战士的标志，让人有点眼红羡慕。教室里本来乱哄哄的，这时立刻静下，静得没有一点声音，几十道目光刷地聚向前面。薛老师向大家介绍，她叫夏小敏，是随她父母工作调动从外地转来的，从今以后，就是你们的同学了。薛老师讲完，同学们并没有噼里啪啦鼓掌欢迎，几十双眼睛仍然睁得大大的，一动不动盯着夏小敏。

夏小敏被安排跟张得贵坐。张得贵是班上一号调皮大王，上课做小动作，讲话。一次课上得好好的，从他抽屉里"呱呱呱"蹦出一只青蛙，一直蹦到讲台上，弄得半节课没法上。王小民一向觉得张得贵是个坏孩子，平时不大跟他玩，心里甚至有点看不起他，但此刻却对他有点羡慕。

王小民不知道为什么，自从夏小敏转到班上后，无论课上课下，总经常往她座位上看。王小民坐在第二组中间，跟夏小敏斜斜地只隔着两张桌，课上，王小民只要稍微一歪头就看到她了。夏小敏穿一件红灯芯绒裥子。关于"灯芯绒"的知识，王小民正是从夏小敏进入班上以后才慢慢开始形成的。王小民搞不清那灯芯绒是紫红、水红、银红，还是橘红，但反正是一种最好的红，而且越看越好看，好像这世上最美最艳的颜色就数它了。夏小敏讲一口标准的普通话，语文课上，薛老师总爱喊她读课文。夏小敏往起一站，大大方方，一点儿不紧张，读书的声音不高不低，不紧不慢，像广播一样好听，每当这时，王小民总是双手捧书，两眼紧盯课文，一字不落地追随着夏小敏阅读的步伐。王小民在班上是好孩子，各门功课一向优秀，可最近以来，课上却经常注意力不集中，回答老师提问，驴唇不对马嘴。一次上算术课，王小民暗暗用指甲在手面上掐了一道深印，严正警告自己：不许往夏小敏那边看！不许！不许！可不知不觉间，两眼又转了过去，目光落在了夏小敏的辫子上。夏小敏两根辫子长长的，被红红的灯芯绒裥一衬，显得很黑，很亮；夏小敏低头写字时，辫子不时微晃一下，有时还左右滑动。王小民正看得发呆，算术老师叫他名字了，他恍恍惚惚站起，却发现同学们都奇怪地望着他，接着哈哈大笑。王小民愣怔了半天才搞清，老师喊的是夏小敏，根本不是他。王小民脸呼地一下红了，红到耳根，红到脖子，一直红到衣领，甚至袖子，真恨不得地上裂开一道缝，一头钻进去！

　　夏小敏的出现，使王小民的生活发生了很大变化。王小民的家在离小镇不远的一个叫月塘的村子里。以前放学回家，王小民总与张家庄的几个同学结伴走，绕上好远好远的路，原因很简单，人多热闹好玩。剩下一个人，就抓一根棍子在手，沿途"叭！叭！叭！"敲打路边的杨柳或刺槐，嘴里还数数：一，二，三，四，五……可如今，王小民不再绕着道儿陪张家庄的同学一起走了，即使他们喊他玩"八路捉鬼子"也不干。他这回家的一路上的杨柳与刺槐也不再遭受棍棒的敲打了，因为他的手中不再握有那调皮的像小马鞭一样的玩意儿。你看他，挺着胸，两手捏成小拳，脚步"喳！喳！喳！"要不是揣着许多布丁，由他哥哥淘汰下来，背带略微长一些的旧书包一颠一颠磕打着屁股，完全就是一个雄赳赳气昂昂的八路军小战士！他脸蛋微泛红光，一双晶晶亮亮的眸子闪着云霞，迎面而来的行人车辆全看不到。不必说，此刻王小民脑子里满是夏小敏。他觉得夏小敏就在身边，她看着他呢，她对他含着笑呢。王小民只觉得立在一片云端，在飞，在飘，周围尽是阳光！鲜花！风！班上所有的同学都在朝他鼓掌！他做了全校的少先队大队长，"六一"儿童节，他领着全班同学向鲜艳的少先队红旗敬礼！他成了小英雄雨来，把鬼子引入八路的包围圈，然后身子一跃，挺漂亮地一头扎进大河！不，他是龙梅和玉荣，为保护公社羊群与暴风雪英勇搏斗……

王小民这么想着，不知不觉走进一片桃林。

王小民没有想到，就这条自己每天来来回回走上好几趟的路上，竟有一片桃林！好大好大的一片桃林呀！桃花原来有两种颜色，粉白，淡红，都很好看。桃花都很性急，桃树的叶子还没有长出，那紫紫的，米粒大小的花骨朵儿就在那乌油油变软发绿的桃枝上挤满了。王小民吧嗒吧嗒眨着眼，只觉得这满世界都是新的，亮的，美丽的。王小民使劲嗅了嗅鼻子，发现空气毛绒绒的，湿扑扑的，满是香味！

王小民往前走着走着停下了。

松松的、黑黑的、正在冒油的地上，一只小蚂蚁很费劲地拖着一粒白白的东西（那一定是什么好吃的，相当于糖呀肉包子呀之类）在往前爬。王小民从未发觉，蚂蚁原来也很可爱，运起财物来很滑稽很卖力。王小民对着蚂蚁发了一会呆，捡起一块瓦片，用尖尖的角在地上写——

夏小敏夏小敏夏小敏

夏小敏夏小敏夏小敏

夏小敏夏小敏……

王小民不知道怎样走回家的。家里空空静静。王小民突然发现，家里灰灰的，暗暗的，既不干净，又不敞亮。王小民在堂屋里站了不一会，就去找笤帚。王小民先是扫堂屋，接着扫卧室，爸爸妈妈的扫完，接着扫哥哥与他的；卧室扫完，又扫灶房，扫院子，角角落落没一处不扫到。院子里泥地，灰灰白白，有些潮湿，高粱秸笤帚重重地扫下去，地面上落下一道道弧形的印子。王小民忙乎了半天，忙得两只大眼炯炯闪亮，脸蛋红红冒汗。傍晚时分，妈妈从地里回来，见家里整洁干净，小民伏在桌上温书，十分欢喜。

王小民在班上常跟华彭玩。华彭比王小民高一头，长得挺帅，是班上第一个嘴唇上冒出小胡子的男生。他爸是镇革委会副主任，家里比较富。华彭学习不行，算术抄王小民的，作文总抓住王小民代笔。王小民之所以有求必应，是因为他很喜欢打乒乓球，而华彭正好有一副双面胶的乒乓球拍。

这天下午，学校上了两节课就放学了，华彭悄悄对王小民说，我们到化肥厂打球去！王小民巴不得了，只是搞不懂，学校有乒乓球台，为什么要到化肥厂打？王小民心里虽这么想，但没有问。

化肥厂在镇南面，离学校挺远，王小民没有去过。化肥厂很大，在一片碧绿的农田里，粗的细的烟囱一根一根，灰的白的黄的烟一道一道冒出，在很高很蓝的天空中拖出去，漫开来，变虚，变淡，花花的。

目的地到了，俩人开始打球。王小民很奇怪，华彭今儿球打得挺臭。以往华彭不是这样的，华彭在班上球打得好是出名的，薛老师还曾经跟他对过阵呢。可今儿怎么啦？你看，球从台子上蹦到地上滚出老远他也不拾，目光一直飘忽不定，一副心不在焉的样子。到后来，眼望着远处，突然说，你晓得呀，夏小敏家就在这里。

王小民只觉得两只耳朵听错了，心里奇怪道：他说什么？他是说夏小敏家就在这？

华彭笑着用手里球拍一指，就在那边。

哪边？王小民忍不住问。

最后那一排。

王小民的目光立刻跟过去。

那是一排厂里的职工宿舍，青砖，红瓦，门一扇挨一扇。夏小敏家真的在这？哪间？哪个门？王小民眼瞪着，瞪酸了，无法猜出哪个是夏小敏的家。没法子，都一个样，一样的木板门，门板上一样有些发暗的紫红油漆，除了一两扇开着，其余都闭着，你想找到一丝儿夏小敏的迹象都不可能。王小民望着华彭想问个究竟，犹犹豫豫开不了口，到后来鼓起勇气才要开口，脸呼地一热，又忍住了。

你晓得呀，华彭笑着望着远处说，夏小敏爸爸妈妈都在化肥厂工作。

不晓得。

她老家在北方。

离北京很近吗？

不远，好像是哈尔滨。

不对，哈尔滨离北京很远的。

华彭显然对自己地理知识上所暴露出来的错误并不在意，仍旧含笑望着那排屋。

王小民追随着华彭的目光也望着那边。

很静。俩人手中的球拍一直在台子上扣着，平常挺受宠的那只小小白色的球滚出老远，寂寞地待在草地上都快哭鼻子了，西斜的太阳从院墙头上照过来，像洒下一片金粉，空气蝉翼一样透明静寂，嗡嗡地似乎有一种声响。一间宿舍的门打开了，门里走出一个人——不是夏小敏，不是，是一位老奶奶。

我们去看看她在不在家，华彭说。

王小民巴不得了，激动道，你晓得她家是哪个门？

华彭没有答他。

王小民跟着华彭往前走去，觉得华彭太了不起了！

要是她爸爸妈妈在家怎么办？王小民不安地说。

不会，厂里还没下班。

王小民觉得很有道理。此刻王小民真的觉得华彭太伟大了！

到了近前，王小民一个门一个门地盯着看。这些门虽然很简陋，颜色灰灰的，却让王小民心里有一种柔柔的嫩嫩的像草芽一样的东西冒出。

华彭停下脚步，王小民也跟着停下脚步。

天呀，这是夏小敏的家？王小民之所以这么认定，是因为就在这时，王小民眼前飘出一片红云——房屋门前的绳子上，正巧晾着夏小敏那件红灯芯绒裤子。

王小民正心跳变得急剧，身子被华彭往前一推，差一点撞到那扇闭着的门上。王小民吓得往回一缩，半羞半嗔地望住华彭。华彭诡谲地笑着，用手指指门，意思要王小民敲。王小民哪敢，身子往后缩缩，直摇头，一颗心噗通噗通都快跳出来了。到后来还是华彭勇敢，身子贴在墙后，手伸到门上，笃笃笃，急敲了三下。屋里静静，没有应声。华彭又敲，笃笃笃，声音比先前大。仍没有应声。华彭似乎有点不信，移动脚步，挨到门前又敲，敲了好多下，并捏着嗓门笑着叫，开门呀，我是王小民，薛老师要我来找你的！急得王小民躲在后面连摇华彭身子。

没说的了，夏小敏不在家。

可是，为什么不在家？

为什么？

为什么？

回转的路上，俩人都耷拉着个头，唉声叹气。

天已黄昏，西斜的阳光照过来，稀黄无力水一样淡薄，路边青草被风吹得歪歪倒倒，霜打过一样没精打采。一块石头子儿被俩人你一脚我一脚地轮流踢，骨碌碌在路上滚，蓬起一团团黄尘。

这之后不久的一天，王小民对夏小敏突然有了一个新发现。

那天上体育课，王小民被薛老师喊到办公室突击抄一篇参赛作文

《我和高玉宝比童年》。高玉宝是万恶的旧社会的一个穷孩子，小小年纪就在地主老财家做长工，过的是猪狗不如的苦日子。王小民想想自己，身为红太阳光辉照耀下的红小兵战士，吃得饱，穿得暖，每天背着书包来到学校读书学习，实在是太幸福了。作文抄好回教室，远远发现操场边的一张乒乓球桌围了一大圈人，特别热闹，心想，可是华彭又跟薛老师打球了？王小民记得上次华彭跟薛老师打球，里三层外三层围了许多人，就是这架势。

　　王小民到了跟前才发现，今儿跟华彭打的不是薛老师，而是夏小敏。

　　天呀，夏小敏原来会打乒乓球！王小民太惊讶了，惊讶之后，接着就高兴！夏小敏喜欢打球，王小民也喜欢，这以后可以一起玩了。夏小敏不光会打，而且打得挺好，遇上高抛球，居然"唰"地抽上一板子。王小民两眼发亮，先是盯着夏小敏，接着又转向华彭。华彭脑门上浮着汗，眉眼与嘴巴都是笑，一脸的兴奋与得意。王小民望着望着，心里都有点嫉妒了。王小民身子往前站了站希望华彭看到他。王小民数学作业给他抄，又不止一次帮他写作文，打乒乓球华彭一向都把王小民排在前面，王小民总以为这一局打完，华彭会把拍子给他。王小民这么希望着的同时，心里又有顾虑，这么多同学，自己真跟夏小敏打，会不会紧张？王小民这么想着，脚步竟然往后挪了挪，似乎不太想被华彭看到了。

　　正在这时，体育老师吹起口哨，同学们纷纷离开球桌回操场站队。王小民禁不住一阵后悔，怪自己刚才抄作文太慢，中途不该偷看薛老师压在包下的一本叫《贵族之家》的小说，硬把时间给白白耽误了。

　　这之后，夏小敏还打过两次球。一次仍跟华彭打，一局打完，夏小敏输家下台，王小民没办法，只得跟华彭打。王小民虽然跟夏小敏没打成，但接过拍子时，因为从球拍的柄子上感觉到了夏小敏留下的微微手温，心里便有了一种特别的感觉。另一次夏小敏是跟张得贵打。张得贵没有球拍，球拍是跟华彭借的。张得贵借过一次还想借，华彭不肯了。

　　乒乓球拍供销社里有得卖，最普通的一种，三块八一副，可是班上近五十个同学中只有华彭有。也怪不得父母，一副球拍三块八，三块八在那年头可是一个不小的数，用它可以买 5 斤猪肉，或者 20 斤米，可买乒乓球拍，既不能当饭吃，又不能当衣穿，怎舍得？学校器材室当然有，可不是体育课，谁也别想沾边。

这之后不久，一件意想不到的事发生了——华彭的球拍不见了，准确地说，是被人偷去了。

薛老师在班上查问时，王小民坐在位置上悄悄想，偷，这是个多可怕的字眼儿，这不就是说，班上出现了小偷？是谁做的这种缺德事？谁呀？王小民想不出。华彭球拍被偷，王小民内心当然惋惜，但这种惋惜与其说是为华彭，不如说是为夏小敏，道理很简单，因为夏小敏喜欢打乒乓球，球拍一丢，夏小敏在课间就失去了若干打球的机会。

王小民于是暗下决心：我要做一副球拍！

木器厂在小镇东头，从围墙外经过，可以闻到一股浓浓的腥甜潮湿的锯末屑子的气味从里面飘出，王小民跟同学到里面转过。星期天，木器厂休息，王小民在厂后面小树林转了半天，心噗通噗通跳，最后趁薄薄的暮色，野猫似的爬上院墙头，从拐角处的一个小豁口滑溜进去。木器厂的锯木场在院子的西北角，那儿有一个小山似的锯屑刨花堆。王小民跑过去往下一蹲，急急地在上面扒！翻！锯屑飞起来，飞到裤上飞进鞋帮还有几星飞到眉间鼻头与嘴上。王小民伸出舌头舔了舔，湿湿的有一股腥甜，"呸呸"吐了吐。王小民扒到一块作业本大的板子。小了，不够做球拍，挺可惜地丢下。王小民继续扒，终于扒到一大块。王小民心都快要蹦出来了。

王小民将锯屑堆里扒到的两块废木板夹在腋下，慌慌张张爬上墙头。传达室的老头发现了，声音沙哑地骂，小兔崽子！站住！气喘吁吁追来。王小民一条腿在墙里，一条腿在墙外，正做骑马状，骇得身子和那两块木板一起乒丁乓当滚到墙外。王小民在准备好木板的当日，就去了附近一家供销社。进了供销社玻璃门，王小民像一只陀螺在柜台前转了半天，最后脸红红地叫了声营业员阿姨，结结巴巴说明了来意。女营业员见他有礼有貌，样子可爱，就弯腰从玻璃柜台里拿出一副球拍，让他把球拍放在带来的一张纸上描下样子。

王小民离开供销社后几乎是一路跑着跳着回家的。王小民爸爸虽然不是木匠，但家里有两根旧钢锯条。一连好几天，王小民放学回来飞快地做好作业，立刻就用钢锯条锯起木板。钢锯条是锯钢的，锯齿过细，锯木板锯得慢，牙黄的木屑落到桌上，落到鞋上，细粉似的。两天锯下来，本来锈迹斑斑的旧锯条已变得雪亮。看着逐渐成形的球板，王小民心里忍不住兴奋，晚上在被窝里摸着手指上被锯条勒出的痛痕，甜甜地进入梦乡——

王小民，你真的有一副拍子啦？夏小敏走到王小民课桌前惊诧地问。

有。你想打球吗？

想，我想跟你打！

真的？

真的。

打过了，球拍就放在你那，你想什么时候打就什么时候打。

你可不是哄我？

不是！

你真是太好了太好了！

……

紧接着，王小民闯祸了。王小民在锯球拍时，不知怎么搞的，把吃饭的桌子锯掉了一角，而几乎与此同时，因超负荷工作滚烫发热的钢锯条"叭"地迸断，王小民的手被划破一大块，血流如注……

王小民爸爸傍晚扛着锹从地里回来，见地上有一块没有擦净的血迹，小民手上粗粗糙糙包着一大团破布，喝问怎么回事？王小民吞吞吐吐，只说削铅笔不小心把手指弄破了。爸爸没等他说完，一个巴掌甩过去，骂道，小龟子儿，你现在也学会说谎啦，削铅笔怎么把桌角削掉啦！

第二天，伤口感染，发起高烧，王小民被爸爸背到公社卫生院。医生看了伤口，脸一下拉长，责怪王小民爸爸延误了时间，有破伤风病毒感染的危险。于是立刻住院，化验，打针，挂水，不亦乐乎……

王小民身体恢复是在一个星期之后。王小民回校上课的那天心情特别好，原因是，他的那只布丁擦布丁的破书包里，有一副爸爸帮他最后完工，做得很精致很光洁的乒乓球拍。如今，这副球拍，应该是班上唯一的一副新球拍了！

可是早读课上，王小民发现张得贵旁边夏小敏坐的那个位置空着。

夏小敏上哪去了？

早操做完，第一节课的铃声响了，王小民早早回到教室，夏小敏的位置还是空的。

第二节课，夏小敏还是没来。

夏小敏一天没来。

直到后来王小民才搞清，夏小敏转学走了。夏小敏的父母到一个新的地方工作，夏小敏跟着走了。

王小民一颗心一下空掉了。

一天放晚学，轮到王小民值日，另两个值日的同学各扫完一组跑掉了，剩下王小民一人。校园里空空的，晚霞的余晖从教室的玻璃窗上落进来，教室里朦胧而辉亮。顺完桌椅临锁门，王小民对着空荡荡的教室站了半天，目光禁不住落到夏小敏曾经坐过的那个位置上。王小民轻轻走过去，呆呆地站住，抬起一只手，小心翼翼摸着桌边，接着在夏小敏曾经坐过的椅子上轻轻坐下。王小民脸烘烘地热，心怦怦地跳，恍惚中似乎看到了夏小敏鲜艳的红灯芯绒褂，看到了她皮肤很白的脸蛋和那圆圆的大眼睛……

两颗大大的泪珠从王小民眼中滑下……

送你一束玫瑰花

　　双休日中午，海与安安吃过饭没什么事，上床睡午觉。这是他俩的一个习惯，这习惯是在结婚之后两年多里逐步形成的，至如今已基本雷打不动。海在床上躺了一个多小时，半点儿没睡意。海睡不着，却不乱动，身子平平地躺着，一如止水，这在安安是一辈子做不到的。安安要是睡不着，她会让你也睡不着，你想睡也不成，管你乐意不乐意，她会钻到你被窝里，跟你云里雾里乱说，嗡嗡嗡，嗡嗡嗡，像只小蜜蜂。海睡不着，听觉就变得特别灵敏，安安的浓鼾便如春蛙之鸣声声入耳，并在不太宽敞的耳鼓中激起一阵阵婉转有致起伏不断的回荡。海很羡慕安安的能睡，尤其连续几天的失眠像小绳子一般勒得海几乎喘不过气来的时候，这鼾声对于海简直类似于一种仙乐，内心的羡慕每每升级为一种嫉妒。

　　安安醒了，很响地翻转着身，四肢大大地摊开像一片阳光下的沙滩。

　　你又没睡着？安安问。

　　没有。

真差劲。你猜我刚才做什么梦了？

海头没有转，目光瞥了瞥，发现安安脸红红的，眼睛很亮。

我怎么猜得出。

安安利索地掀开海的被子鱼似的钻进来。

不行嘛，我要你猜！安安发嗲道。

海很熟悉这样的情形，心里说，这还要猜，无非是一个低级的性梦。但嘴上却说，对不起，我真的猜不出。

安安一下变成一条娇软蠕动的毛毛虫伏到海的胸脯上，热乎乎的唇附到海的耳边嘘嘘吹气：我、想、跟、你、做、爱……一只手同时急乎乎往海的下身游去。

海回想了一下，发现已有一个星期不和安安做爱了。海对此十分诧异。一个星期虽不是一个月、一年，但对年轻夫妻来说，也已漫长得有点不自然不真实滑稽荒唐甚至接近于危险可怕的境地了。于是，海觉得今儿应该做一下，好好做一下，很有激情很有质量地做一下，就像人们所说的"小别赛新婚"的那种。这么想定了之后，海就整个放松着自己，并努力唤醒所有心理上与生理上的小精灵，让它们热情地迎接安安所给予的每一个细腻微妙的触动与撩拨。以往这时，安安一双温柔而富有灵性的小手，会像国际顶级钢琴大师，把海身上的每个琴键弹奏出悦耳动听的乐声，最终使整个钢琴激扬出一大片海涛奔腾般的轰鸣与喧响，可今天，海失败了。海无可奈何地发现，此刻他越是想集中注意力，心神却越是涣散，好些乱七八糟莫名其妙的事明灭闪烁跳跃不定地直往脑子里拥，乱草似的，搞得你心不在焉恍恍惚惚像一锅粥。海很不满意这种状态。——这是一种糟糕透顶可恶之极的状态！海最近以来不止一次陷入这种状态。海很想摆脱它，可是海觉得这简直是一个怪圈，你越想逃避它越是把你罩住，冥冥之中分明有一只怪异的手在将你拨弄。

怎么啦？安安不解地问。

我……没怎么。

那为什么？

是呀，为什么呢？海也禁不住暗暗问自己。海见安安手支香腮侧着身子，猫似的静静地盯着自己脸，心中不由有些慌乱。海不想让安安看到自己的脸，因为海知道此刻自己的眼睛里有一种极其脆弱的东西正无法掩饰地往外冒，可是安安如此近距离地逼视，使他根本无法逃避。海实在是狼狈极了，其状态就像大白天里一只不幸落在街上的老鼠被无数眼睛追踪逼视，只恨找不到一个洞钻进去。

安安挺绵软挺热烈的身子终于慢慢退潮了。安安说，我不想睡了，就坐了起来。安安在说这话时，海发现她刚睡醒时飘在脸蛋上的那两朵潮红褪去了，代之而起的是几道枕头硌出的细细长长漠然无欢的白印子。海没说什么，一动不动地躺着，心理上的尴尬却野草般地悄然疯长。海感到憋闷。海实在不满意这种状态。海觉得这是一件糟糕透顶的事！真他妈的糟糕透顶极了！海忍不住想骂娘！想操他祖宗！海硬是强迫着自己躺着没动。可到后来，海觉得这么躺下去简直没来由无意义不折不扣是他妈的虚伪，于是掀开被子坐起，取过床里的羊毛衫朝头上套。

电视打开了，安安在看电视。

海穿上浅灰色全棉灯芯绒休闲裤，刹紧皮带。

我出去一下。海说。

干吗？安安问，两眼没离电视。

不干什么，转转。

电视上一对男女正爱得要死要活，安安正看得专心致志。

海临出门，安安突然扭头问，晚上在家吃还是出去吃？

海只隐约听到"晚上"二字，后面的内容全没有入耳，门已"砰"的一声关上了。

海走进一家茶馆。

"天街小雨"是这家茶馆的名字,海觉得这名字挺有魅力。茶馆临河。河是一条据说唐朝时就已开挖的老城河。河两岸高耸着垛堞破残青砖斑驳的旧城墙,城墙后面则是一大片高低错落绵延不断如黑云扑地的青砖小瓦老式民宅,这就使得这爿身居窄街远离闹市的茶馆生意不可能怎么红火了。但海挺喜欢这儿。海觉得这里幽静,雅致,十分切合他内心的需要。

海照例挑选了最里面靠近雕漆屏风的一个位置坐下。

请问先生几位?一位着粉绿夹衫的侍应小姐走过来问。

海迟疑了一下,两位。

粉绿衫望着他,调皮地一笑,可是一位小姐?

海望望她,怎么?

没什么。请问先生用些什么?

一杯碧螺春。

还有什么?

没了。

粉绿衫悄悄看他。海燃起一支烟。

茶客不多,大厅中间灯光明亮处坐着三男一女,当中的圆桌上散着两副牌。都不说话,似乎很多话都已说过或者太相知太熟悉根本无需再说,三位男士坐姿各不同,或手捧茶杯,或翘着烟卷,或悠然远望。那女孩坐在椅子里,娴娴的,静静的,娇娇的,作幽花临水状。左边靠吧台的地方,两个弈秋的子孙在对垒,棋子落盘的脆声与得意的笑不时爆出。灯光粉红迷蒙暗弱的角落处藏着几对鸳鸯,定睛细看隐约可辨出红红绿绿的身影。

海长长地嘘了一口闷气,这闷气在他心中憋了好久又好久了,只到此刻才算真正吐出。茶馆就是好,人在这里可以一杯茶,一支烟,真正地独处,想想这,想想那,或者什么也不想,自由自在,享受宁静,舒适、优雅、自在，把一切都放下，而这些在家能够得到吗？海沉浸在这么一种状态里，悠然地吸着烟。

烟雾静静地悬浮在海的周围，海成了一座孤岛。

海呷了一口茶，发现杯里快见底了，冲吧台叫，小姐，加水。

眨眼间，粉绿衫飘到跟前。

小姐还没过来？粉绿衫一边给壶里加水一边盈盈地问。

有事，我不让她来了。

先生就这么一个人啦？

怎么？

不想找个人陪陪？

海扭脸望住她。

粉绿衫目光闪闪，嫣然含笑，悄声道，要是不嫌弃的话，我可以奉陪。

海完全明白小姐这句话背后的潜台词。坦率地说，海在极端无聊苦闷的日子里，也曾到歌厅酒吧找过小姐，可事后，海几乎没有一次不陷入一种更大的无聊和空虚，最终后悔不已。

海不失礼貌地说，谢谢，不劳驾了。

开开心嘛，先生。

海淡然一笑，冲她摆摆手。

粉绿衫撇撇红唇，娇嗔而无奈地离去。虽已离去，但那轻盈柔媚的绿雾般的身影却在海的眼前挥之不去，使海恍恍惚惚，神志有些集中不起来。海很不满意这种状态。海每每因为这种状态对自己讨厌。

她在家干什么呢？海想起安安。但这念头仅仅闪了闪很快就过去了。海不愿在这个问题上用脑子，更为准确地说，海对这个问题根本不感兴趣。可十分奇怪的是，好些事你越是不愿去想，它越是来纠缠你，莫名其妙地钻到你脑子里瞎折腾。安此刻能干什么呢，海想，她无非是倚在床上看电视，图舒服背后再垫上一只长毛熊，白白细细的手指不时娴熟地伸向一只精致漂亮的食品包装袋,拾起的小零食绝对又甜又香。老实说,海在家特别讨厌两样东西,第一电视,第二就是零食了。电视剧现在是越来越长,越来越臭,越来越肤浅饶舌搔首弄姿,剧中的一些只有脸蛋没有气质的娇女艳娃总在莫名其妙地傻笑,莫名其妙地呆哭,让你浑身禁不住直起鸡皮疙瘩。零食如今已完全不只是小孩子们的专利品,它已升级为一帮养尊处优女人的精神鸦片。她们看电视的时候吃,听歌的时候吃,不看电视不听歌的时候也吃,永远吃得有滋有味十分陶醉,那甜腻腻的味道弄得嘴上手上被头上甚至整个屋子的空气里到处都是。尤其令海匪夷所思的是,吃与睡的珠联璧合,已使她们本骄傲自豪的窈窕身材越来越对她们显出不恭,严重者已不得不一周至少一次地光顾美容院去做瘦身治疗,可她们却浑然不觉,对那些甜美小东西的热情丝毫不减。

也就在这时,海想起了瑶。

海放下茶杯,点起又一支烟,深吸了一口。

海想,今天星期天,瑶此刻一定正坐在家里明亮雅洁的书房里,手捧一本泰戈尔的《园丁集》,或者屠格涅夫的《初恋集》,抑或普里什文的《大地的眼睛》在翻阅。瑶热爱书籍的程度就像安安之类的女孩热爱电视与零食,对阅读的执迷绝不在海之下。瑶还特别喜欢花木奇石,如今她床边瓷瓶里新换的花枝正逸出一缕淡淡的幽香,案头瓷盂里清供的是她从海边带回的几枚卵石。

当然也有一种可能,此刻她怡然地歪在沙发里,耳朵上戴着耳机,嘴角宁静地绽放着一朵小百合,整个精神沉浸在克莱德曼透明纯净的《秋日思语》一类的旋律里。

——不,不,都错了。瑶现在一定是在小小的庭院里,躺在那张白荆条编成的椅子里,娴娴地看树上叶,看枝头花,看飞来飞去的蝴蝶,看从高空不时飘过的一朵白云,眼睛亮亮地像一颗星。

海清楚地知道,赤橙黄绿青蓝紫虽七彩绚烂,但瑶最喜欢白,因为在海的记忆中，瑶总爱穿一件素素净净的白裙。她是一个南方女孩，但她更向往北方，原因是，北方有冰川，有飞雪。正是这种永不改变的"冰雪情结"，使海认定了她的生日一定是在冬季，而且那一天肯定是个飘雪的日子，雪很大，雪花像一朵朵白梅纷纷扬扬飘下，寻觅着她降临人世的那一声哭，飘进她的血液，飘入她的灵魂，成了她生命的底色。准确地说，瑶是冬天的女儿，一个真正的雪孩子；即使炎炎之夏不断向她进攻，溽热的秋火把她包围得紧紧，也无法改变她的冰雪精神。网络游戏虽成为现代无数人精神遨游的乐园，瑶却对之很少问津，她所热衷的是到影视城看新上映的艺术片，比如《孔雀》《云水谣》《我的父亲母亲》《山楂树之恋》，她特别喜欢由海陪着静静地不受任何干扰地看一些经典老片，比如《简爱》《巴黎圣母院》《远山的呼唤》《廊桥遗梦》《这里的黎明静悄悄》，一遍不过瘾看两遍，每看到男女主人公要死要活的地方，泪水总在屏幕的微光下闪闪烁烁，一如小溪。海只觉得这车轱辘一般转个不停永无止息的忙碌生活，就像印刷厂印出的一大堆地方小报，低俗，浅薄，乏味无趣，但只要跟瑶在一起，就立刻彩云缭绕，芳草遍地，生命的常青树上挂满了又圆又大又香的金苹果银苹果，天空银钉般地坠满了笑眯眯的小星星……

先生，请问还要些什么？

像一盏温暖灿烂的灯突然断了钨丝，海的思绪一下被掐断，面前立着一位侍应小姐。海以为是那个很会卖弄风情的粉绿衫，但不是。海木木地对着她。

海突然觉得有件事要做。

对，有件事。

一件十分重要的事！

海之所以把安安丢在家里一个人出来，原来是有一件重要的事要做。天呀，我如此这般百无聊赖地在茶馆里坐上这么老半天，把一件重要的事搁置一旁，岂不荒唐？

因为要去做一件十分重要的事，海立刻亢奋起来，整个精神一下饱满灿烂如一轮红艳鲜润的朝阳。

海推开椅子站起身：

小姐，埋单！

海走进"馨尔花屋"。花屋里卖花的少妇含笑地问海，要什么花？海搔搔头皮，沉吟道，什么都不要，只要红玫瑰。少妇睨他，问，是送给小情人？海微微含笑，不置可否，但心中禁不住热烈地想，情人，这是一个多美的词儿，它在当今都市已成了一个男人事业成功的标志，它与美元绿卡洋房别墅一样，在人们心中越来越变得神光四射、魅力无穷。情人的最大好处至少两个：一，它能缓解永无休止的环形婚姻跑道给人们带来的厌倦与疲乏；二，它能像兴奋剂一样使你的精神一下勃发高昂辉煌灿烂。海与瑶最初不经意相识到后来一步步驶向深海是属于现代都市中最芬芳最美丽最绚烂的浪漫传奇。秋天，他们一道游南山，在山下约定，谁最先找到第一枚红叶，谁就在这一天驰骋意志，指挥对方，做大将军。冬日，他俩一道去踏雪，瑶脚蹬高统小红靴身着大红羽绒服，艳艳地像一朵玫瑰。走在雪地，瑶下脚轻盈，小心翼翼，要海也学她的样，原因是：别把雪踩脏！别把雪踩坏！在那水晶般的世界里，海与她打雪仗，堆雪人，成了两个雪孩子。海还与她一同去海边看日落，肩挨肩坐在一块礁石上，看又红又大又圆的太阳一点一点向海靠近，海水由远及近地波动着，胭脂一般红……

因为休息日，街上有好些逛街的男女，海已不止一次发现有人在看他，海发现那目光中满是羡慕，诧异，乃至嫉妒。海知道这是为什么，因为他怀里捧着一大束鲜艳的玫瑰。

海本想先打个电话给瑶，但最终还是取消了这一想法。海想给她一个惊喜。海最喜欢看她喜出望外欢呼雀跃的小孩状。

海没有打车，如果打车，十分钟用不了就到了。海只希望这条路很长很长，捧着花，满怀着美好，满怀着向往，永远这么走下去，走下去，走一辈子，一直走到生命尽头。

海终于走到那幢楼，那个门前。

海按响门铃。门里一阵优美的乐声，不一会，对讲话筒里传出询问的声音。海迟疑了一下，说，我找瑶。

什么？窑？老太婆奇怪地问。

对，瑶。

老太婆笑了，这里又不是乡下，哪来的窑呀？

海蒙住了，转身去揿对过的门铃。

防盗门上霍地出现一只"猫眼"，眼孔里露出一双警惕的眼睛。海问，这是瑶的家吗？

对方没有回答，"猫眼"霍地闭上。

天呀，难道我记错了吗？这、这怎么可能？纵然把自己的年龄姓氏学位职业忘了，也不会忘记瑶的住址瑶的门号呀。

海背上出汗了。

海捧着花下楼，进了前面一幢楼，确定了半天，按响了门铃。

开门的是一个黄发皮裤烈焰红唇的女孩。海报出瑶的名字，女孩眯着眼望他，最后微笑着摇摇头，门轻轻合上。

海锲而不舍地又跑了好几个小区，按响了好几个门铃，回答他的总是——

你搞错了，没有这个人。

什么？你说什么？

瑶？没见过。

神经病！

……

海终于准确地想起瑶的住址是在夜幕降临都市的霓虹灯开始挤眉

弄眼之后。客观地说，这是夜帮了海的忙，夜晚虽然使世界陷入混沌黑暗，但开启了人的心门，使白天处于混乱麻木乃至昏睡状态的人们的精神变得灵醒而锐敏，从而将许多本不该忘记偏偏却丢失遗忘了的重要东西重新找回。海因为准确地想起瑶的住址，立刻所有的焦躁疲倦荡然无存，一下变得精神抖擞，两眼辉亮。海一路往瑶的家走去，像走在华光满眼的花地上，走在仙气缭绕的云端里，不，这不是走，是舞！是飞！此刻瑶在干什么呢？瑶的门关着，但窗子亮着，窗帘上那嫩汪汪的绿一如碧水。显然瑶还没有睡，她在看电视？不，她很少看电视，她不喜欢国产电视连续剧。她一准在听音乐，不，更可能在看书，倚在香香暖暖的被窝里，看一本可心的书。

海轻轻敲门。

她果然在家！门打开了！

她惊道，天呀，你这是上哪去啦？

海望着她。

她手里抓着一把没吃完的瓜子，嘴角湿湿地沾着一片瓜子壳。

海十分诧异。

你怀里抱的什么？

海瞪着她。

你怎么啦？

海恍恍惚惚，觉得她像安安。

你痴啦，这么望我干什么？

不错，是安安，不是瑶，不是。

你买这么多花干什么？

瑶在哪？在哪？

说话呀，你买这么多玫瑰干什么？

海傻傻地一笑：

……送给你……

真想杀了他

想杀掉马魁的是佟春,但最终把马魁杀掉的却不是他。

其实佟春一开始对马魁并没有动杀心,这种杀心的形成,完全是很久很久以后的事。更为准确地说,佟春最初对马魁不仅没有这种狠毒的想法,就连一丝一毫的恨意都没有,佟春甚至还觉得,马魁这人不光路子多,世面熟,而且够朋友、肯帮忙,他对他应该十二分感恩才是呢。

把"感恩"这个词用在佟春与马魁之间,似乎有点调侃的意味,其实不然,当你了解到下面一连串事情后,你就会觉得,在这里除了"感恩",还很难找出第二个更为准确贴切的词儿来呢。

大约一年之前,马魁曾帮过佟春一个忙。

本来佟春的南货店是开在槐树镇上的。槐树镇虽说离他家很近,上县城进货也方便,但镇毕竟是镇,就那么大地盘,就那么多人口,消费水平也就那么个档次,生意做得再火,也发不到哪去,因此,佟春时常觉得憋,心里不甘,很想把店面搬到县城闯一闯。佟春的梦想成真,首先是因为遇到了花后凤。

花后凤与佟春本住在前后村,佟春在槐树镇读初中时,与花后凤虽不同班，但俩人每天都在同一条土路上走，经常顶头碰面。一次下雨，佟春头上顶一件坏褂子一路往家跑，身子一下撞到个人，一抬头，是花后凤。花后凤打一把红油纸伞，见他水淋淋的一副狼狈相，觉得好笑，要他到她伞下来。佟春当时犹豫了一下，随即头一闷，又冒雨往前跑了。初中毕业后，佟春考上县中，花后凤没考上。佟春在县中读书期间，不止一次想到花后凤，想到与她一同走过整三年的那条乡村土路，硬是转弯抹角向同学打听，直到后来才知道，花后凤中考落榜后，进县城找事做了。

佟春碰到花后凤当然是在县城里。那天佟春上县城进完货车子刚拐出巷口，突然街上有人叫他，声音高高的。佟春当时觉得奇怪，心想，在这城里，自己并没有亲戚朋友，是谁站在大街上这么大大咧咧叫他呀？佟春站在街上正自茫然，一个女的撞到面前。佟春心里禁不住一阵惊诧：天呀，这不是花后凤吗？佟春心里一下涌起一股热乎乎的东西，两眼细细望着她。

使佟春当时十分惊诧的是，花后凤的身上竟没有半点儿当年的影子了。她的衣服、发型、神情、语气，甚至一抬手，一投足，没一样不让佟春感到一种来自城市的陌生。

因为花后凤，佟春很快结识了马魁并与他有了非同一般的关系。

马魁到底是做什么生意的，佟春一直没搞清，但有一点可以肯定，他马魁不管做的什么生意，一定很来钱。佟春最初以为他搞建材，接着又以为他给人家包饭店，再下来又把他当成了建筑工程队的包工头，到后来发现这些估计都有错误。不要说佟春搞不清了，就连跟他关系极为亲密的花后凤，都未必完全摸得清他的山高海深。但其实搞清搞不清对佟春并不重要，重要的是马魁这人讲义气，够朋友，佟春想把店铺从槐树镇挪到县城来一直走投无路摸不着门，花后凤仅跟马魁讲了一下，不几天，他立马就把各种证照办齐了掼在花后凤的桌上了。佟春自然很知道世面上的规矩，事成后要请马魁到酒馆开心一下。花后凤一脸的不屑："请什么请，有两个钱你就省着吧，他欠我的多着呢，要他做这点事不为过。"佟春自然感觉到了花后凤话的分量，但他什么话也没有说。

这之后，佟春与马魁熟络起来。马魁实在是个在世面上走的大朋友，佟春生意上或别的什么地方遇上麻烦，只要找马魁一说，立马就能摆平。佟春觉得自己初来乍到遇上马魁，实在是幸运极了。一段时间，佟春有事没事，经常请马魁下馆子喝酒，或者到浴室洗澡。佟春发现马魁这人还有一大好处，不拿大，一请就到。

最初的仇恨起源于一场误会，误会其实不大，但因其性质的特殊，便成了怨恨的种子。

那是六月的一个晚上，时间已经很迟，佟春收拾完店铺正准备睡觉，花后凤打电话要他到她那去一下。

什么事？佟春问。

没什么，你来一下吧。花后凤在电话里说。

佟春见时间已近十一点，想推说明天去，花后凤却已挂掉电话。

佟春不宜拖拉，立刻推摩托出店。

花后凤在县城开一爿录像馆。那录像馆因不是开在人流量较大的地段，生意一直火不起来，但花后凤似乎也不以为意，她搞这爿录像馆好像纯粹是玩玩的。佟春赶到那里后发现，录像馆未开门，花后凤刚跟什么人吵过，吵得很厉害，客厅的地上满是搪瓷茶杯的碎片，花后凤脸上没一丝表情，苍白苍白的，正坐在沙发上一边吸烟一边看碟片。

发生什么事啦？佟春盯着花后凤问。

没什么，黄鼠狼闯到屋里放了一阵臊。花后凤目光没有抬，撮起唇吹出一串烟圈。

佟春望着她，见她不想说，也就不再问。花后凤将一包抽了一半的绿壳摩尔往佟春面前茶几上一撂，意思想抽自取。佟春吸不来女士烟，自己从口袋里取烟点上。

在干什么呢？花后凤望了他一眼问。

没干什么，正准备歇。

花后凤轻轻叹了口气。也许我不该喊你来，没法子，心里实在闷得慌。

佟春两眼细细地望着她，轻声问，到底怎么啦？

花后凤头微微低着，两眼回避着佟春的目光，涂得红红的双唇一时间有些发抖，迟疑了一下，目光往上一仰，转头摔了摔头发道，真的没什么，心里有点不快活，想找个人说说话。

佟春并不是一个善于说话的人，尤其跟花后凤在一起。佟春默默吸着烟自然想到了马魁，但马魁与花后凤的关系究竟到了哪一步，佟春至今还没有搞清。佟春如今虽与马魁关系不错，但在花后凤的事上，佟春却不让自己去想。一想心里就不舒服，一想就怪怪的不是个味。佟春有时也禁不住对自己发问：你这是凭的哪一条呀？人家花后凤也就与你读初中时在一条村路上走过，如今各干各的事，各走各的路，你犯的哪一门子酸？佟春不止一次因自己心中怀着这么一个没来由的小鬼而对自己不满。到后来，佟春索性不让自己、不许自己去想他们的事了。花后凤将一瓶酒两只高脚杯放到茶几上。

怎么样，陪我喝两杯？花后凤乜斜了佟春一眼，微微含笑道。

佟春自然不可能反对，抓过酒瓶便往两只杯里倒酒。

可是从后来的情况看，这酒实在是不应该喝。因为如果不喝酒，佟春顶多是坐一会，说一阵话，不可能太迟也就告辞了，肯定不会发生下面的事。可是这酒一喝人就容易犯糊涂，一犯糊涂紧跟着就会心猿意马，失去分寸。客观地说，佟春事后是很为自己这一次的大意而后悔的。

当瓶里酒喝掉将近一半时，佟春倒也停顿了一下。佟春记得，在他专门请马魁吃饭那次，花后凤在酒桌上确实也毫不含糊地喝过些酒，但印象中也就两三杯。此刻花后凤已四五杯下肚，佟春担心她醉，于是把酒瓶往桌里摆摆，准备停杯罢酒。

怎么，不想喝了？花后凤取过酒瓶，又往自己杯里倒。

不，我是看你喝得不少了。

没事，我喝得正在兴头上。花后凤倒完自己的，又往佟春杯里倒。

一来二去，不知不觉又喝了几杯。佟春见花后凤双腮飞红，眼已乜斜，一瓶酒已被俩人喝光，花后凤明显已有了七分醉意，便不让她再喝，将她杯里剩的大半杯一口喝了。

时间已是十二点以后，佟春朦朦胧胧觉得已经到了应该离开的时候。可是当他起身告辞时，花后凤却不让。

不，你别走，我不让你走，我想看碟片，我要你陪我看看碟片嘛……

佟春到这时才发现，电视屏幕上一片雪花点，原来放的那个玩意不知什么时候结束了。佟春脚步虚虚地站起来走到影碟机前，问花后凤想看什么？花后凤口齿不清地说了一个名字，佟春没听懂，又问，更听不懂，就随手从那一堆令他眼花缭乱的光盘里随便挑了一张装上。是一部港台片，声音绵绵的，几个红红绿绿的男女穿梭来去，似乎很忙。

佟春实在是觉得太晚太晚了，再一次起身准备回去，却发现一条胳膊被花后凤抱住了。佟春禁不住心口一阵砰砰急跳，想把胳膊抽出，花后凤却把它抱得更紧，声音含糊地呢喃，不，你别走，我要你陪我，陪我……佟春转脸望着她，只见她脸蛋红赤，双眼微闭，与平常简直判若两人。

佟春直到花后凤实实在在睡着了，发出一声声均匀轻细的鼾声，用一条薄被将她身子盖上后，这才轻轻离开。

佟春临出门，禁不住盯着花后凤看了看，真想悄悄在她脸上亲一下，但忍住了。

故事发展到这里，似乎并没有出现前面所提及的误会与危险，但其实不然，因为就在这时，一双仇恨的眼睛正在窗外对着里面，而这一点，糊里糊涂的佟春丝毫也没有觉察。

马魁给佟春打电话来是在第二天傍晚，佟春当时正在南货店里与一个饭店的小老板讨价还价做一笔批发生意。马魁在电话里对佟春说，晚上七点半到醉仙居喝酒，不得误点。

马魁干吗，请我喝酒？

佟春不敢有误，七点半准时赶到醉仙居。

醉仙居是马魁朋友开的一爿酒店，佟春最初请马魁喝酒就在这，对里面比较熟。佟春走进店门，坐在吧台上的小老板娘立刻笑容满面地迎上来，把佟春引到里面包间。马魁先他一步到了，佟春进包间时，马魁低头撮唇呼噜呼噜喝着杯子里的茶，两道直杵杵的目光从杯口上对着他。

包间里就马魁一人，佟春问，还有谁？马魁头一仰道，没了，人全了。佟春心里有些诧异，暗想，他马魁不可能有什么事找我，凭什么今儿请我吃饭？

酒菜很快上齐了，侍应小姐走到桌前准备斟酒，马魁从她手里拿过酒瓶，手挥挥要她出去，酒瓶一翻，"咕笃笃"！佟春面前和他自己面前的两只大杯子都已满满溜溜。

佟春跟马魁不止喝过一次酒，知道他的规矩，酒桌上，别人不给他倒酒，不给他敬酒，他绝不喝，像今天这样亲自倒酒，实在还是头一次。尤其让佟春感到不同寻常的是，以往他马魁根本不把佟春当回事，他佟春充其量不过是从乡下闯到城里来的小店主，他马魁顶多只把他放在眼里眨两下。可今儿完全不是这回事，今儿马魁虽一如既往地保持着对佟春的不屑、轻视、不当回事，但目光中分明包含着一种从未有过的锐利、坚硬，乃至于寒冷。而这一点，佟春在他一开始走进包间时从他由茶杯口上扫过来的直杵杵的目光中就已感到。佟春想弄明白这是为什么，但却无法知道。佟春有点不自在起来，只得默默陪马魁喝酒。

怎喝得这么秀气呀？喝，喝，放量喝，酒多的是！马魁对佟春喝酒的状态表示不满，酒瓶一抓，瓶口往前一伸，佟春面前杯子里的酒立刻倒得溢出来。来，这一杯干掉！马魁把杯子与佟春的"当"地一碰，酒一口喝下，膀弯往桌上一搁，两只眼直杵杵地盯着佟春。

马大哥今儿真是太客气了。佟春嘴上说着，不敢怠慢，杯里酒一口干了。

好！好！马魁手在桌上一拍。既然酒喝到这个份上，有句话我马魁就可以对你讲了。

什么话？佟春小心翼翼地问。

你觉得我马魁这人怎样？

你？……马大哥？绝对讲义气！绝对够朋友！百里挑一！——不，是千里挑一！

好！马魁将手里杯子重重往下一顿。我就要听够朋友这句话！不过——马魁突然头一扭，两眼眯细逼视佟春，一字一顿道，你可知道江湖上的一条规矩？

佟春两眼一下瞪大，什么规矩？

一个人如果"摸"了朋友的女人，将会受到什么处罚？

佟春一颗心砰通砰通急跳起来。

马魁哈哈大笑。罢了罢了，我量你佟春也没那个胆。我姓马的只是不喜欢一下把事情做绝，给你提个醒儿，往后有事没事别往花后凤那儿跑！要是让我手下人发现，嘿嘿，别怪我——马魁说到这，牙巴骨咬起，牙缝里轻轻哼了一下，眼里透出一道凶光。

佟春感觉到额上的汗下来了。其实佟春刚才一走进包间，就已预感到马魁找他为的什么，只是佟春当时还心存侥幸，不愿相信真的为这。

佟春已记不清这顿酒是怎么结束的。佟春只依稀地记得，在接下来的时间里，他稀里糊涂又喝了好些。当他从醉仙居酒店出来推着摩托一个人往前走时，胃里立刻翻江倒海，手里摩托轻如纸片向路边飘去，身子一下撞到一棵树上，"哇哇"大吐起来！

佟春再一次接到花后凤的电话，是在几天以后。电话里花后凤也不说有什么事，只是要他到她那里去。花后凤的声音就像一粒火星落入油桶，佟春脑子里"哄"地一下燃起一片大火。

细想起来，佟春好些日子前第一次请马魁与花后凤吃饭，心里就有一种预感，他佟春在这县城里早晚要闹出点儿事。佟春觉得这是一种天意，你想逃也逃不脱。坦率地说，这些年佟春虽然结了婚，但他一直暗暗惦记着花后凤。她那挎一只自家碎布拼成的花书包走在乡间土路上的样子，曾不止一次从他潜意识里跳出，勾引起他的情思。佟春进县城后，之所以一直限制自己与花后凤接近，完全是考虑到马魁，尽管当时还没有完全搞清他俩的关系。佟春真正搞清马魁的历史以及与花后凤的关系，只是最近以来的事。马魁十几年前在县城开一爿卡拉OK，因参与贩黄贩毒被判过刑。马魁从监狱里出来后，似乎经过太上老君的炼丹炉，本事一下陡增了几分，立刻拉一帮弟兄立山头，树旗帜，重打锣鼓另开张。马魁有这几年新结拜的一批"铁"哥，生意场上简直如虎添翼，钱赚得比以前野！马魁是在一年多前遇到花后凤的，认识后，很轻易地就把花后凤睡了，并给花后凤立下规矩，从今以后不得再到歌厅做小姐，还自说自话为花后凤开了一爿录像馆。那段日子，小小县城里发生过一桩恶性案件，一个青年工人在夜班回家的路上遭暴徒袭击，一条腿被打断。当时公安把马魁列为第一重大嫌疑人，理由是，腿被打断的那青年与花后凤同在时装厂呆过，是花后凤最初的恋人，花后凤开录像馆后，他曾不止一次找过花后凤。然而嫌疑仅仅是嫌疑，马魁最终安然无恙，原因是无法找到证据。

佟春接到花后凤要他立刻到她那里去的电话后，脑子里出现了两种截然不同的声音，一个是，什么也不必想，立刻到她那里去；另一个恰恰与之相反。

佟春额上的汗下来了。

喂，你怎么不说话？花后凤在电话那头问。

我，我在听着。佟春支吾。

马魁是不是找过你了？

不，没有……

你怎么吞吞吐吐的？

我身子有点不舒服。

你害怕了？

佟春心里腾起一股仇恨！

不，我马上到你那里去！

一刻钟后，佟春的摩托车飞驰到花后凤录像馆门口。录像馆门锁着，两扇临街的窗黑洞洞的。佟春拐进巷里，摩托车锁上，往花后凤屋门走去。

佟春走到门口，举手刚要按响门铃，手在半空中停住了。

一阵乒丁乓当好像椅子或方机倒地的声音很激烈地从门里传出，接着是一记玻璃茶杯砸到墙上砰然碎落的锐响。

佟春浑身汗毛呼地竖起，攥起两只拳头正欲破门而入，立刻又刹住脚步。花后凤门口停着一辆小车，牌照的号码佟春再熟悉不过，那是马魁的车。

门里突然安定下来，一阵细弱得近乎哭泣的呻吟从门缝里冰水一般渗出……佟春僵立在门口，一如十二月寒风中的冰柱。

佟春与马魁最终矛盾激化，是在花后凤从县城里突然消失后开始的。

那天佟春正在店里盘货，马魁一个电话打来，问花后凤在不在。佟春愣了愣，告诉他不在，并且补充，她上哪他一点不知道。马魁嗓眼里哼了哼，立刻要他哪也别去，在店里好好待着，他马魁马上过来。

门外一阵轰响，眨眼之间，马魁的越野吉普已到佟春店门口。远远望去，马魁脸上白白地粘着一个什么玩意，到了近前发现，是一张创可贴，创可贴旁边还有两三道又细又长的血印，让人一看就知道，是那尖锐而长的指甲造成的。马魁络腮胡子又浓又黑，一双豹眼中带着若干烦躁与暴怒，进门后劈口就问，你给我说实话，花后凤到底来过没有？

真的没来。佟春回道。

马魁盯着佟春的双眼慢慢眯细，好的，我先信你。不过，你给我耳朵放灵醒点听着，从今日起，你只要有花后凤的半点儿消息，哪怕是她给你放个屁，都要立刻告诉我。听到吗？

佟春觉得马魁这么讲话太不够意思。佟春说，这一段日子我与她根本就没联系。

马魁抓起茶杯，"叭"地一家伙摔到地上，搪瓷碎片子弹一样飞溅，两眼翻得像牛蛋，没联系？没联系算你小子造化！你要是跟我耍半点花样，嘿嘿，你给我打听打听，我马魁在这片码头上灭掉个把人就像灭掉一只小蚂蚁！马魁眼瞪着佟春，右手的大拇指与二拇指在佟春面前狠狠一捻，好像真有一只小蚂蚁被他捻死。

佟春坚持不看他，两眼使劲盯着地上茶杯碎片。佟春在心里禁不住顶了一句，你把你当高衙内呢，难不成这个世上就没有一点王法了！

当晚，佟春因心里不踏实往花后凤住处打了个电话，可话筒里传来的尽是盲音。佟春这一夜没有睡好。第二天下午，佟春怎么也耐不住，骑着摩托去了花后凤的录像馆。可录像馆关门插锁。

真正仇恨的形成乃至最终凝聚成一种杀心，在接下来发生的两件事中便露出了端倪。

那天，佟春找花后凤未遇回来，远远地只见一道翻着白沫的东西溪流一般从自家的南货店的门扇下流出，曲曲折折流到门外，一直流到平整灰白的水泥地上，一股强烈而混杂的酒味十分浓厚地弥漫在空中。柜台里，那个负责售货的女孩嘤嘤的哭声一阵阵传出。佟春三脚两步奔进店里，只见地上到处是打碎了的酒瓶、油瓶、酱醋瓶、罐头瓶，货架上所有的货物——木耳，淡菜，香菇，干笋等，整个散落一地，那种乱七八糟、一派狼藉的样子，仿佛一头野牛或一只大象贸然进入横冲直撞了一气。

在这之后不久，店面的房主便向佟春提出了收房的要求。佟春一开始以为人家看这儿市口好，生意做得火，嫌租金少，想涨一涨价，可接下来发现，房主根本不是为钱，目的很简单，就是要赶他走。至于为什么？对不起，无可奉告。没有办法，佟春只好把存货收收，另租店面。折腾了好几天，店面租到了，租金比原来贵不说，这生意简直跟先前一个天一个地，一天忙下来，除去房租水电人员开销，简直落不下钱。佟春一边暗暗叫苦，一边自己给自己宽心，店新开的，顾客不熟，过些日子生意自然会好。可是过了几天，没等他生意好起来，房主却来找他收房。佟春嘴一下张大得足可放进一只汤圆，问为什么？房主是个老头，不敢正眼看他，抖抖擞擞将佟春付给的租金原数退还，连说对不起，对不起。佟春急得眼睛就差出血，使劲抓住老人手，求他说出为什么？老人摇摇头，一声叹息，始终不说。

佟春不是一个糊涂人。这天傍晚，他骑着摩托绕到他原来开南货店的地方看了看。不看便罢，一看，差一点没让他气炸肺！

那南货店根本没关，照旧红红火火开着，不仅经营的花式品种一点儿没变，就连店名也原封不动！远远的，只见马魁手下的一个兄弟坐在一张椅子上，手里抓着手机，正怡然自得地与什么人通话。

所有这一切再清楚不过，马魁是存心跟他过不去了，而且从目前的架势看，马魁大有不把他赶尽杀绝决不罢休之势。妈的，来这一手也太狠毒了些！佟春咬咬牙，在路边没有站多长时间。佟春觉得在那里傻站着不仅解决不了问题，相反给马魁以及他手下的人看到了，只会徒增笑料。佟春照地上狠狠吐了口痰，摩托车一发动，"轰"地一下驰去。

当晚，佟春在一个小酒馆里喝了很多酒。酒馆临关门，老板见他蓬头散发，抓着个杯子还要喝，就给服务员使眼色，要服务员悄悄把他瓶子收了。

佟春后来是被人像架一头死猪似的，硬是从小酒馆里架出来的。临出大门，佟春歪着个头，眼瞪着高处，喉管里不断酒气熏熏地哼哼：

我要……杀了……他……

酒馆老板怀疑自己的耳朵出了问题，瞪着眼问服务员：

他说什么？

关于马魁被杀的消息，佟春最初是在电视新闻上看到的。

电视上说，本城一马姓个体老板昨日在某宾馆房间被杀，此案当日已侦破，凶手系一24岁打工女。

花后凤？

佟春两眼瞪大，整个人在电视机前僵住了。

钢琴之殇

这是一架聂耳牌钢琴，黑色。敏之所以强烈地记着它，是因为这架钢琴与家里那段不幸，尤其母亲最终的死密不可分，它那一身冷冽而沉重的黑色，似乎在它最初进入家里时就已暗示着一个无法逃离的悲剧性结局。正是基于这一点，因此，若干年以后，当敏蓦然回首那段往事时，首先进入她脑海的不是钢琴，而是那团具有无穷象征意味的黑色，它乌云一般永久性地阻滞在她青春岁月的天空，使她一次又一次为之心悸，为之呜咽，为之泪流不止……

其实敏对母亲最初的生活并无多少了解，敏只是依据童年的一些记忆以及如今对生活的理解，从而勾勒出一幅母亲的生活图景。印象中，母亲是一直不上班的。母亲不上班是因为父亲是一家船舶公司的副总，薪水很高，他所在的公司本部还没有迁到南方。父亲工作很忙，整日在外东奔西跑，以至敏对父亲的印象十分淡薄。母亲在家无所事事，日常的功课只有两样：一，打扫卫生；二，浇花弄草。母亲十分爱花。母亲但凡逛花市回来，几乎从不空手。家里客厅的阳台与卧室的飘窗阳光充裕，那里长期以来一直被母亲养的各种花占满了。母亲还经常出去散步。小区有一片近乎足球场大的草坪,草坪里有用碎花岗岩铺叠而成的曲曲折折的路,路边有桃树、假山、供人休憩的条椅。夕阳西下时,着一件风衣的母亲,常常肩上挎一只意大利麂皮坤包,一手搀着敏,一手插在风衣口袋里,悠闲地在草坪上散步。母亲每次出来都这副样子,唯一变化的仅是风衣的颜色:春天米黄,秋天粉绿,冬天则是火一样鲜艳而灿烂的大红。母亲个子高挑,着装出众,这使得她在人群中显得很突出。敏依稀记得,母亲在小区里的草坪上散步,经常有人悄悄盯她,目光里夹杂着奇异、窥探,乃至疑问。敏不止一次推想,母亲当时不可能彻底无视那一道道向她投来的奇异的目光,可令敏费解的是,如果母亲当时读透了那一道道目光里所包含的内容,为什么还坚持在那里散步?

　　钢琴是在敏上幼儿园大班时买的。
　　敏当时结束了在市少年宫进行的为期两学期的钢琴演奏班的学习教授钢琴的那位刚由音乐学院毕业不久的青年教师对敏的母亲说,敏音乐天赋极好,学习成绩在班上绝对拔尖,如有条件,应对敏作进一步培养。母亲听了老师的话十分高兴,待敏的父亲回来,立刻向他很隆重地汇报了这事,父亲于是拔冗抽空,专程去商场订购了这架聂耳牌钢琴。
　　敏的新任钢琴老师是市歌舞团的一名钢琴师。敏的母亲本想还请在少年宫教过敏的那位老师,可惜人家已考上研究生去了京城读书。市歌舞团的这位钢琴师姓洪,四十岁不到,高个,天然卷发,鼻子高挺,很有派头。在敏的印象中,洪老师每次到她家总一身西服,皮鞋锃亮,衬衫的领袖雪白,领结打得硬硬正正,十分规范。在八十年代初期,穿西服打领带即使在大都市也仅仅只是凤毛麟角,敏到后来对这一点只能理解为,洪老师是弹钢琴的,而钢琴毕竟是西方的舶来品,因此洪老师在穿着举止,甚至言语习惯上较常人更易受到西化,也就一点不奇怪了。
　　洪老师一周上门两次,星期天的下午和周三晚上。洪老师授课很严，敏当时虽已能按乐谱在钢琴上较流利地弹奏，但洪老师仍从最基本的指法甚至在钢琴面前的坐姿教起。洪老师水平确实很高，每次他讲完一段乐章，总要在钢琴上演奏一遍，要敏认真聆听，细细辨别乐段里每一个细小的起伏，充分领略与感受其中所包含的情感的潮汐。洪老师在做这样演奏时，总双目微闭，白皙有力的十指风似的在琴键上急舞，额上沁一层细细密密的汗，那状态似乎钢琴与他已融为一体，整个在屋里激昂回荡的乐声不是发自钢琴，而是缘自洪老师的胸腔甚至每一个细胞。每当这时，敏总是发现，远远坐在沙发里的母亲，手里不经意地编织着毛线，脸上那很专注很向往的神情分明让人感觉到，她一直在静静地聆听。

这之后不久，母亲也就学起钢琴。

起初，母亲远远没有敏弹得好。敏发现母亲每次在她弹完之后，总要坐到钢琴前弹上一气，觉得挺好玩。敏发觉母亲虽弹得不够好，但弹得挺用心，而且不时向洪老师提出一些问题。洪老师对母亲的讲解很细致，很有耐心。洪老师讲后，母亲再坐到琴前，弹后总问还存在什么问题，洪老师于是又作一番讲解，并且亲自进行示范性演奏。

日子过得飞快。敏进入小学后，仍跟洪老师学钢琴，从未间断。敏三年级时，经洪老师联系，参加了市里一次钢琴考级，通过了八级，这使敏在学钢琴的同一年龄层的孩子里成了翘楚。为此母亲还特地写信给敏的父亲，向他报喜。那时父亲的公司已迁到南方。

敏对钢琴的学习稍微放松下来是四年级的上学期。四年级，敏的学习负担比以往明显加重，每天的上课时间也有所延长，因此钢琴的授课不得不由以前的每周两次减至一次，甚至到后来一次都很难保证。

母亲仍在学习钢琴。为了不影响敏晚上放学回来做作业，母亲一般都是下午在家弹奏。敏有时刚走到楼下，隐隐地就听到家里传出的钢琴声。敏听着那熟悉的旋律，踏着楼梯一步步往上走，心中竟有一种欢欣，一种向往。母亲只要敏一到家，立刻就停止弹奏，将琴盖盖上。母亲只在敏做了半天作业需要换换大脑或者作业完全做好了的时候，才打开琴盖，让敏弹一会儿。

洪老师仍然经常来，因为母亲学钢琴同样需要指导，只是洪老师来的时候敏都在学校上课。敏放学回来偶尔也碰到过洪老师，洪老师要么坐在钢琴前很专心地弹奏，要么站在母亲身旁一边听母亲弹，一边指导。当然有时也有另一种情况，琴盖掀在那里，钢琴显出一派刚刚热烈弹奏过的沉静，母亲与洪老师坐在沙发上喝茶，或喝咖啡。洪老师见敏进来，很亲切地笑笑（洪老师的这种笑，让敏感到很特别，这使她心中暗暗想到自己的爸爸）。敏还发现，洪老师端着杯子坐在沙发上，被挺括讲究的西服领带映衬着的脸特别有生气，特别有光泽。很多年之后，当敏回忆起这段往事时，敏曾经推测，就在那段日子里，洪老师到她家的次数一定很多，她放学回来与洪老师相遇仅仅是一种巧合，更多的时候敏则没有碰到，因为，敏放学的时间从来都是固定的、很有规律的。

这之后发生了一件事，给敏的印象极深。

敏记得那是一个星期天，季节是春天，外面阳光很好，煦暖的风从前阳台上整个敞开着的窗户扑进来，把满阳台各种怒放着的鲜花的香气灌满了客厅。母亲那天情绪特别的好，脸上微微带着不起眼的红晕，双眼亮亮的，利利索索地打扫卫生，腰间扎着的那条挺好看的碎花小围裙不时飘起如翻飞的蝴蝶，她的脚步轻盈欢快，其状态简直像钢琴上一个个热情跳跃的琴键。当母亲打扫卫生间时，母亲说84消毒去污液没有了，要敏到楼下小店买一瓶。敏当时做了半天作业头昏脑热，正想出去呼吸一口新鲜空气，就很爽快地答应了。敏打开抽屉拿钱，发现抽屉里全是一百的整钱。敏曾经在小店里碰到过一百元找不开的麻烦，便关上抽屉转身去翻母亲手袋。敏从母亲手袋里取出一张十元钞票时，一张折叠着的纸片飘落到地上。敏弯腰捡起，好奇地打开。

是一首诗，一共十几行，写在一张洁白喷香带粉红色暗条的信笺上。敏悄悄将诗看了几遍。敏在当时自然不可能理解诗的内容，但诗的标题以及当中主要的几句都记住了,而且,这种记忆不仅没有因岁月的流逝而模糊淡忘,相反,多少年之后,竟越加变得清晰深刻,如同镌刻在石头上一样。

钢琴

你的胸中流动着永恒的风雅

黑色是你端庄高傲的徽章

静默——弹奏前一种漫漫的期待

热烈的鸣响

才是你生命的华章

让我弹响你吧

用我的十指

我的心

我整个的血肉与生命

我弹响你

便是弹响

你与我共同的钢琴

这之后不久的一天,那雷击一般沉重的打击就让敏遇到了。

那天下午,敏到校上课,班主任突然通知,校里四年级老师要去教研站参加活动,放假半天。同学们欢呼雀跃,纷纷找地方玩耍,敏却哪也没去,背着书包回家。敏的家在四楼,敏穿一双白色耐克鞋,走在楼梯上又轻又软,几乎没有声音。敏后来想,即使有声音,甚至声音很大,母亲在家听到了,也绝不会相信是敏上楼。

敏到了家门口,见门锁着,将背上沉沉的书包放下,从拉链口袋里掏出钥匙打开防盗门,然后换了把钥匙再把内门的锁打开。

屋里出奇的静。敏换了一双拖鞋，回手关上门。

敏发觉客厅里光线有点暗淡，厚重的落地窗帘整个拉着，窗帘接头处只有很少一丝丝光像小鱼似的游入。

敏搞不清为什么，心里暗暗感到奇怪。

敏的脚步一下变得轻悄起来，转过头，四下看着，整个感觉一下敏锐得像午夜的猫。

就在这时，敏听到了一阵异常慌乱的声音。声音很显然发自母亲的卧室。母亲卧室的门关着，门上没有一丝可以看到里面的缝儿。敏站在门口，一时慌乱得如一片风中的树叶。但很快，敏看到了放在门口的那双红拖鞋。这双拖鞋是母亲平时穿的，母亲长期以来有个习惯，但凡进卧室，总是将它脱在门口，从不穿进。敏确信，这卧室的门虽然关着，但母亲一定待在里面。使敏暗暗感到奇怪的是，在母亲红拖鞋旁边，竟然还有一双大大的黑拖鞋。这双黑拖鞋，除了爸爸回来，平常在家是没人穿的呀。

敏对着门叫，妈妈，你在房里吗？

卧室里没有一点声音。

敏又叫，妈妈，我知道你在房里，我看到你红拖鞋啦。

卧室里越发静得像冬日的雪原。

敏又叫，妈妈，你为什么不开门呀？

卧室里仍然没有应答。

敏开始轻轻拍门。

妈妈，你为什么不答应我？敏急道。

卧室里终于有声音发出，细碎而杂乱。不一会，一个令敏感到陌生微微带着颤抖并且十分低弱的声音透出。

敏儿……妈妈有点……事……你……你到你同学夏露家……做一下作业……好吗？

为什么，妈妈？

听妈妈话,好吗?

我到我小书房里做作业,我不会吵你的,好吗?

妈妈求求你了……

敏当时已是四年级的女孩,在男女之事上其实模模糊糊有了一些意识,只是,这是家,这是自己的母亲,敏怎么也无法想象在这里会发生什么出格的事。敏一向是很听母亲话的。敏简直搞不懂母亲为什么会发出这般怯弱的乞求。敏听着母亲的央求声,难过得眼泪都快流出来了。

敏按母亲的话做了,重新背起书包,换鞋,把门锁上,下楼。

敏下了楼后,心窝儿立刻又嘣嘣地乱跳。妈妈到底遇上什么啦?妈妈为什么这么怕吵,并一定要我到同学家去?妈妈要是身体不好,一个人待在家里不是很危险吗?敏想转头回去,可妈妈既然那么求她,她就不好回去。到后来,敏索性不到她同学夏露家去,就坐在楼梯口了,敏想,妈妈万一哪儿疼得厉害叫她了,也好赶回去帮她。

敏在楼梯口坐了将近十分钟。

敏听到楼上一阵门响,接着一串皮鞋的秃秃声响下来。

敏朝楼梯口扭过头。

洪老师好!敏几乎没有犹豫一下,连忙向走下楼梯的洪老师打招呼。

洪老师西服的纽扣解着,领带鲜亮考究,头发微乱。到了跟前,洪老师亲切地望敏笑笑,什么也没有说,就下去了。

敏望着洪老师的背影,眼瞪得大大的。

敏似乎一下明白了什么。

敏一把拎起书包,急急地像进行60米短跑往家赶。

敏猛地推开大门。

母亲站在门里,一脸惶怵。

敏喘着气,两眼一动不动盯着母亲。

敏就这样保持着一副僵木的姿势,盯着母亲看了半天。

到后来,敏终于忍不住,哇地一下大哭起来。

仿佛一股来自北方的强冷空气，使家里那种长期保持着的宁静祥和的气氛一下消失了。敏似乎一夜之间长大了，变成了一个阴郁的女孩。放学回到家，不要说再也看不到她那天真烂漫的笑，就连说话声都很少听见。母亲在敏面前也一下显得异常起来，望着敏的两眼里总隐藏着一丝丝不自然的甚至是微微发颤的成分。母亲对敏的微笑不比从前少，但总显得很怯弱，有时甚至十分僵硬。母亲对敏的关照爱护越发无微不至，比如饭菜盛好了喊敏吃，敏做着作业没有立刻过来，母亲就会走过来站在敏的身旁，轻柔地说，先吃好吗？吃过了再做。菜冷了，敏还没有吃好，母亲总是放进微波炉热一下再端回桌上。母亲对敏百般呵护，尽心竭力得简直像好保姆侍奉一位小公主，已接近低三下四百般讨好的程度了。然而敏总不说话。敏在家听到任何一种声音，比如吃饭时碗碟羹匙的细碎声或者电视与唱机的声响，在她心中不仅激不起一丝欢快，相反更加强烈地感觉到一种清冷与寂寞。这情形敏受不了。敏内心异常得难过。敏曾好几个晚上一个人躲在被窝里偷偷哭泣。

这之后不久的一个星期天，母亲出去有事，敏终于忍不住给父亲打了电话。敏当时简直说不清为什么，一听到父亲的声音，眼泪就怎么也忍不住地下来了。

是敏儿吗？父亲相隔千里，关切的问候中充满温情。

敏儿，你怎么不说话呀？父亲紧着问，声音里明显带着若干迫切。

爸爸……敏怎么也忍不住了，眼泪哗哗地流下。

敏儿，你怎么啦？你为什么哭？

敏呜咽道，爸爸，我想你，我要你回来……

到底怎么啦，敏儿？你快告诉爸爸呀。

爸爸，我要你快回来，就明天……

父亲要敏喊妈妈接电话，可敏什么也没说，哭着把电话挂掉了。

敏刚把电话放下，电话就又响起。响声很长，很急，急切得像一块烧得通红的铁。间隔了不一会，电话再一次响起，跟上次一样。敏坐在电话旁，流着泪，始终没有接。

真正悲剧的发生，是在这之后不久的一个秋日。

那天，天很蓝，秋阳灿烂如金，风吹在脸上纯净透明如水。敏中午放学回到家，没进门，就嗅到一股熟悉的饭菜香。敏开了门，总以为母亲会像以往一样脸上含笑地迎着她，可是没有。敏开门进屋换上鞋，估计母亲正在厨房里做着什么好吃的菜，就先进卫生间洗了手，然后往厨房走去。敏在进厨房之前必须经过餐厅。敏走进餐厅，发现餐桌上摆着四个菜，两炒一烧一汤，电饭煲就放在餐桌上，旁边放着勺子和饭碗。碗就一只，是敏吃惯了的那只小蓝花碗。厨房里没有一点声音，母亲显然不在厨房里。敏感到很奇怪。到这时敏才发现，整个家里异常得静，这种静有点怪异，有点非同一般，静得让人耳朵里发出一种嗡嗡的声音。

敏从餐厅出来，向前面客厅走去。

敏走到客厅门口，一下惊愕得站住了。

敏立刻看到了母亲。母亲坐在钢琴前，整个双臂与上身伏在钢琴上，一动不动，睡着了。

敏向母亲走过去。

敏轻轻叫了一声母亲，母亲居然没有听到。

敏的眼睛突然惊恐地瞪起，脸色刷地白了。

地板上一大滩血。母亲右臂软软地瘫着，一股血顺着手腕往下流，流到黑白分明的琴键上，一部分渗入缝道，一部分顺着琴体流下，流到踏脚板外，流到地板上，红汪汪一大滩……

敏面对此景，一张小脸惨白如雪，过了半天，泪水飞迸发出一声裂帛一般惊惧的哭叫。

父亲是在事发后第二天乘飞机赶回来的。敏到后来才知道，父亲在接到敏的那个哭着央求他回家的电话后，曾给母亲打过不止一次电话，询问敏到底怎么了？家里是不是发生了什么事？父亲从母亲闪烁其词的回答里自然没法知道事情的原委，因此心里一直怀着疑团。

母亲的死使父亲万分震惊，悲痛欲绝。

像一座大厦突然基墙断裂，父亲精神萎靡，面容憔悴，头发蓬乱。

父亲没有立刻回南方去，他整日在家，吸烟，踱步，默默地面对母亲的遗像。

一个残霞如血的黄昏，父亲坐在阳台上一根一根地抽烟。父亲把敏叫到面前。父亲并不看敏，目光始终很空茫地对着玻璃窗外一片天空。到后来终于说话了，声音沉郁地问敏，家里到底发生了什么？为什么会出现这样的不幸？敏面对父亲像从海底发出的那种低沉抑郁的询问，什么也没有说。父亲显然有些急了，抓住敏的手，摇晃敏的肩，急切道，你一定知道的，你说呀，你不应该隐瞒呀，我是你的爸！

敏仍然没有说。

敏微微低着头，像一块石头。

多少年之后，父亲一直思念着母亲。父亲把家搬到南方那个沿海城市时，几乎将家里所有的东西送了亲友，但唯独那架钢琴，尽管体积庞大，运输不便，父亲仍然把它运进了新家。父亲知道，母亲很喜欢这架钢琴，母亲最后那段日子，几乎都是由这架钢琴陪伴着度过的。

然而在这新家里，敏却从不走进摆有钢琴的那个房间，因为敏一看到它，脑子里就浮起那段使她心惊，使她掉泪，使她悲痛欲绝的往事……

白　鸽

　　此刻毅正舒适地躺在晒台上的一把椅子里。这是一把由白荆条编织而成的躺椅，素洁而雅致，毅十分喜欢。毅每次从南方回来，都要在这把椅子里躺几个黄昏，这在他已经成了一种习惯。在南方那个喧嚣燥热的城市里，每日面对一场场商务会谈、期货合同、法律公证，神经绷得像一根拉紧的弓弦，很难拥有一份这样的享受。此刻毅躺在这张素洁雅致的躺椅里，眼望着黄昏一点一点降临，即如一尾由汹涌澎湃的海浪中游入波平如镜的内湖中的鱼，整个感受到的是一种宁静祥和、舒服安适。于此，毅很自然地想到了小雨。毅不得不承认，小雨的选择完全是对的。如果按照自己当初的意愿，把小雨带到南方，如今怎会拥有这片清静优雅如隔尘世的休憩地？毅委实很满意这里的环境。毅的这幢小楼倚山面海，空气温润，近处山坡上的茵茵绿草与远处山腰间的翘然红亭成为这里优美的背景，这就使得这幢上世纪在华洋鬼子所建的具有西洋风味的乳白色小楼越发楚楚可人了。毅清楚地记得，当年一位叫张小放的本埠款哥，以三百六十万巨资想把这幢洋楼买下，毅当即以一张四百万的现金支票，一下就把那个叫张小放的家伙击败了！毅每次从南方飞回，都要到这里住些日子，而在这段日子里，小雨总以她的最大玲珑和娇媚，使毅在那脂粉香浓的爱河里尽情尽兴地冲浪数次，这使这幢小洋楼整个地被一种情爱的分子所熏染，毅则越发觉得它芬芳馥郁，绚烂如花了。

此刻毅在躺椅里，头微微偏着，目光很随意地往远处抛去。

远处是沙滩，是海，沙滩上没有人，海上却有一两片白帆。海很蓝，很静，一幅画似的。毅觉得这黄昏实在是好极了。

茶几上手机响起，毅身子没有动，只是伸手过去将手机拿起。

"哪位？"

"哪位哪位，你说是哪位？"

是小雨娇嗔的声音。

"你还没有说话，我当然猜不出是哪个坏蛋了。"

"你才坏蛋呢！在干什么呢？"

"看海。"

"晒台上风大，小心着凉。"

"海真蓝，真美。"

"那是因为今天阳光好。"

"阳光好不如小雨好，要是你在怀里，会更美。"

"臭美！跟你说，你交给我的事我办了，转账支票送到银行入了账。只是要跟你请下假，刚才路上碰到一个大学同学，我想到她那儿玩一会。"

"回来吃晚饭吗？"

"不回来了，好吗？"

"不好又怎么办呢？不过有言在先，今儿我可是要请你吃宵夜的。"

"去你的！"

通话结束，毅挺满意地放下手机。

就在这时，毅看到了那只白鸽。

是一只很标准的白鸽，纯白得像一团绒雪，浑身不带一丝杂毛，两只爪乖巧而伶俐地在晒台边的护栏上跳动，嘴里不时咕咕叫唤。毅不知道它什么时候栖歇到栏杆上的，更不知道它来自何方。毅只是很愉快地站起，挺感兴趣地望着它。毅很快认出了，就是它，这只白鸽，前两天曾经飞来过一次，飞来后也是落在栏杆上，也是一边乖巧伶俐地跳一边咕咕叫。毅记得当时小雨正在屋里试衣服，一听到鸽子叫，很快地赶出来，似乎比他更兴奋，不住地围着栏杆转，转了一会儿说，白鸽一准是饿了，连连要毅进屋找吃的。吃的？吃的很多，可鸽子喜欢吃什么呢？毅到后来还是听了小雨的话，回屋找起来。毅慌急中从烤箱里取出一只汉堡包。毅想，白鸽没准儿喜欢吃面包屑儿。毅从屋里奔出，一边不住地搓面包，一边愉快地感受着儿童时代曾经有过的那种从事某种趣味游戏的兴奋。可是当毅跑到阳台上时却发现，栏杆空空，白鸽飞了。

"怎么飞了？"

"我想抓它的，它就飞了。"

"干吗要抓它？"

"我觉得它挺逗。"

毅有点怅然。

然而此刻毅面对这只再次飞临的白鸽，心里又一次洋溢起一如上次的那种兴奋。毅很奇怪地发现，当他轻脚缓步向白鸽走近时，白鸽居然并不惊慌害怕，相反倒是老朋友似的在栏杆上轻轻跳动，咕儿咕儿叫唤。毅接着还发现，它不仅毛色纯白如绒雪，而且有一双灵动温情的大眼睛，那眼睛灰红色，带一道金圈儿，望人一闪一闪。这委实是一只可爱的白鸽。毅记得一年前去德国考察，看到柏林的大街上到处落着一群群鸽子，人走近了只是跳一跳，毫无半点害怕。毅记得那位陪同的德国朋友幽默地说，德国人喜欢白鸽，主要是因为他们饱受了二战的不幸，对人类的和平具有更多的渴望与珍重。

毅轻轻向白鸽走去，满怀温情，嘴中学着白鸽的叫，将手温柔地伸过去。扑噜噜！白鸽飞腾而起，画了一个小小的圆弧，重新在栏杆上落下。

咕咕咕，毅又叫。

咕咕咕，白鸽也叫。

毅挺小心地将手再一次伸出。

白鸽在栏杆上跳了跳，最后竟落到毅的手上。

毅很高兴。毅用两手将白鸽轻轻接住，或者说是捧着。毅又细细看看它，发现它虽浑身纯白，但颈脖处银灰发亮，与别处有别。毅想起了鸡群中毛羽斑斓绚丽的都是公鸡，于是判定它是雄的。毅有生以来从未与鸽子有过接触，因此此刻捧着白鸽手感十分特别，心里新鲜异常。毅坐到椅子里，一手轻握着白鸽温温热热的腿腹，一手抚摸着鸽背上柔软白洁的毛羽，只觉得人没事时弄些宠物养养倒也真不错。毅把白鸽置于腹部，不一会就有一股暖暖的热气透过睡袍浸延到胸上。小鸟依人，小鸟真像人儿，你看它多纯洁，多温柔，活脱脱不就是小雨的化身吗？毅为他这番泉涌而出的奇想兴奋起来。小雨当初就是这样，对他若即若离，时远时近，最后就蹦蹦跳跳地过来，依在他身上，偎到他怀里，温柔得像一泓春水。毅这么想着，兴奋得将白鸽高高擎起。白鸽由于下肢无着，双爪当空蹬了蹬。毅在鸽爪蹬动时发现，白鸽的腿杆上套着一只圈，一只银白的圈，圈里插着一根长长的白条。毅不知道那白条是什么东西，想把它取下。毅在抽取时发现，这白条插得很紧，也就是说白鸽在飞行或跳动时绝不可能掉下。毅取下后发现，原来是一根纸卷的小棒。毅觉得很奇怪。毅一手轻轻握着白鸽，一手将纸棒捻搓着展开。毅在展开纸棒后，立刻像被焦雷猛击了一下，差一点晕过去。

纸上写到——

宝贝儿雨：

喜讯从天降！一早我去了医院，B超结果找人搞到了，绝对的男孩！

我的雨儿，今儿是我们例行聚会的日子，你怎没来？是不是你那位老爷子把你看得太死？这傻帽儿，我要给他养儿子了！

来吧，我的宝贝，今晚我想跟你好好庆贺一下！

张小放

毅只觉得整个世界云雾一样飘浮。毅阴冷如石，强制着自己把纸条又看了一遍。毅只觉得那上面的每一个字甚至每一个标点都像黑色的子弹洞穿着他的心。毅恍恍惚惚，不知在那白荆条椅里坐了多久。其时，黄昏星已在西边高高天幕上耿耿地亮起，海风轻缓而有节奏地一阵阵刮来，腥咸潮湿。夜幕降临，大海那晶莹可爱的蔚蓝消失了，整个变成了一砣沉重的铅块。毅又坐了一会，突然发出一阵白厉厉一如冰凌的冷笑。

一小时后，毅已经在三面垂着白纱的餐室里独自坐下。毅的面前立着四听蓝带。毅"卟"地一下打开一听，高高擎起，咕咕咕！一气喝下，然后举箸。餐桌上只有一道菜，一只汤盆盛着的清炖白鸽。白鸽伏在盆中，热气缭绕，肉色光润，样子仍那么可爱。

毅一边喝酒，一边撕扯咀嚼着白鸽，目光不时冷冷地瞥向敞开着的钛合金门，等待着小雨的回来。

任红曾经爱过的几个男人

1. 陶成

一段时间，任红的铁姐儿于晓华发现任红常往她办公室跑，一有空就来，一有空就来，技术科似乎成了大磁铁，整个吸引了任红的精神、情感与神经。于晓华开始觉得奇怪，但之后很快就发现，任红往她这儿跑是为了一个人：

陶成。

陶成是新分到厂里技术科的大学生。上世纪80年代初，大学生可不像今天满世界都是，稀缺得如同凤毛麟角。陶成是文革结束后第一届学工科的大学毕业生，偌大的一个漆器制品厂好不容易就分来他一个，因此身上带着一道特别的光环。准确地说，任红从看到陶成的第一眼起，就已悄悄爱上他了。任红那时20出头，对生活中的一些男人也不是不曾萌生过幻想与情愫，但这一回跟以往不同。以往碰到的那些男人，纵使她有些好感，但也仅仅好感而已，如果约她吃个饭跳个舞或喝个茶什么的，她就不一定接受了。可对陶成不这样，陶成在她内心构成的影响之大，即如春三月向阳坡地上刚冒出的嫩汪汪的草芽，在一阵煦风吹来时所引起的那种惊悸式的颤动。任红第一次遇到陶成，心里就猛地响了一下："卟嚯！"只觉得心里一颤，身上一热，像夜空中升起的一枚照明弹。

因为爱，陶成成了直快列车，在通往任红心灵深处的轨道上呼啸奔驰。任红在这以前从未注意过小小眼镜架在一个男人鼻梁上会是怎样，可如今只觉得这玩意原来是个绝妙的宝物，你看陶成戴上它多俊气多有学问多有魅力，没准儿老祖宗最初设计这小玩意就是专为陶成这种好男儿戴起来让人欣赏的。任红怀揣这样的心思后，每次到技术科坐在于晓华桌旁跟于晓华说话就全成了虚的，一双大眼总时不时向陶成那边瞟。当然任红并不像一些大胆女孩让整个目光胶水一样粘在陶成身上，她的目光仅像一只娇怯的小鸟，在枝头跳一跳就飞开。

陶成自然不是木石之人，他很快就感觉到了任红对他的那种意思，问题只是，他与任红见了面，只是点头微笑打招呼，你要想外加麻油再来点别的，对不起，没有。任红对此暗暗苦恼。为了吸引陶成的注意，任红背地里作了许多努力：每次到技术科前，总要穿最新潮最漂亮的衣服，盘最时髦最讲究的头，上班前对着镜子描眉画眼，细细研究一噘嘴、一扬眉、一颦、一笑。可令任红异常失望的是，这一切努力均未收到预期效果。到后来，任红实在是有点生陶成的气了。任红心想，有什么了不起哎，不过就是个大学生，模样长得周正些，傲的那个样子哟。气归气，任红到底硬不起来，有空没空，还是往技术科跑，目光一碰到陶成，脸就一阵阵红。

这一切当然逃不过于晓华的法眼。于晓华见自己的好友受这种待遇，有点不平，对任红说，哎呀呀，看你这人，也太老呆了！他陶成也不是白马王子，说起来家还是乡下的，细细闻，没准儿身上还有玉米花味，犯得着为他这么痴痴迷迷冒傻气？任红任于晓华说，不回嘴，两眼只是出神专注地望着前面。于晓华看她这副样子觉得好玩，就唱《心太软》逗她。任红嘴一噘道,看你这人,说起来还好朋友呢,这种时候不出来帮我,还取笑我!于晓华不再逗了,盯住她问:真的放不下?

任红眼里泪汪出:

真的。

很爱?

任红点点头。

这之后,于晓华为任红两肋插刀,漂漂亮亮做了三件事。

第一件事,舞会。当时厂里动不动来客户,客户是上帝,无论鲨鱼巨鲸,龟鳖虾蟹,厂里一律请吃请喝请玩。那时候世界还太简单太缺少花色,好像所有的节目也就是个跳舞。于是每次客户来,厂里总挑几个模样好舞也跳得像样的作陪。这个陪是快活事,最起码一条,可以好酒好肴享用一通,有时头儿一高兴,没准儿还外带一点纪念品(送客户剩下的),因此这种美差不是随便哪个都可以轮到。但于晓华有的是办法,每次都把任红叫上,名义上陪客户,实际为她跟陶成培养感情创造条件。常言道,跳舞跳舞,跳成伴侣;舞会舞会,情人幽会。任红坐在舞厅里整个心都在陶成身上,从头到尾一直在等陶成邀请。陶成是个有礼有节的人,自然不会让任红失望,可是跳过两三次,就不再邀请了,把个任红丢在那里坐立不安望穿秋水可怜兮兮让石头人子都忍不住掉泪。

于晓华帮的第二个忙,是想方设法在陶成面前为任红评功摆好。任红常到技术科,大家对她都熟了,因此,于晓华时不时把话题引到她身上,为任红说上一大堆好话,说得婉转有致,水平一流,让人听得耳服心服,一点不觉得过。

于晓华为任红帮的第三个忙帮大了,准确地说,她是为任红陶成创造了一个相当难得的机会,毫不夸张地说,这个机会任红如果好好把握好好利用,一准儿能让陶成匍匐在她的石榴裙下。

那是上海一家星级酒店向厂里订购一批漆器屏风,产品送往上海时,厂里决定派两人护送,结果这两人,一个是陶成,另一个则是任红。陶成身为技术骨干，业务尖子，尤其这批产品的创意出自他的手笔，厂里派他去，顺理成章。可任红，填漆车间一个普通女工，草丛里的一棵草，她所具有的那点能耐，车间里人人都有，为什么别人轮不到偏偏让她去？知道底里的人当然明白，全归功于于晓华。于晓华觉得，一男一女结伴出差，这是谈情说爱的绝好机会。于晓华于是立刻努力，找出个由头替任红申请，没想到天可怜见，厂长大人一时菩萨心肠，竟答应了。当任红听到这一天大喜讯，先是不相信，接着抱住于晓华差一点哭起来。可临行前一天，任红犯愁了。穿哪件衣服好呢？天呀，穿哪件衣服好呢？她关上宿舍门，把自己仅有的两只箱子翻开来，对着镜子一件一件试，可试来试去，几乎把所有衣服试尽了，就是不知道赴这一趟具有划时代意义的玫瑰之约穿哪一件好。犯过愁之后，任红接着又脸红心跳，想，这一路来一路去，坐在陶成旁边，身子紧挨着他（想不挨也不成），天呀，哪该是一种什么滋味啊！尤其晚上在宾馆，就他俩，谁也不认识他们，房间里除了柔和的灯光，一切静静的，他们完全可以……任红想到这，身子软了，心都快跳出来了！

任红与陶成去上海一共五天，于晓华在家想，五天将近一个星期，旅行结婚出去一趟，办酒请客斩头去尾，剩下的时间没准儿还没这么长呢！

于晓华为他们烧香磕头暗暗祝福，同时在想，任红呀任红，等你回来我倒看你怎么谢我？

可是一周后任红回来见到于晓华，却"哇"地哭了。

任红抹着眼泪说，陶成头一天晚上没到她宿舍，第二天，任红特地把门虚一条缝等他，可一直等到晚间新闻结束，等到电视连续剧结束，等到体育新闻结束，门都没有响一下。第三天，任红硬是鼓着勇气走进陶成宿舍，可陶成给她倒了一杯茶，客气地说了几句话，一直到很晚很晚送她出门，连她的手都没碰一下……

2.胡开发

最终成为任红老公的是胡开发。

任红是经人介绍认识胡开发的。八十年代末城市的小男小女还远不像现在这么开放,处朋友谈恋爱缺少单兵作战的能力,多数需要人牵线搭桥做好前期铺垫工作。

给任红做介绍的是与任红同一班组的顾师傅。顾师傅把个胡开发夸成一朵花——小伙子人聪明,有特长,在玩具厂做驾驶员。玩具厂多好的单位,全市顶呱呱的名牌企业,生产的玩具畅销海内外,胡开发每月上海呀广州的总要跑好几趟。出差补贴一大笔不说,而且便宜新潮的衣服不知道能买回多少呢。

任红被顾师傅这么一大段赞美诗弄得云里雾里,于是答应跟胡开发见面。在此需要特别说明的是,顾师傅找她说这事时,正是任红与陶成从上海回来后不久,任红心灵的天空阴云密布,整日不见一丝阳光。

半年后,任红与胡开发结婚了。

婚事操办得有点匆忙,有点草率。这内里的原因只有于晓华清楚:任红怀孕了,肚子越来越不争气地挺起来。

于晓华笑她,嘴馋,一刻等不及!

任红伏在她肩上吃吃笑,用手掐她。

结婚之初,胡开发倒是让任红在单位大大风光了一下。胡开发每次跑上海跑广州,回来总给她带点礼物:一件风衣,一条裙子,一件马夹,一顶帽子,甚至小到一只发卡。任红穿戴上身好些日子,街上那些精品店里才有得卖。用一句毫不夸张的话说,如果你生活在小城无法了解南方都市衣饰的趋向而想知道,很简单,只要看看任红就行了。单位里好些人羡慕她，啧啧赞叹之余，不乏嫉妒。有人买布料仿她衣服的样子做，有的实在经不起诱惑，一咬牙，跑上几条街也买上一件跟她一样的，可到车间跟她身上的那件比，比到最后不由气馁：价钱比任红的贵不说，布料摸在手里还远没有任红的轻软柔滑。

春天的一天，任红穿了一件胭脂红撒金长裙到厂里上班，见工作台上散着一包糖。任红从中挑了一块大白兔，一边剥糖纸，一边问，什么糖？

旁边人答，喜糖呀。

哪个的喜糖？

陶成呀！人家从妇幼保健医院娶回一个穿白大褂的医生！

任红没等对方说完，"卟"地将已经剥开的大白兔往开一扔。

任红跟胡开发过了没几年平定日子，再往下，关系就逐步变得不对劲了。细究起来，根源首先在任红身上。一天，任红跟于晓华去工人文化宫看一台大型文艺表演。演出进行了一下午，整个舞台上彩云缭绕，五光十色，俊哥靓妹如云，令人眼花缭乱。观看结束任红从文化宫大门里走出，好像一脚不是踏到地上，而是步入了一个虚幻的世界，一切都成了陌生的。任红回家后一时什么事也不想做，坐在沙发上恍恍惚惚。就在这一天，任红突然发现胡开发很难看。任红很惊诧，他就是自己的丈夫吗？——那个与自己同床共枕无数个日子的男人？任红突然觉得，自己这些年简直是糊里糊涂，两眼一直是闭着的。任红禁不住悄悄再一次注意他，这一注意，问题越发严重。不是贬他，胡开发真的很难看，不光矮，而且皮肤粗糙，黑孜孜的。尤其这两年，贪个啤酒，一有机会就跟朋友轧在一起喝，把个肚子喝得圆滚滚的像冬瓜。任红实在很吃惊，几年前顾师傅带她与胡开发见面，怎么一点儿没感觉到，稀里糊涂就同意了。

当然，关系紧张的更直接的原因还在胡开发。胡开发这两年发了，他先是承包厂里车队，承包两年狠捞了一笔，可他该缴的承包费不缴，厂长与书记找他谈话，他只是赔笑脸打马虎眼请他们喝酒，到最后塞了领导一些钱，以经营亏损为名，来了个金蝉脱壳，跟玩具厂挥手"拜拜"，自己买了两辆二手货车，招兵买马，跑起运输。

胡开发发财任红当然拍手欢迎，任红即使再糊涂也不至于觉得钱多了对她会有什么不好。没钱房子哪来？家电哪来？让人啧啧夸赞的裙子哪来？有钱不等于什么都行，没钱却是万万不行。

一段时间，胡开发经常夜不归宿，在外跟人喝酒。任红要是责怪，他会双手一摊，无可奈何道，有什么办法呢？为了揽业务，你不请这些大爷二爷吃吃喝喝，他们会把大肥肉给你？

任红对他业务上弯弯绕绕的事根本搞不清，因此也就从来不往心里放。任红唯一不满的是，因为喝酒，他每天深更半夜回来吵了她的觉。任红直到后来有一天洗衣服，发现胡开发夜里回来随手扔在沙发上的衬衫上有一块红，展开细看，不是一块，是两块，一式樱桃那么大，一块在胸口，另一块还在胸口。任红脑子里几乎没有作一刻停顿，立刻猜出，是口红，某个女人留下的。任红是个不化妆不出门的人，她对口红的识别能力远远超出胡开发对香烟、酒、汽车轮胎的辨别。当时任红脑子里电光石火，浮想联翩，多日积存在心里的几个疑团一下有了答案。疑团一，任红不止一次在胡开发裤子口袋里掏到歌厅里的点歌单，那上面用圆珠笔歪歪倒倒写着手机号呼机号，任红本以为这是那些客户的，如今再清楚不过，是那些歌厅或休闲中心小姐的。疑团二，胡开发是个性欲特强的家伙，婚后对任红只要求两条，一带好儿子（这是他的心肝命），二好好陪他。这个陪当然指的床上做爱。胡开发有时甚至一进门，也不管白天晚上，立刻就要任红脱衣，脱得光光。胡开发在任红来例假的日子里，因近不了她身，简直成了笼中兽，有时急得嗷嗷叫。可这最近，胡开发却很少碰她。任红本来想，你不碰就不碰，我还乐得安逸呢。任红对做爱本来就没什么兴趣。可如今任红一下全清楚了，原来水龙头在外面放过了。第三条让任红想来最气愤。任红虽没受过高深教育，但生来爱干净，每晚都要用水洗洗，妇科上一向没问题，可这一年却不断出毛病，痒，有炎症，这个药吃到那个药，就是不见好。任红本以为女人到这年龄病多，怨不得人，如今看来，全是这龟孙子作孽从外面带回的！任红心里冷笑，好你个胡开发，你就那么一副德行，你除了会赚几个臭钱，你是有文凭有长相还是有官位？也不撒泡尿把自己照照，当初不是你死乞白赖送这送那百般讨好趁人之危我会一时发昏看上你？任红这么一想，立刻悲从中来。夫妻吵架按常规都是"一哭二闹三睡觉，四回娘家五上吊"。"睡觉"与任红个性不符，"上吊"过于激烈，任红朦朦胧胧觉得，这世上还有许多好东西在前面等她，如果就这么一冲动撒手而去，岂不便宜了那些个小妖精小贱货了？任红要留着一条命养足精气神跟她们斗！

胡开发见事已败露，只好捏鼻子做软蛋。胡开发信奉的是"家里红旗不倒，外面彩旗飘飘"，因此，尽管在外隔三差五唱卡拉OK，泡小姐，但不希望危及家庭。任红，要脸蛋有脸蛋，要身材有身材，平心而论，外面那些小姐，除了年龄小些，吃口嫩些，哪一条比得上她？

于是三天以后，胡开发备了一份厚礼：烟，酒，茶食，布料，孙子似的来到丈母家，点头哈腰低头认罪赔不是，最后就差双膝一弯下跪了。丈人好烟好酒，丈母爱吃茶食，胡开发两发糖衣炮弹一下命中要害。于是丈母娘先是绵里藏针地把女婿数说了一顿，算是为女儿争回面子，接着调转脸来批评女儿，舌头跟牙还斗呢，多大点屁事，就这么个闹闹闹！是能闹出五斗米，还是闹来个大彩电？到临了，任红只得回家了。

任红回家，其实并不是因为她妈的一顿说，而是心里想：家又不是你龟孙子一个人的，家有你的一半也有我的一半，法律上写着的；我什么时候离，什么时候回，是我的自由。我的家我不回，让你把那些小狐狸精带回瞎搞，美的你！

这年是1995年。也就在这一年，胡开发好像好运到头了，随着市里企业一家家亏损瘫痪，货运生意越来越不好做了，两辆货车经常在家睡觉。胡开发窝在家没事干，晚上一上床就要扒任红裤衩，任红脚一蹬，冲他，做你大头梦！把个冷脊背给他。胡开发见软的不行就来硬的，硬的遭到抵抗，立刻火冒三丈，把床头柜上台灯掼了（这是几年前他从上海带回的一只人造水晶台灯），掼得不过瘾，一把抓起床头柜，高高举起，嘴一咧，"叭"地一家伙摔到地上，惊得左右邻居以为地震。

这本来就不是一锅合格的菜，如今再搅进一只死苍蝇，就越发滋味不是个滋味，菜不是个菜了。这之后，胡开发就迷上了扑克，先是关牌，接着八十分，再又拱猪牵羊，花样不断翻。斗牌都是带彩的，虽然彩头不大；不带彩那是老头老太太玩。开始斗牌，都在茶馆饭店，可近来因为货运生意连走下坡路，用钱无法像从前随手，就把据点移到家里。任红本来不反对家里来人，男人总有个三朋四友，没有还叫什么男人？还怎么做生意赚钱？但现在不是过去了，现在的任红就是看不顺眼，到了吃饭时间，儿子一抱，回娘家。胡开发见家里冷锅冷灶，对她半点办法没有，只得跑到家门口熟食摊上，买几样熟食，马马虎虎对付一下。有时嫌烦，干脆打个电话要快餐店送几份快餐。任红第二天回来，见牌摊了一桌，啤酒瓶倒了一地，家里乌烟瘴气，杯盘狼藉，胡开发死猪似的挺在床上，恨得暗暗咬牙！

那时厂里半停产，人心有些涣散，工会为了挽救颓势，以业余文化生活提振大家精神，于是组织大家跳舞。于晓华刚巧被调到工会负责这项工作，因此每次活动总要通知任红。任红天生一副好身材，出了名的摩登人物，舞跳得好的都争着请她跳，没有多长时间，任红的舞技就越发锤炼得炉火纯青了。

总在厂里跳不过瘾，任红就拖于晓华去外面舞厅跳。厂里反正上半班，时间有的是。

舞跳结束，夕阳西坠，于晓华要回家，任红不让她走，拖她到茶馆西饼屋或肯德基吃东西。于晓华就劝她，算了，没有不吃腥的猫，男人都是那德性，胡开发见你不回，又要摔盘子掼碗了。

任红目光硬硬，头一扭，摔就摔，他会玩我比他还要会玩！

就在这之后，任红在舞厅碰上了一个人。

3. 凌小林

那天，任红下班后照例去舞厅。回家干什么呢？回家无聊，闷。任红觉得还是舞厅好，舞厅里光线半明半暗，朦朦胧胧，如果是不顺眼的请你跳你可以随嘴说出个理由推掉，照旧坐在位置上看人跳。舞有跳得好的，看跳得好的跳是一种享受；也有跳得差的，跳得难看的，最难看的那种，哈着腰，一摇一摆，像老母鸭。当然如果邀舞的男人样子顺眼，任红也不推却。来就是玩玩的，有好舞伴不跳，大脑有毛病啦？这么跳跳歇歇坐坐谈谈，时间过得不知不觉。

任红这天是一个人来的。任红走进舞厅刚把包存起，就有人邀她。任红两眼尚未适应舞厅里半明半暗的光线，就推道，对不起，我不想跳。可在一支新的萨克斯管乐响起时，那人有礼有貌地又来请她。任红借着朦胧的灯光看去，觉得这人总体还算顺眼，就站了起来。他舞跳得挺好，跳到一半，就与他跳得十分协调了。舞跳完回到位上，他相跟着过来，很殷勤地替任红点了饮料。任红悄悄观察，这男人有点偏瘦，但皮肤很白，很细，是个斯文人。他嘴巴很好使，跟任红才跳了两支曲子，就老熟人似的，有一句没一句地闲扯起来，直到结束，半步不离任红。舞会散场，他递给任红一张纸条，纸条上写了"凌小林"及呼机号码，并问任红有没有寻呼机。任红迟疑了一下，撒谎说，没有。对方耸耸肩，一摊手道，那我们约定，明天下午还这时间，我在舞厅等你好吗？如有变化，你打我的呼机。第二天，任红是同于晓华等几人一起去跳舞的。舞厅里人很多，她们一时找不到空位，只得站着。就在这时，凌小林走过来，一直走到任红跟前。任红委实有点诧异。任红没联系给他，任红觉得跳了一次舞就打人家呼机未免太过分了。任红没想到他竟会找她。

任红相跟着凌小林滑入舞池。一曲终了，当任红像从水底冒出的一个泡泡又出现在她们面前时，同伴们七嘴八舌拷问：

老实交代，可是傍上大款了？

样子挺斯文，好像是个小白脸吗？

你这家伙重色轻友，把姐妹们一撂就是半天！干什么勾当了？

任红表面上一副蒙冤受屈的样子，心里其实很得意，急口辩道：

哪像你们说的那样，也就是昨天碰到的。昨天你们都不肯来，我只好一个人来，就碰上了。是个老师，哪里是什么大款。他今儿早就来了，还特地订了个雅座，在等我。人家既然好心，我总不能推却吧？

任红请大家都到雅座去，说那儿环境好，有茶喝。于晓华晓得任红只是客气，就说，罢了罢了，心意领了，还是你一个人去吧，就那么大点地方，我们朝里面一坐，眼睛顶着鼻子，岂不让你们不方便了？

任红急道，瞧你说的什么呀，不也就是喝喝茶说说话。

任红说这话时因为不老实，脸早红了，只是舞厅里光线暗谁也没有发现。在雅座，那个什么凌小林好像只循规蹈矩了一刻钟，很快就对她搂搂抱抱，先是摸手，接着就亲嘴了。任红自从跟胡开发关系恶化后，因为经常泡舞厅，舞厅男女之间的各种小动作对她时有耳濡目染。任红心想，你们臭男人成天在外寻花问柳，我们女人家为什么就只应该老老实实？因此，只要遇上可心的，任红也不十分推却。

这之后，凌小林与任红联系多了，每天临下班，任红总收到凌小林打来的传呼，今儿跳舞，明儿喝茶，后儿看录相，后儿的后儿，一起吃饭。当然，吃饭只能是路边店，大排档，一只砂锅，两碗米线，偶尔也来小烧小炒，但点菜之前总把个油渍斑斑的菜单看上半天。

一次跳舞结束，天已傍晚，夕阳的余晖把高楼商厦的屏幕玻璃辉映得灿若桃花，凌小林温言软语地邀任红到一个地方坐坐。

什么地方？任红问。

好地方。

好地方？什么好地方？

凌小林温情脉脉，满打满包道，绝对好地方，包你去了高兴，去了满意。但就是不说什么地方，样子挺神秘的。

任红心里好奇，见他那副笑眯眯的样子，心里有些软，就跟他去了。

是在老城区的一条小巷里，任红骑着车跟在后面弯弯曲曲绕来绕去走了半天，来到一所旧式院子前。院子很破，整个看上去灰灰暗暗，像泥里刨出来的一只土豆。凌小林从裤子口袋里掏钥匙开门，门锁很旧，"豁啷啷"开了半天，又使劲拽了几拽才打开。任红站在门口，不知道这是什么地方，愣愣怔怔不敢进去。凌小林鬼精鬼精，自然看透了任红心理，扯扯她手，嘻嘻笑道，没什么，这屋是我朋友的，他到南方去了，一直空着。进来嘛进来嘛，又没有人，挺安静的。

任红糊里糊涂被扯进去。

屋里很小，一张铺着褥子的床，一张很旧的小方桌，两把生锈的钢管折叠椅。桌上有空啤酒瓶，吃过未洗的碗筷，还有两枝插在瓶里的花，花是玫瑰，早已枯萎，两片落在桌上的花瓣枯干黯淡，像美人的尸体。

任红并不糊涂，她早已知道凌小林渴望对她做些什么，任红之所以跟着他来，只是因为这些日子他对她确是不错，再则，任红心里也有几分好奇，暗中也想借此机会看看，凌小林到底将会对她怎样？

但任红在这破屋里仅仅站了片刻，立刻就不想呆了。凌小林哪里舍得她走，一把抱住她，一迭声道，别，别走，为什么要走？我做错了什么？我只是想跟你谈谈，好好谈谈，亲热亲热……嘴早已拱到任红脸上。

任红不是没被凌小林吻过，但那是跳贴面舞，灯光暗，约定俗成，大家都可以这样，跟这里不同。

你放开放开放开。

不，放开你会走。

放开我不走，不放开我就走。

凌小林只好放开。

任红微微气喘，揩了揩凌小林留在她脸上的口水。

你这房子到底怎么回事？任红问。

凌小林鬼鬼地笑，我朋友的，不是告诉你了？

哪儿的朋友？

朋友吧，你问那么多干吗？

你怎么有他的钥匙？

他是我朋友，我代为保管嘛。

任红盯着他，你哄我！

凌小林目光有点躲闪，你怎么啦？咋像审犯人似的对我？

任红嘴使劲一抿，起身要走。

凌小林再一次拦住她，两臂一用劲把她掀到床上。

任红被他这一粗暴的动作吓住了。不知为什么，这动作让任红一下想到眼睛暴突举两只大钳子的刀螂。任红不喜欢刀螂，觉得刀螂的样子有些难看。任红怎么也没想到这刀螂的动作会在这么个斯斯文文又是做老师的人身上出现。当然任红来不及细想，因为任红发现暴眼刀螂已在毛手毛脚地撸自己下面的裙子了。任红立刻急了起来。

你放开！放开！我喊人了！

凌小林根本不听，一门心事往目的地挺进。

放开我！放开！求你放开……

凌小林开始扯她粉红的三角裤。

任红拼命地推他，扯他头发。到最后"哇"地哭起来，嘶声高喊：

来人呀，救命呀……

凌小林放开了。

这事的发生，让任红心里堵了三天。

任红决定与他分手。

可是凌小林哪肯就这么结束，任红不复他呼机，他就一次次打，坚持不懈持之以恒地打。一切无效，凌小林就到舞厅门口等，到里面找，大海捞针也要把她找到。凌小林很清楚任红最爱去哪几家舞厅，因此一找找个准。凌小林见了任红，一个劲地说，对不起，都怪我不好，你想怎么处罚就怎么处罚，即使要我上刀山下火海我眼也不眨一下。任红开始不理他，但经不住他一次次甜言蜜语检查认错，心又软了。凌小林见有了一丝转机，越发蚂蟥似地叮住，掏肝破胆表白，我真的喜欢你爱你，想跟你好好做个情人，歌里不是唱不在天长地久只要曾经拥有嘛，连傻子都觉得有个情人好，都什么时代了，干吗不放开些玩玩？

任红望住他，脑子里总浮现出刀螂的形象。刀螂实在是太不讨喜了，任红想把它抹去却抹不掉。任红整个感觉失去了，没法再喜欢他。为了回避凌小林，任红只好放弃最常去的那几家舞厅，不顾路远到别的舞厅。

可凌小林仍然不肯罢休。

一天下班，任红推着车从厂里出来，远远发现凌小林站在路边一棵泡桐树下，两眼直勾勾地望她，心里不由咯噔一下。

第二天，凌小林又来了，还是站在那棵树下。

第三天，一样。

任红烦死了，向于晓华发出呼救。

你到底喜不喜欢他？于晓华问。

任红脸忍不住红了一下，吞吞吐吐道，一开始还好，但现在……反正不想跟他处。

始乱终弃？

求你别拿我逗好不好？

好，那我问你一句话，你要照实说。

什么话？

有没有跟他睡过？

没有。

可别哄我！

真的没有！

接下来一天，任红又在厂门口遇上了凌小林，任红按于晓华关照的对凌小林说，今儿时间早，我们找个茶馆喝喝茶好好聊一下好不好？凌小林等的就是这句话，一迭声是是是！好好好！车龙头一转，相跟着来到一家茶馆。可是进茶馆才拣了个位置坐下，凌小林立刻傻眼了。原来任红不是一人，她把于晓华搬来了。凌小林在舞厅见过于晓华，说不清为什么，他不喜欢这个人，他从内心怯着她，怕她。

于晓华看出了凌小林的尴尬，主动从位置上站起来打招呼，是凌老师嘛，坐坐坐。又不是第一次见面，不必拘泥嘛。

凌小林不知她葫芦里卖的什么药，只得哼哼唧唧坐下。

于晓华待凌小林坐定，放下杯子道，对不起哟凌老师，我首先向你打招呼，作为局外人，我不该过来挡三绊四，但有一条你凌老师可能有所不知，这些年来，我跟任红情同手足，住集体宿舍时睡过上下铺，因此作为好姐妹，今儿有几句话必需敞开来对你说一说，我想你不会介意吧？

不会不会，你请讲，你请讲。

听任红说，你是在旅游学校做老师？

是，是，教教书。

教什么？

语文。

不对嘛，旅游学校的方校长是我朋友，听他说，学校教语文的老师里没有姓凌的嘛。

凌小林一张本就苍白的脸越发白了，跌嘴绊舌道，不，不，我是说过去，过去我当过老师……

好了好了，过去你当没当过老师我们不去研究，只是我听任红说，你对她好像很有点意思，是吗？

没，没什么，就是想，处处朋友……

处朋友，好，我这人也喜欢处朋友。不过有两条你可能有所不知，任红大概也不太方便对你说，你既然是任红的朋友也就是我的朋友，因此我想提醒你一下，也算是尽尽朋友之情吧。

请讲请讲！

第一，任红的老公是个搞运输的老板，他不识几个字，本事肯定没你大，但他会赚钱，赚的钱多得用麻包装；他胳膊粗，好打架，三四个汉子站下来，未必是他对手，谁要是碰一下任红（噢，补充说一下，他这人天生的醋坛子，把老婆当命！）让他晓得了，他会眼睛一翻，六亲不认，废掉你条腿呀胳膊呀什么的还算轻的，要是酒劲发起，心一狠，没准儿就要了你小命！——这是我要向你说的第一条。第二条，任红虽说常泡舞厅，但她不找相好，不找情人，要找，早找到了，找什么样的有什么样的。她是良家妇女，有老公有孩子，思想上偏于传统，很尽妇道，从不跟人乱来。跳舞在她仅是爱好。爱好，懂吗，凌老师？

凌小林一迭声道，懂懂懂，脸上汗像水一样下来。

自此以后，凌小林再不到厂门口来了。

可莫名其妙的是，解脱后的任红，每天下班走到厂门口，竟习惯性地将目光转向泡桐树下，心里没来由地有点寂寞。

4. 春　生

毫不夸张地说，春生是个大帅哥。一米八的个头，皓齿丰唇，浓眉俊目，说话声音不仅具有男子的浑厚，而且不乏温柔的魅力，任红第一次见到他，就被电倒了。

任红整整比春生大八岁，八岁是个不小的悬殊，可它在真正的爱情面前，仅仅是零。任红跟春生在一起跳舞，一下变成了小姑娘，撒娇，逗闹，耍小脾气，发憨，发嗲，发疯，咯咯咯笑个不断。

长期以来，上班在任红是一种需要，因为那里有一帮同事，有好一些姐妹，在一起可以消磨时间。但如今不同了，稍带夸张一些说，如今任红待在厂里简直是一种煎熬，尽管这煎熬当中包含若干希冀与甜蜜，但毕竟令她心急难耐，坐立不安。

好不容易熬到下班，任红奔到车棚，车子一推，立刻往约会地点赶。俩人一起跳舞，唱卡拉 OK，喝茶，看电影，蹦迪……逢到花钱，都是任红掏腰包。春生家在郊区，是一家弹簧厂工人，弹簧厂乡办，效益差，每月挣的钱不超过六百块。任红晓得这些，但任红从不把它当回事，就是喜欢他就是爱他就是想跟他在一起，整天在一起一分一秒不分开……

任红第一次跟他做爱，是在河滨公园。

那天他们跳过舞在大排档吃过小吃，相伴着走了一阵还不想分手。天已黑了，一盏盏街灯温情地望着他俩，像是窥破了他俩的心事。任红早已分辨不清东南西北，就那么稀里糊涂跟着春生走呀走走呀走，走到了运河边柳树下那条灯光暗淡树影斑驳鹅卵石铺就的小路上。春生一到这条路上就把车子停在路边了。春生先是搂着任红的腰往前走，走了不一会，站下不动了，双臂绕到任红腰间，将她搂住，越搂越紧，嘴嘘到她耳边，说，我要跟你做爱。任红面对春生温柔的近乎呢喃的声音，身上整个酥软了。于是接下来该发生的一切都发生了。在这之后，任红不止一次回忆起这一幕，很诧异竟在夜幕下那张冰凉的石凳上把自己的身子给了他。那是露天呀，要是碰上什么人怎么办？天呀，怎么办呢？

1是个最小数，但同时也是最大数的起点，有了这个基础，就可以往无穷大发展。河滨之夜后，春生便开始屡屡向任红提要求。任红自然不忍让他失望，但同时觉得在河滨公园的石凳上做那事冒的风险实在太大，于是就躲到茶坊、录相馆或歌舞厅的包厢里做。包厢要收包厢费，少则50，多则80、100。春生身上没这么多钱，任红自然经常埋单。

日子一长，任红有点吃不消了。任红本来手头较宽，自己工资从来不存，带在身上零花。可近来胡开发生意不顺，车总歇着，任红见这样一次就是几十块，不免有点心疼；尤其，茶坊也好，歌厅也罢，时间长了保不住不出事，于是跟春生商量，每月花个200，在外面租间房，这样既安全，又节约。

有了小窝，俩人就有点恣意放纵了，而这样的结果，竟一夜之间改变了任红对做爱的观点。任红对做爱一向不感兴趣，每次遇上这码事，总是很敷衍很被动，内心只希望越少越好。可任红跟春生好上后才发现，原来一个女人跟自己心爱的男人做爱，绝对不是一件讨厌的事，相反美极了，妙极了！世上许多美妙都是用言语说得出的，唯独这一个任你有多大本事也说不清。它让你发麻、发木、发疯、发癫，一会儿死，一会儿生，一会儿把你抛入深谷，一会儿把你托举到云空，你已经不是你，你从头到脚始终被一股巨浪席卷着，裹挟着，载沉载浮，载漂载流，欲癫欲狂，欲仙欲死，最终成了一滩泥。天呀，这是一件多么神奇，多么美妙，多么让人陶醉的事呀！这么多年了，为什么这种感觉一直没有出现？为什么直到今天它才来？这个调皮的小坏蛋来得太突然了，它简直像一把锤子，"当"地一下把任红锤醒了。这一锤，使得任红一下告别了黑沉沉的冬眠时代，一脚跨进了明媚灿烂的春天！

任红就这么变得一天都离不开春生了。

任红跟春生商量后，回家开始闹离婚。

离婚？胡开发怀疑自己耳朵出了问题，两眼一下瞪成铜铃。

离婚？胡开发手里酒杯"叭"地一家伙飞到壁上，水花一样溅起一片大大小小白白亮亮的酒杯碎片。

你傍上小白脸了？胡开发恶狠狠地瞪着她。

任红脸对着墙，"嗯"了一下。

他叫什么？

任红不想告诉他，但停了停，还是说了，春生。

春生？春生？胡开发那只茧子厚厚专握方向盘的大巴掌磨盘似的抡圆，吼一声，我操你祖宗八代的！一家伙掀到任红脸上。任红两眼一黑，"咚"地一下摔到地上。任红在墙角憋了半天不能动，待慢慢爬起，嘴里腥腥咸咸，眼前金花乱冒，呸！呸！朝地上连吐了两口血。

任红又一次对胡开发说，我要离婚。

胡开发眯起眼细望她。她目光冷冷，一脸的死硬倔强。

可就在这之后，任红按约定的时间在舞厅门口等春生，可左等不来，右等不来，看看表，都快四点钟了，再过一个多小时舞厅都要关门了。任红正心急火燎的，包里呼机响了，拉开包的拉链取出呼机一看，脸吓白了。

任红都没有听到管理自行车的老太在她身后喊"姑娘，姑娘，给钱呀！"跨上车子，歪歪倒倒直往医院骑。

春生腿被打断了，右腿股骨严重断裂。

×养的胡开发，一定是他干的！任红牙咬咬的在心里骂。

任红回到家什么也不说，坚决要离婚。

胡开发眼翻到头顶，火冒万丈，恨不得用大卡车把她辗了！用斧子把她劈了！但闹到最后，胡开发心灰了，绝望了，撂出话，你滚吧！滚吧！你不是急着要跟那乡巴佬去睡嘛？老子这就给你签字！

说到做到，胡开发真的把字签了。

签字的第二天，胡开发就将一个涂脂抹粉妖妖艳艳的女人带回家。任红下班回来，见她躺在沙发上，那一脸的表情和眼神，好像她是这屋的主人，而她任红完全是个外来户。

任红离开家时，仅带了几件换洗衣服。当走进那间与春生每月二百元租来的灰灰暗暗简易平房时，她浑身发软，没一丝力气。她倒在床上，一把抱住带有春生与她共同留下的一丝丝腥腥涩涩气息的被子时，忍不住呜呜地哭了。

一个月后，任红与春生结婚了。

婚事不可能大办，任红与春生仅请了与他们相处得最好的几个朋友，小范围闹腾了一下。洞房就是那间200块钱租来的屋，征得主家同意后，墙壁粉刷了一下，地上铺了一层地砖。春生因在厂里经常迟到早退，这次受伤后又旷了许多次工，被厂里下岗了。任红一个月也就一千元不到的工资，俩人的日子一下窘迫起来。为了给春生找份事做，任红到处求人，一下成了热锅上的蚂蚁。到最后实在走投无路，任红只得向于晓华借了六千块，在小街上租了两间屋，俩人开了一爿饺面店。小店开张后，任红与春生每天起早摸黑，腰间各围一条白裙，面里滚，面里爬，白眉白眼，像两个怪物。

一天，于晓华在街上碰到任红，见任红又瘦又黄，气色不好，都有些不认识了。两人一路走一路说话，于晓华用手指捣捣任红问，放着好好的老板太太不当，却来做个洗碗婆，后悔呀？

任红低眉含笑道，苦是苦点，但心里很受用。

于晓华细细望着她，见她瘦削的脸上升起一抹红晕，目光迷迷离离，禁不住击掌赞道：

好一个任红，还真有你的呀！

故事到这里本应结束了，可万想不到，一年后，春生与任红离婚了。

离婚的原因：

春生在舞厅傍上了一个老板的遗孀，她在银行有着一笔不小的存款。

最后一个离开肯德基店的老人

都市的肯德基店都一样：温暖，热闹，明洁，便捷，有一种现代生活的气息，这一家也不例外。此刻街灯已经亮起，光顾肯德基的顾客开始进入高峰，直对大厅的玻璃门不时一闪一闪晃动，进进出出的人像流水。进来的多数都是年轻人，三三两两的，成双作对的，十分热闹。也有中年人，一般都是夫妻俩带着孩子。孩子最喜欢肯德基了，孩子一进门，就像熬了一冬的小马驹子走进春天的绿草地，又欢又叫，撒开蹄子跑，大人拽都拽不住。收银台那边，客人排成一条龙，排过队的转身从人群中出来，手里端着餐盘，大步往座位上走，餐盘中，有饮料，食物，吸管及餐巾纸。餐巾纸方方的，很白，很细，角上统一印有红色的肯德基店标志。着红马甲的侍应生侍应小姐不时身影闪过，手脚利索地收拾餐台，用拖把拖地。

老人坐在位置上望着这一切。

老人下午就来了，刚进来时，大厅里整个空着，只有临街靠窗的位置上坐着两三对男女。老人是在着红马甲的侍应生过来问要些什么时，才点了一个汉堡，一袋薯条，一杯果珍。老人其实并不想吃，之所以点，实在是觉得总这么坐着，白占人家位置，有点不像话。

老人是午睡起来后来的。午饭后，老人都要小睡一下，几十年了，雷打不动。时间不要长，也就打个盹。醒了，再躺躺不住，就爬起来。老人不吸烟，不喝酒，不是舍不得，实在不感兴趣，一点不感兴趣。老人生活中唯有一嗜：茶。要好茶，龙井，碧螺春。极品大可不必，中档即可，色佳，味醇。老人起床后，茶沏上，在沙发中慢慢坐下。沙发对面是彩电，遥控器就在茶几上，举手可得，老人懒得看。电视老一套，新闻，连续剧，球赛，综艺，歌舞。有时实在无聊，实在冷清得难过，才会开电视。对着电视，他并不用心看，只贪图那点热闹，那里面发出的声音。

老人到社区活动中心转过。开阔的大厅里，一张张方桌，一撮撮人，都是打扑克的，打麻将的。老人不喜欢这些，老人只对象棋有点兴趣。可不知为什么，活动中心下象棋的很少。偶尔遇上了，他就坐在旁边看，有打单的，就跟人家下两盘。棋还是做学生时下的，这之后很少碰过。下棋确是一种健脑游戏，而且高雅，老人一直不敢随意碰它，老人始终觉得，下一盘棋太费时间。

有时也到浴室泡泡澡。浴室不是洗浴城，也不是休闲中心，是那种最普通的大众浴室。大众浴室很热闹，三教九流，各色人等都有，洗过了，躺在躺椅上，毛巾把子揩揩，茶喝喝，国内形势，国外大事，家长里短，传奇秘闻，什么都能听到。澡客都是老澡客，一张月票一百多块，不洗白不洗，于是天天光顾，都很熟了，烟甩过来甩过去，嘴上妈妈奶奶的，拿老婆开玩笑，拿媳妇逗乐，一阵阵大笑不时像小惊雷。老人长期以来都在单位小浴室洗澡，没见过这番情景，觉得新鲜，有趣。来过两次，生面孔变成了熟面孔，人家尊他"老先生"，主动跟他打招呼，拉话，问单位、收入、老婆孩子。老人知道他们都是退休工人，心直口快，虽有点不习惯，但一一照答。可老人发现，大家听他说完，一时都没了声音，一道道目光变得有点特别。

坐在老人旁边一张餐台上的，是一家三口。夫妇俩吃得很简单，特别是丈夫，面前只有一杯咖啡，一张报，一边吸烟一边在看报上文章。老人正对面坐的是一个挺可爱的小男孩。小男孩手抓一只鸡腿，正津津有味地啃着。细看去，年龄与老人的孙子冬冬出国时相仿，顶多七岁。小男孩可能发觉有人在悄悄看他了，抬起头，扑闪着一双大眼睛。老人微微笑了笑，目光转开去。

旁边一张餐台上坐着两对青年男女。餐台是方的，四个人刚好一人占一边。餐盘里，五颜六色，花样繁多。这么冷的天，居然还要了刨冰。他们说不完，笑不完，随便谈什么都异常兴奋。女孩子抿着吸管的唇红红的，小伙子都精神抖擞，英俊可爱，不时端起纸杯与对方碰一下。老人发现在旁边靠墙的一张餐台上，坐着一个男孩和一个女孩，女孩头发黄黄的，头紧挨着男孩脸，一直在说悄悄话，不时笑眯眯地舀一匙什么往一动不动盯着她的男孩嘴里送。这是一对小恋人，他们在谈情说爱，老人想。老人只觉得现在年轻人也太自由开放了，情感上的事居然一点不避讳。老人由此想到自己四十多年前，经人介绍与老伴认识，俩人总在科研所后面那条林阴路上散步，很冷的天，哈气成霜，老伴戴着手套，围一条大红围巾，只有两只眼露在外面。散步散了无数次，连她的手都没碰一下。老人悄悄问自己，时光如果跨越到今天，我会带老伴到肯德基坐坐吗？我会有勇气像今天的小年青，与老伴头挨头，亲亲密密地说话吗？

不知什么时候，坐在对面的小男孩和他的父母走掉了，着红马甲的侍应生在收拾餐台。侍应生是个很帅气的小伙子，头上戴着红帽子。他大概因为整个下午都看到老人坐在这里，对老人有了印象，因此一边手不停地忙碌着，一边悄悄打量着老人。老人的目光与红帽子侍应生的碰上了，老人有点不自在，脸转向窗口。窗外是灯火辉煌的大街，大街渐渐安静下来，只有一辆辆小车不时快速地驰过。

老人绝没有想到，老伴会走得这么早。在一起生活几十年了，不要说仅凭彼此的一个动作、一个眼神就能猜到对方的意思，就连模样儿都变得越来越相似了，不像是夫妻，倒像一对老兄妹了。小轩窗，正梳妆，那是小夫小妻的生活，年纪大了，图什么？就图的说说话儿，就图的相互伴着，就图的有个安慰呀。老伴身体挺好的，平常连感冒都很少，真的，连感冒都很少。老伴动不动取笑他是药罐子，因为他经常吃药打针。老伴生性好动，性格也乐观，每天早上跟一帮子人在楼下小公园里做晨练，寒冬酷暑，一天不落，回来时手里总拎着豆浆包子或油条什么的。老伴不止一次跟他说早上活动活动的好，动员他也参加到他们队伍里去。他知道老伴说得对，可就是难做到，因为他夜里经常失眠，早上实在爬不起来。

不知不觉间，大厅里变得空旷起来。红帽子侍应生在用拖把拖地，身影矫健。老人看看腕上的表，还差一刻钟十点。十点，确实不早了，但在加拿大还是早上，太阳不会超过楼高。这会，儿子家里没有人，一家子都在外边忙乎着。儿子上班的公司离家很远，他要买辆车就好了。可他刚买的房子，25万加元，手头不可能宽裕，起码要到明年才可能买车。有个车就好了，有个车，一家子出门就很方便了。冬冬这会正在学校上课。西方人素质教育，学习负担轻，从寄来的照片上看，冬冬比以前长高了，长胖了。冬冬也爱吃肯德基。记得以前老人从幼儿园接冬冬回家，从肯德基门口过，常带他进去。

想吃什么？

鸡大腿！冬冬放小炮仗似的答。

老人笑了，好，鸡大腿，鸡大腿。

老人挑了一个位置坐下，把钱给冬冬。

不一会，冬冬引着红马甲乐颠颠地往位置上跑来。

冬冬吃得很香，大口大口的。小脸娇娇嫩嫩，像花。

……

老人家，你还需要些什么吗？红帽子侍应生站在老人面前问。

老人愣怔了一下，噢，噢，不需要了，不需要了。

儿子其实一星期打一个电话回来就行了，不必打两个。打两个，费钱。加拿大电信费用虽没有中国高，但毕竟越洋电话呀。电话都在固定时间打来，星期三，星期日，晚上八点。八点钟还没有到上床时间，接电话方便，儿子肯定是这样考虑的。儿子性格内向，但处理事情很细心很周到。每次电话来，都是冬冬首先说话。冬冬到底孩子，对环境的适应就是比大人快，才到那边两年，一般性的口语就说得很流利了。冬冬说完，接着是媳妇说，媳妇说完，最后才是儿子。儿子仍旧劝他到加拿大去，儿子说，多伦多是加拿大的第二大城市，华人很多，到了那边，生活上很快就会适应的。老人知道儿子的心情，但他暂时还不想去。儿子到那边才站住脚，老人不想增加他负担。

老人家，你餐盘里剩下的还用吗？红帽子侍应生又出现在旁边，轻声问。

噢，不，不要了。老人微微仰起头，答。

侍应生将剩下的汉堡薯条撤下。

老伴真的身体很好很好的，想不到说走就走了。她就喜欢养个花儿草儿的，每次浇水时，还跟它们说些话儿，好像花草也通人性似的。老伴吃粥就喜欢就着个豆腐乳，还要是上海老城隍庙的，其他不行。老城隍庙的豆腐乳确实很鲜，很下饭，吃不厌。老伴是个挺爱整洁的人，一有空就这里抹抹，那里揩揩，搞得家里总明窗净几的，几十年的习惯。老伴是个实心眼，刚结婚时，整个心里装着个老公，儿子出世后，一大半心分给儿子；再后来有了孙子，就有天没地地巴结孙子了。

老爷爷，对不起，我们要关门了。

噢，噢，知道了，知道了。

乳腺癌好像并不是什么大不了的病，许多妇女开刀都没事，怎么偏偏就她有事？她虽不吃斋念佛，但心地善良，每次遇到要饭的，都要掏一两枚硬币放到人家碗里。看电视一看到不幸的事，就抹泪……

老爷爷,这是你的拐杖。

她身体真的挺好挺好的,每天晨练回来,脸都红红的,泛着一层健康的血色,像二月花……

老人接过拐杖,慢慢从位置上站起。

凭她的根底,她应该走在我后面才对,怎么说走就走啦?

外面下雪了,老爷爷慢点走。

怎么说走就走了呢?

这是为什么呢?

红帽子侍应生为他拉开玻璃门,老人拄着拐,一步一步走出去。

怎么说走就走了呢?

为什么?

为什么?

……

街白了,天上飘着雪花。

秋风叙述

秀　秀

　　霜风一日紧似一日,老河滩上的苇子挨挨挤挤,密密匝匝,四面八方漫开去,一直漫到天边,一直漫到清碧碧的大河心里。十五岁的秀秀,穿一身白底小红花的衣衫,远远地从那草色枯黄的圩岸上走来,像一朵飘行在秋风中的凤仙。秀秀手里拎一只瓦罐,是来给他们送水的。大老远,秀秀就看到了苇滩上自家码起的两个苇垛。苇垛儿高高的,秋阳照着,黄灿灿像两座山。

　　再往跟前走走,秀秀就看到了爸。爸坐在苇垛上,一准是做了半天活,身子困乏口中干燥需要歇歇了。爸头发粗短,脊背光着,背后衬着蓝瓦瓦不见一道云丝儿的天空,秀秀觉得心里挺舒服。

　　刮咕——刮咕——!一阵很清越的水鸟叫。秀秀猜定是柱子,想不理他,但还是扭过头。

　　不远处,柱子弯腰收拾着地上的苇子,正脸冲秀秀笑。

　　秀秀白了柱子一眼。

五月里的一天，晚霞在天边烧，四周青碧碧的苇子密如厚墙，一丝不动，秀秀一个人在河里洗澡，突然发现绿蒙蒙的苇棵子里沙啦啦一阵响，有人躲在苇子里偷看。秀秀本想大声叫骂，但从那一晃而过的身影辨出，是柱子，就把冲到嗓门口的怒声压下去了。秀秀觉得柱子居然胆大包天偷看她身子，实在坏透了！秀秀当时恨得咬牙切齿，但过后心情平定下来，竟然并不十分恨他。

　　秀秀走到苇垛跟前。

　　爸，水送来了，你下来喝喝水歇一刻呀。秀秀喊。

　　爸从苇垛上溜下，拍拍手，接过秀秀递过来的粗瓷青花大碗，仰起头，咕笃咕笃一气猛喝，一线晶亮的水顺口角流下，鸡蛋大的喉结上下翻动，样子滑稽极了。

　　柱子走过来望秀秀一笑。秀秀啧了他一眼，也给他倒了一碗。

　　妈呢？秀秀望着爸问。

　　爸脸上全无一点表情，放下茶碗，手里卷着烟，样子像是没有听到。秀秀对着爸爸的目光立刻变得尖利起来，并且显出若干的不满。

　　爸和柱子喝过茶，秀秀把碗一叠，合到茶罐口上，拎着茶罐站起。

　　你回去歇着吧，茶罐就放在这。爸吸着烟挺疼惜地望着秀秀说。

　　秀秀越发不高兴起来，声调挺不好听地回道，你口干，妈就不口干？

　　爸呼出一口烟，望着远处白光光的河面说，她口干，她会自己过来喝。

　　秀秀没理爸爸。秀秀拎着茶罐一路往苇滩深处走去时，耳朵里始终回响着爸爸刚才说话的那副腔调。秀秀很反感这种腔调。在秀秀的印象中，爸爸平常说话并不这样，尤其对她秀秀，从来都是语气温和，脸上带笑，让秀秀听得舒舒服服，满心欢快。秀秀不知道爸爸为什么每次说到妈妈的事，总是这种腔调，总是一副没精打采、霜打过的样子。在秀秀的记忆中，爸爸在家几乎很少跟妈妈说话。秀秀晚上不止一次隔着墙壁偷偷听爸爸妈妈屋里的动静，可秀秀什么也听不到，似乎那边空空的，黑咕隆咚，根本就没人。在家里，除开对秀秀，爸爸的脸永远是枯枯的，板板的，像秋冬裸露出来的一大片老河滩。秀秀很反对爸爸这样，可秀秀除了心里暗含不满，却又不好直接怨他怪他。秀秀发现，正因为爸爸这副样子，妈妈长期以来郁郁闷闷，寡言少语，脸上很少有个云开日出的时候。秀秀不知道到底为什么，心里好苦恼好纳闷。秀秀本是个清清纯纯爱说爱笑的女孩，可由于长期一直敏感地承受着这种苦恼与纳闷的压迫，因此如花一般妩媚的脸蛋上，过早笼上了几丝远不应属于她的人世风霜的云翳。

秀秀还没有走到妈妈面前，就已听到一声声大头镰砍到苇子根部的脆响。

妈妈腰弯在苇丛里，身后是一片片已经割倒摊在地上的苇子，面前则有更多密如厚墙的苇子等待她的镰刀去割，她那弓着的身腰在整个黄乎乎的苇子的背景上，显得很小，很弱，很瘦，远望去，简直像是一束被霜风吹折的苇花。

妈，我送水来啦。秀秀叫。

妈妈没有答应。停了停，妈妈直起腰，脸却没有转过来。

秀秀走过去。秀秀突然发现妈妈的袖管上一块殷红。妈妈的手上怎么啦？妈妈的一根手指割破了，血从裹得厚厚的苇絮中渗出，红红的，分明正在往下滴……

妈妈！秀秀一声叫，连忙奔过去。

妈妈竟然脸往一旁扭了扭，似乎不愿让秀秀看到。秀秀奔到妈妈跟前，一下盯住了妈妈的脸。秀秀大吃一惊。秀秀不仅看到了妈妈脸上因手被割破而掩饰不住的痛苦表情，而且看到了那一大片浓重得像雨云一样的忧伤与哀戚。妈妈一个人时，秀秀不止一次看到过妈妈脸上的这种忧伤与哀戚。秀秀对妈妈的这种神情有一种刺心彻骨的熟悉。此刻妈妈分明躲避着秀秀的目光，而眼中却蓄满了盈盈欲滴的泪水。

往　事

　　二十年前一个春天的早晨，天边飘着红绫似的朝霞，河堤上的青草披一层雨滴似的重露，水姑拎一只竹篓到河滩上拾田螺，意外地发现水边苇棵里躺着一个死了一般的黑乎乎的人。水姑当时吓了一跳，远远地站在旁边看。水姑见他身上水淋淋的，破破烂烂的衣服上沾着好些青青绿绿的水藻荇丝，胸口似在微微起伏。水姑十分害怕，但又觉得不能离去。到后来，水姑发现那人很吃力地微微睁开眼，灰白的嘴唇很勉强地动了动，像要说些什么。水姑突然明白了什么，连忙从口袋里掏出一块苋菜烧饼递过去。那人颤颤地抬手来接，苋菜烧饼却从手里掉落下去。水姑望着他的脸，尤其迎着他那虚弱得近乎一道游丝的目光，心里不禁生出一片怜惜，便大着胆子在他身边蹲下，将苋菜烧饼喂到他嘴里。水姑将一块苋菜饼喂完，立刻起身往家跑，喊来了她爸水佬儿。这个奄奄待毙被水姑一块苋菜饼救活的，就是当年的萧大。水姑后来才知道，萧大父母都已过世，他是被抓了壮丁用驳船往高邮城押送的路上，硬是半夜里跳水逃出的。萧大说，他怕当兵，他们村前两年抓去的五个人已死了三个，他不想死。水姑的爸爸水佬儿当时是湾子里唯一的船户，既跑些水上运输，秋天又要收苇子进城卖，活儿多，忙不赢，见萧大年纪轻轻，样子忠厚，又会使船，就把他留下做了帮手。

　　湾子里是个很荒的地方，每天从早到晚所能看到的都是黄苇，白水和那飞在河上的水鸥。水鸥时不时从那茫茫无边的苇滩里飞起，在青天白水间鸣叫，声音又响又锐，嚎哭一般。水姑跟她爸水佬儿在湾子里虽吃穿不愁，但日子里总觉得缺少点什么。水姑后来很快发现，爸爸对话不多但做起活来却很卖力的萧大十分满意。秋日苇子老黄，萧大从早到晚扑在滩里，水佬儿从未有过地感到收割的负担轻了许多。进城卖苇，船一路在水上行，水佬儿只需坐在船尾手把着舵，同时则可以点起一锅子烟，一边美美地品着，一边时不时望一眼光着脊背壮实有力的萧大熟练有力地撑篙。

水佬儿渐渐感觉到女儿的心事，则是后来的事。

父女俩相依为命，水姑自然成了水佬儿的心肝宝物。可使水佬儿一直感到很苦恼的是，水姑跟着他除了烧饭，除了在滩上忙乎，整日很少有个开心的时候。水姑自从前年她妈过世后，越发闷闷的，不大讲话，脾气越变越怪气，郁郁地让他摸不透。水佬儿看到女儿这副样子，心里堵得慌，但一点办法没有。可是水佬儿发现，自从萧大来这里之后，水姑却悄悄地有了变化。水佬儿每次与萧大从城里行船回来，总发现水姑坐在岸上眼巴巴地候着。苇子卖了，有了进项，水佬儿喜欢打一壶酒，买两包荷叶包的熟食，在屋前坐下慢慢享用，萧大在这些日子的忙碌中出了大力，水佬儿自然也请他就坐，并且在他面前放下一只斟得满满的酒盅。每当这时，水佬儿总发觉水姑在屋里坐不住，不时走出来，头低着，脸微微发红，挺不自然地在桌子旁边转来转去。

水佬儿的死是在这之后半年不到的事。病得很突然。先是肚子鼓胀，然后浑身水肿，接下来就水米不黏牙了。

水佬儿临死前，把萧大与水姑叫到床前，两眼久久地盯着他俩，目光哀哀的，十分散淡。到后来，水佬儿目光定定地落到萧大身上，沉默了半天又半天，终于断断续续地对萧大说，湾子里虽说荒，但吃得苦，日子总不愁过。船是一条好船，隔一年要上一次油，爱惜着使。水姑是个老实的女伢，你要带好她。

萧大在水佬儿说出这番话时，卟地一声在床边跪下了。

水姑一直在流泪。

这一年，萧大二十，水姑十六。

水佬儿死后不到半年，水姑突发暴病。

水姑病好后，本自姣好的脸蛋，却落下了一层很难看的麻点，而就在这一年，水姑怀上了萧大的女儿秀秀。

秘　密

　　东边天上刚露出一带鱼肚白，柱子就开始装船了。苇垛顶部一捆捆苇子上落着一层毛拉拉的白霜，手抓上去冰冷彻骨银针一般扎人。在柱子肩扛手提着一捆捆苇子奔走于苇垛与木船之间的当儿，东边天空嫩汪汪的霞光越来越鲜明亮丽起来。萧大还没有来，柱子一直一个人忙着。作为船主，柱子不可能指望萧大来与他一同从头到尾装船。柱子知道自己既然是萧大的雇工，理所当然就应承担这所有的一切。柱子对萧大心里一直暗暗羡慕，因为柱子在成为萧大雇工后不久就听人讲，别看如今的萧大有船有屋有家有室，人模狗样的，可最初的境遇远不及他。柱子觉得老天对萧大实在是太开恩太厚爱了。柱子每当碰到娇娇美美的秀秀，总禁不住暗想：我柱子要是能有萧大当年的能耐，来日能像萧大当年娶上秀秀的母亲水姑那样娶上秀秀，真该磕头拜佛了。柱子对萧大，不仅做事卖力，而且十分忠心。萧大每次进城卖苇，萧大所有那些藏藏掖掖见不得阳光的事情柱子都知道得一清二楚。柱子知道，但柱子不说，这让萧大十分满意。在湾子里，即使有人飞短流长抑或嬉皮笑脸曲里拐弯地向柱子打听探问，柱子顶多只是笑笑，对萧大发生在城里的任何一件事永远都是死心塌地守口如瓶。柱子知道这事绝非小可。柱子觉得，萧大之所以对他一向满意，他对萧大私生活秘密妥善保存是其重要原因。柱子每次与萧大行船进城，苇子卸进开芦席铺的三姑奶奶家院子后，萧大总习惯地丢给柱子几块铜板，然后就悠悠然走过跳板向三姑奶奶的宅门逛去了。柱子独自守着空船，面对一河暮色残霞，慢慢享用着萧大赏给的铜板买来的二两老白干和一荷叶包猪头肉，心里只是奇怪，那个开芦席铺的白白胖胖的女人，年纪顶多五十岁，萧大为什么一口一声地叫她三姑奶奶？柱子二十出头，知道世事如麻，凭他根本没法弄清这些蹊跷古怪的事儿。柱子后来想：罢了罢了，咱不必去烦那些与己无关的事情，还是乐得享用面前的老白干与猪头肉吧。嘿，这猪头肉与老白干还真是好东西哟，酒一口，肉一块，真是味美无穷，任你吃上一百次一千次也不会够！

远远的，萧大扛着一支大橹向这边走来。

透过淡淡的雾气，柱子瞅了瞅萧大黑绰绰的身影，心里竟有点古怪。

橹在船上安好，萧大与柱子一同将苇子往船上装。

苇子快要装完的时候，萧大拍拍手上身上草屑土灰，对着一船岗尖岗尖的苇子望了望，转身去了。

每次都是这样，萧大在船装完临行前总要回去一下。萧大回去，是要脱去这一身脏衣，换上一身干干净净齐齐整整的行头，那架势仿佛即将登台演大戏一般。柱子自然明白这为什么。柱子虽一声不响，但心里忍不住鬼鬼地笑。

就在萧大离开不一会，秀秀突然在船旁出现了。当时柱子正坐在船头休息，一抬头看到了秀秀。秀秀的出现简直像是水里冒出的一秆嫩苇，悄悄的，没有半点声息。

秀秀，你来做啥？柱子见了秀秀，一下站起，很开心。

秀秀望了望柱子，小步快速地直往船上走。

柱子见秀秀神色有些异样，心里觉得奇怪。

你要做什么秀秀？柱子盯住秀秀问。

秀秀不望他，直往船舱里钻。

我要跟船进城。秀秀说。

你爸要的？

不。

你爸没有要，那你不能进城。

我要进。

不，这不可以。

为什么不可以？秀秀两眼大大地瞪住柱子，一脸的不悦。

秀秀，这真的不行……

求求你，柱子哥，帮我一下。

柱子额头上汗出来。运货之船不让女人搭乘，这是祖宗的规矩，违背这规矩，会遭不测。

你放心，秀秀说，我不会给你带灾的，你离开一下，只装不晓得我上船的。

柱子不知道秀秀这样做究竟为什么，两眼一直望着她，简直一点办法没有。

秀秀走到船尾，在苇垛上喳啦啦扒开一个洞，钻进去。

大 火

太阳白光光地往西偏斜，船沿着青砖驳岸的河道驶进城，在开芦席铺的三姑奶奶家后院的码头处泊住。

在这座临水的小城里，开芦席铺的三姑奶奶一直是作为一个神秘人物存活在小城人的心目中。在年长街坊们的记忆中，三姑奶奶如今所拥有的这爿芦席铺早年原是这座城里有钱有势的沈福源沈老太爷家的烟馆，三姑奶奶当年只是沈家大院的一个使唤丫头。据当年泡过烟馆如今还活着的老辈们回忆，三姑奶奶在沈家作了一段时间使唤丫头，后来就到烟馆来了。她嘴头子巧，跑动应答活络，模样也耐看，是沈老太爷的讨喜宝子。沈家烟馆被封掉是后来的事。那是一个寒风如刀的冬日，一支不知从何而来的队伍突然进了城，一直开到沈家大院，一下把所有的门户巷道封锁了；不久，青砖深院里便爆出一阵阵乒丁乓当的打砸声和人的哭叫。那闹腾一直持续了很久，在没经过大事的小城人的心目中引起了一阵莫名的惊悸。据阅历深广者估计，这很可能是在军界做官并一直成为沈老太爷靠山的大儿子沈威犯了官家某一天条。开进城的队伍没有走，大有长期驻扎下去的趋势。沈老太爷深感大势已去，不得已便撑着病体清理店铺，贱卖房宅，于一个月黑夜，带着若干箱笼财物，与家人乘船离开了小城。沈老太爷这一去，竟再也没有回来。许多年后，小城里的人们之所以偶尔还忆起沈老太爷昔日的荣华与威势，则是因为当年沈家的丫环即如今的三姑奶奶一直没有离城。使小城人费解的是，沈老太爷急乎乎贱卖房产店铺时，为什么唯独留下了开烟馆的那三间瓦屋与一所宅院，把它永久性地留给了三姑奶奶？小城人实在搞不清沈老太爷作如此安排的内在动机，因此这在小城人的心里便成了一个永久性的不解之谜。

　　如今的三姑奶奶白白胖胖，看上去整个已成了一只丰盈肥硕的海豚。三姑奶奶虽胖，但那不时从脸上洋溢而出的盈盈笑态仍十分迷人，尤其那双晶亮的眼里所透射出的光让你整个感受到的是一股激情充盈的生命活力。三姑奶奶一直单身，这种形式上的孤身自守，使不明就里的人很容易误以为她在为心目中的某一个远在异地或不幸亡故的男人坚守贞操，然而那些敏感细致的街坊们其实早就感觉到，三姑奶奶真正个人的私生活，绝对比任何一个这种年纪的女人都要风光富丽得十倍还要超过。他们之所以三缄其口，则是因为在那隐隐夜色中跨入三姑奶奶大门的男人，都是城里一些有头有脸的人，其中最让人心生畏怯的，便是那位腰间挎着盒子炮的城保安队的一个副官。

　　此刻，三姑奶奶正在睡榻上咕噜咕噜吸水烟。

　　三姑奶奶虽说开着一爿芦席铺，其实手下并没有雇多少人编什么芦席，三姑奶奶大量收购苇子，只是把它们转卖到扬州、镇江、南京、无锡等地。三姑奶奶守着这爿铺子并没什么事，整个白天的时光几乎都是在一口一口呼出来的水烟的白雾里飘去的。

　　三姑奶奶正悠悠闲闲吸着水烟，替她管事的糟九进来了。

　　糟九说，湾子里萧大的船到了。

三姑奶奶眼光没有抬一下，哼哼道，你去安排人替他卸苇子，要他过来歇歇腿。

三姑奶奶在糟九退出之后，长长地嘘了口烟气，云云雾雾的眼里立刻变得精彩光亮起来，随即浑身抖动，咯咯咯爆出一串舒心快活的笑。

萧大的晚饭是与三姑奶奶一起吃的。萧大左一杯右一杯，一共喝了六杯三姑奶奶为他泡制的药酒。六杯酒下肚，萧大先是只觉得一股热力晕晕地冲到头上，接着就柔柔热热地往下身运去。萧大还想喝，三姑奶奶笑着打了一下他的手，就把杯子夺过去了。萧大望着三姑奶奶迷人的笑，浑身越发热火起来。

三姑奶奶钻进里间不一会，就叫萧大。

门没有拴，萧大一推就进去了。屋里点着一盏油灯，灯光辉亮而朦胧。三姑奶奶坐在澡盆里，整个身子在氤氲的水汽里透出一派鱼似的白光。

过来，替我搓搓。三姑奶奶吩咐道。

萧大很驯顺地在澡盆边蹲下。

萧大给三姑奶奶搓洗了不一会，气就粗了，手脚也乱了。

三姑奶奶笑骂道，别他妈的馋猫似的，熬着点！

三姑奶奶搓洗完，要萧大也洗洗，自己就躺到床上去了。

萧大不能不听三姑奶奶的话。然而萧大坐在三姑奶奶刚洗过的温水澡盆里，感受着浓浓的洋皂味与三姑奶奶白腻腻的身子所留下的体香，浑身发烫燃烧都快爆裂开来。

萧大几乎都没有将身上的水珠擦尽，就急猴猴地爬到三姑奶奶床上。

萧大正要扑到那一大堆香白美味的肉上，床头上面的窗口突然哗啦一声响。

什么东西？萧大身子一僵，昂头问。

会是什么响，野猫子爬屋。三姑奶奶平平淡淡道。

萧大心里不踏实，脸往窗口贴近。

窗口闪过一道黑影，随即一阵沙啦啦脚步。

有人。萧大不安道。

三姑奶奶呼地吹掉油灯，一把将萧大拉到怀里，嘻嘻笑道，我说了，是野猫，管他呢！

萧大本已僵木的身子渐渐又变得活泛起来。黑暗中，萧大伏在三姑奶奶身上，即如一只颠簸在白浪中的船。萧大两眼大大地盯着三姑奶奶光光的身子，只希望那油灯重新点起，好让他细细看尽三姑奶奶那一身丰腴光洁的白肉。萧大觉得这样过瘾极了。此时此刻，水姑长期以来那一脸的坑洼麻点所带给他的屈辱，带给他的苦涩，甚至带给他的愤懑，都得到了抵消，得到了补偿，得到了慰藉，于是一股从生命底里迸发而出的激情与热力如火山一般猛烈而强劲地喷薄而出。

然而正在这时，靠床的窗上突然出现一抹红光。这红光起始忽明忽暗，闪烁不定，但不一会竟热烈起来，活泼泼一闪一闪急跳，如无数粉红可爱的舌头伸展蜷缩。片刻过后，但见红光满窗，浓艳如霞，屋里整个被辉映得一片血色。

正一步步迈向欲望峰巅的两具肉体，不由一下僵木了。

与此同时，院里一下爆起糟九苍老而沙哑的嘶叫：

走水[①] 啦——！

秋　霜

睡在船上的柱子被一片喧喧的吵喊声惊醒，其时上弦月还没有升到中天。天很黑，柱子揉揉惺忪的眼，只听见岸上人喊马叫，天崩地陷，巨大杂乱的吵声如山洪暴发一般由夜心里扑来。柱子一个虎跃，奔出船舱，只见河面一片暗红，小城的天空弥漫了火光。柱子站在船上放眼望

---

① 走水，民间对"失火"的讳称。

去，但见粉红色的天空上翻腾着一团团浓烈粗大的黑烟，无数条红亮巨大的火舌活泼泼伸展着，腾跃着，一下一下舔噬着黑沉沉的夜空。远远的街面与巷道被火光映得灰红黄亮，无数黑绰绰的人影喧叫奔跑，如旋转的陀螺。柱子从没见过这般阵势。柱子紧张而又兴奋地站在船头，只觉得一股股热血直往上涌。柱子发现许多人家的屋脊和那高高的风火墙一闪一闪，像被涂上红漆，样子很古怪。柱子很快又发现，那被火光辉映得通红的天空中，竟有无数灰色的鸽子在飞。柱子觉得很奇怪，不相信在这么大的火势里，会有鸽子一点也不害怕地在天空中乱飞。柱子很快就发现，那根本不是鸽子，而是灰。天呀，什么东西烧出的灰这么大呀？柱子很快发现闪着血光一样的河面上竟落下了无数可怕的灰鸽。一只灰鸽飞到面前，柱子扬手去接，灰鸽飘忽了一下被他捞住，手指捻动了一下，细细的，黑黑的，有些炙手。空气整个发烫了，充满了浓烈焦煳味的热风一阵阵扑到脸上，像挟着火。

柱子正沉浸在一种极为难得的亢奋里，突然发现一个细细的黑影背着通红的火光往船上跑来。

是秀秀。

似乎被一盆冰水兜头泼激了一下，柱子顿时猜到了这场大火的起因。

柱子到这时才注意到，那火势凶猛红亮如昼的地方不是别处，正是三姑奶奶家的芦席铺。三姑奶奶家屋后有个很大的院落，院里堆着七八苇垛。这七八个山一样高的苇垛，使这场大火整整烧了一夜。

萧大是在天蒙蒙亮时回到船上的。

萧大踏上跳板，一步一步往船上走，整个身架松松垮垮，样子像一头皮毛烧焦了的野牛。

萧大上了船，一下在中舱木板上站住，脑袋怪怪地往船尾扭去。

什么人坐在后面？萧大问。

秀秀。柱子回道。

秀秀？她什么时候进城的？萧大显然很吃惊。

我不晓得。柱子回答的声音很低。

几时上的船？

夜里。

萧大没有声音了。

萧大站在中舱里，半天不动，样子像一段木头。

天渐渐大亮起来，奶白奶白的河面上这里那里漂着一片片黑灰，潮湿微腥的河风中仍夹杂着一股顽固地不肯退去的焦煳气味。

开船吗？柱子低声问萧大。

萧大不答。

萧大坐在舷板上，灰塌塌简直成了一只松软空瘪的麻包。

船出了城。河面渐渐开阔。河水很清，清得像油。水牙咬着船头，声音细碎而清晰。河边不时迎来一丛丛苇子，苇叶枯黄，苇梢上结满了白花花的秋霜。

秀秀坐在船尾。

自打上船以后，秀秀一直坐在船尾。秀秀背朝船舱，脸对河面，几乎一直没动一下身子。

到后来，柱子隐隐听到一阵压抑的啜泣。声音从船尾处传来，起始尚低，但不一会响亮起来，越来越激烈，越来越厉害，带着一阵阵抑制不住的呜咽与战栗，凄厉激愤，盖过了天空河鸥的嘹唳与那清油油的水浪撞击船舷的锐声。

柱子低头黯黯撑篙，船在秋风中缓行，随着竹篙起起落落，一串串水珠顺篙竿滑落到河里。

乡村的围剿

这里很偏。转头四望，除了远处那撮灰蒙蒙的烟树村落，四面八方都是一片连一片的田、黄土岗子、杂树林、野草地、或宽或窄或大或小不成规则在蓝天下清澈闪光的河。过了河有一大片桑树林。到五月，桑树林绿汪汪一片海，树叶间结满桑枣，红的别吃，没有熟，涩嘴；黑得发亮一碰往下掉的那种绝对熟透了，蜜甜。每年桑树枣熟的季节，村里一帮破衣烂裳的孩子都喜欢往桑林里钻，出来时，无一例外嘴跟手漆黑，肚子鼓得像冬瓜。桑枣甜蛇也喜欢吃，有时你正往前钻，身上汗毛陡地一竖，脚步差一点收不住——一条大水蛇绞在枝上，小头高昂正对你咝咝吐信子。桑树林过去，就是那漫无边际的大草滩了。远远望去，草滩上有蚂蚁般微微移动的一小块一小块或灰或白的斑点。大一点的是牛，小一点的是羊。一灰一白，都在啃草。走近了，可听到咕吱咕吱的声音，那是乡村的音乐。牛不喜欢过夏天，夏天热，而且有牛虻不断骚扰，于是中午都赖在村口池塘里不出来。池塘不大，水浅，牛身子翻过来覆过去，尾巴不时叭地一声甩出水面驱赶蚊蝇，鼻子很响亮很舒坦地喷着粗气，一池的水被搅成粘稠稠的泥浆啪啪啪冲击着系着牛绳的岸边老柳树筋骨盘结的根，拱出水面的牛脊背亮滑滑像涂了一层黑油。牛其实不脏，比如牛厩的屎就一点不臭，只有一股腐烂了的草腥味，村里人不光拿它做肥料，而且路上见了两手捧回圆圆地糊在屋墙上晒干了抓下当柴烧。牛身上确实有一股牛臊味，阴雨天，特别冲，但乡下人闻惯了，不觉得难闻。孩子们在野地玩累了，吆喝着向牛跑过去，脚踩牛角根，牛头轻轻一抬，身子上了牛背。有时一条牛上骑三四个孩子，相互抱着腰，又是唱又是闹。牛不嫌他们讨厌，照样安详埋头吃草。村子南面有一条路，路是土路，弯弯曲曲，灰白灰白，看不到头，看不到尾，远远地站在岗子上望过去，像春天割草时镰刀头上挑到的长长的蛇壳。据大人讲，路由南边通过来，往北，往北，再往北，一直通到很远很远的城里。城里啥样？城里像年节里窗玻璃上贴的红红绿绿的窗花那么好看吗？孩子们好奇，有时跑到村口，跑过黄土岗子，一直跑到大路边，在土坎上坐下，又脏又黑的手抓着瓦砾土块玩，眼巴巴地盯着远远的路头。好半天好半天，路头冒出一个小黑点，不一会，小黑点变成了甲壳虫，慢慢向这边爬，再待一会，甲壳虫清楚了，变大了，还有声音，很响。孩子们都站起，眼瞪大，一眨不眨地盯着看。当中特别兴奋的，忍不住将早已攥在手里的一块土疙瘩或瓦片往甲壳虫扔去！甲壳虫被打中，"乒"地一声，坐在里面的人隔着窗玻璃诧异地瞪起眼。不一会，甲壳虫远了，一道黄尘悬浮在空中，在夕阳的余晖中久久不散，孩子们站在路边，望着甲壳虫的影子一点点变小，变模糊，路上的黄尘慢慢变轻，变淡……

真正的故事是从丫丫表姐的出现开始的。

正是收稻子的季节。那天傍晚，天有点闷，远处隐隐地滚着雷似乎要下雨，打麦场上无数的蜻蜓在低空中团团乱飞，狗子、根柱一人举一把大扫帚奔跑着追扑，跟在后面的珍珍和兰子手里各捏着几只，有红翅的，黄翅的，绿翅的。被捕的蜻蜓不时挣扎着，翅膀激出一派细碎的声响。几个人玩得正酣，珍珍突然停下了（补充说明一下，珍珍是我姐，比我大四岁，那时，她到哪我跟到哪，像一条尾巴）。兰子见珍珍停下，她也停下了。怎么啦，珍珍？兰子问。珍珍没答兰子的话，偏着头，静静对着打麦场。

打麦场边上站着丫丫，丫丫身边立着一个女孩。那女孩不是村里的，不是。她是谁呀？我想不出，于是我跟兰子一样把脸转向我姐。我姐还是那么静静地看着，不说话，而兰子呢，两只眼瞪着，嘴已张得圆圆的了。我重又把目光转向那女孩。这一回我明白了我姐不出声兰子两眼瞪得又圆又大的原因了。原来那女孩跟珍珍跟兰子以及跟村里所有其他女孩太不同了。毫不夸张地说，在这之前，我从没看过裙子，一点不晓得它是什么样子，因此可以说，我对裙子真正形成一个直观的印象，就是始于这一天。至今我还清楚地记得，那条裙子是红白格子的，那样式放在今天实在是属平常得不能再平常的大路货，但在1970年的乡村（没错，是1970年，因为那一年我正好7岁上小学），尤其是在我们那个灰头灰脑偏远闭塞的村子里，就绝对等同于天上仙女所穿的仙服了。我记得，那裙子长长的，裙边拖到小腿肚下面，风一吹，飘飘的，这使得那女孩整个看上去就像一棵花树了。也就在这时，我发现一直舞着扫帚扑蜻蜓的狗子和根柱不知什么时候也已站在旁边了，四只眼睛傻傻地瞪着女孩，通红的脸上挂着一道道又黑又亮的汗，那样子就像两匹突然停止奔驰的马驹。

兰子朝丫丫招手："丫丫。"

丫丫望着兰子，身子不动："做啥？"

兰子骂："木头哟，喊你过来！"

丫丫就怕兰子骂，连忙过来。

"她是什么人？"珍珍问。

"我表姐。"丫丫答。

"你表姐？哄人！"兰子眼瞟了瞟。

"哄你就小狗，是我家表姐嘛。"丫丫怪委屈的。

"哪村的？"珍珍问。

"不是哪村，是城里的。"

大家眼睛一起瞪大。

"哪个城里？"

"南京。"

"南京？南京在哪？"

丫丫咕哝："不晓得。"

"南京有北京远吗？"

"不晓得。"

"南京好玩呀？"

"不晓得。"

"你表姐叫什么？"

"叫琴。"

因为有丫丫做桥梁，琴很快跟我姐、兰子、狗子、根柱熟悉了。琴说话口音跟我们不同，有点像"电匣子"里发出的，很好听。丫丫没有说谎，琴的家确实在城里，那城叫南京，是省城，很大，有电车火车轮船。琴眼下放暑假，没到过乡下，她妈让她到乡下玩玩，长长见识。琴说这番话时，被珍珍、兰子、狗子、根柱围得紧紧，说话的样子像小先生。兰子问的问题最多，两眼望着她，到最后，手伸过去捻着她裙子，问，城里女伢都穿这？狗子与根柱在琴面前有点不好意思，话没出口，脸先发红，更多的时候不声不响咧嘴憨笑。珍珍静静地站在后面不说话。

琴是背着一只很好看的花书包到乡下来的。不几天我们就发现，琴的书包里，除了书，作业本，文具盒，还有洋片，小镜子，红红的塑料梳。那洋片实在是个新奇东西，不大，长方形，上面印着人，风景，怪兽，五颜六色的，实在好看极了。这宝贝疙瘩，我们虽在一年一次或两次随爸妈去镇上赶集时在商店橱窗里窥见过，但在日子穷得丁当响一日三餐都难糊到嘴的乡下，对我们这些穷孩子来说，是可望而不可即的奢侈品。可琴不仅有，而且一大沓，被一根细细的橡皮筋捏着，整整齐齐。那天，兰子要她的洋片玩，琴就从包里把所有的洋片拿出来，临了，给兰子、珍珍、狗子、根柱和我每人两张。珍珍将洋片抓在手里细看了看，又还给琴。琴有些诧异，问，你不喜欢？珍珍淡淡一笑。琴望着我姐，又加一张。我姐仍还给她，不，我真不要。我望着我姐，真急死了，差一点喊一声，你不要给我！琴还有一面小镜子。那天，我们到丫丫家玩，琴坐在院里泡桐树下写作业，丫丫手里不知拿着一个什么东西照来照去。近前一看，是小镜子。那年头在乡下，镜子是个稀罕物。我们家有一块，那是十多年前我爸娶我妈时买的，水银早走样了，细细的铁框子锈迹斑斑，一碰就散架，妈妈把它贴墙立在桌子里首，从来不许我们碰。许多人家就连这样的镜子都没有，女人都是对着脸盆或水缸照照脸，抿抿头发。琴的这面镜子不大，圆圆的，正好可以放入口袋。兰子一进院门，见丫丫手里抓着它，眼睛立刻亮了，难得好腔调地对丫丫说，丫丫，给我照照好吧。丫丫不敢怠慢，连忙递到兰子手里。兰子对着镜子抿嘴笑，笑呀笑的，脸竟红了起来。兰子转脸问，珍珍你照呀？我姐接过，轻轻抚摸了一下，又反过来细看。镜背后有一张画，是《红灯记》里大辫子红褂子听奶奶痛说革命家史的李铁梅，好看极了。一直伸着鸭子头挤在旁边猴急猴急的狗子等不及了，手伸到我姐面前，涎着脸道，你不照给我照照好吗？没等我姐答应，抢过镜子。兰子用手指划着脸蛋笑话他，小伙头子照镜子，羞！羞！狗子不睬她，飞快地跑到太阳地里，镜子对着阳光一晃，一团光块一下跳到我们身上！一下跳到泡桐树上！白花花，亮烁烁！我奔过去伸手抓，那团亮又跳开。兰子兴奋得直跳，连嚷，给我玩一下！给我玩一下！狗子不睬，避开兰子，将镜子在阳光里直晃。光块一下落到根柱脸上，定住不动，根柱直往后躲，可光块跟着他脸跑。根柱眼花了，憨笑着，用手背挡着脸……丫丫平常是不被珍珍、兰子、狗子与根柱看得起的，特别兰子，对她说话很少有个好腔调，声音总是冲冲的，加上丫丫生得黄黄瘦瘦，经常拖一道鼻涕，不时吮吸一下，声音咻溜咻溜难听，因此，以我姐为核心的这一帮子，总是把她拒之门外，她成天落落寡欢可怜兮兮像条尾巴跟在我们后面。可如今丫丫因为有了琴这么个表姐，一下变了。挖野菜，划芦柴，剐药草，捞浮萍，或者躲家家，"跳房"，"格支"，兰子都喊她，把她当头一代。莲蓬结子了，莲米子剥开一股馨香，甜津津地好吃，狗子扛一只椭圆大澡盆吃吃喝喝到西大河采莲蓬，我姐和兰子都不会水，都想坐上澡盆下河，可都轮不到，留给丫丫独享，狗子根柱一边一个在水里护航，把个丫丫宠得都有些呆呆巴巴不会说话了。琴没有看过采莲的情景，自然觉得特别新鲜。莲蓬采上来，琴不会吃，珍珍教她怎么剥，兰子干脆把剥下来的白白嫩嫩的莲米往她嘴里送，连问，甜呀？好吃吗？

　　琴有时还被丫丫带着跟我们一起去放牛。琴看到我们一个个往牛背上爬，牛照样埋头吃草，温温顺顺，一点儿没脾气，就羡慕。珍珍最先从她的目光里看出了这一点，就问她，你骑呀？琴畏畏缩缩的，身子往后退。骑呀！骑呀！它挺乖的！兰子一个劲地怂恿，把她往老牛跟前推。狗子挺有经验地抚摸着湿漉漉的牛鼻，让牛头低下，巴巴结结地扶着琴往牛背上爬。琴歪歪倒倒上了牛身，先是腰哈着，接着慢慢往起抬，牛往前才走了两步，紧张得脸发白，大气不敢喘一下。琴受不了了。琴变了声地叫，我要下去，我要下去……喊着喊着，身子就从牛身上跌下了。琴爬起来喘了半天才发现，她那挺好看的红白格裙子的下摆弄脏了一大块，裙子后面蹭上了灰不灰黑不黑的泥斑，浑身上下还沾上了一股扑不去掸不掉从来没有闻过的怪怪的臊味。琴目光里满是错乱，满是怨怪，都有点要哭了。珍珍、兰子、狗子、根柱一动不动地望着她。丫丫走到她身边，小心翼翼，像做了什么天大错事似的。

有关琴的故事，在我记忆中留下最深印象的，便是后来的那场骂架。琴与我们玩得好好的，怎么突然骂起架来，这是少年时代的我怎么也无法想通的。

　　骂架之前，有个序曲。

　　琴的那块小镜子原来是琴的心肝宝贝，原因是，琴经常要用它照脸。可有一天，琴突然发现它坏掉了，亮烁烁的镜面上出现了几道白花花的裂纹。这不是跌的，跌的裂纹不会这么多，这是被东西压的或者砸的，纯属蓄意破坏。本坐在院里做作业的琴是到屋里找橡皮时突然发现的。琴拿着破碎了的小镜子从屋里出来，脸蛋通红。琴望着兰子，望着珍珍，望着狗子根柱以及我，气急道：

　　"你们为什么要把我镜子搞坏？为什么？"

　　这是我第一次看到琴生气。琴气急脸红地瞪着我们，而我们都不说话。

　　是哪个做的促狭事呢？兰子？狗子？根柱？还是我的姐姐珍珍？我一辈子猜不出。在我印象中，自从这件事之后，琴就不再找我们玩了。琴不找我们玩，我们也不找她玩。珍珍、兰子、狗子和根柱心里可能有话，你有什么了不起，我们玩的人多呀，我们还不想跟你玩呢！这对琴来说倒无所谓，对丫丫可就惨了。丫丫在我们当中仅仅热乎了没几天，一下就又变成了一块破布烂棉花被大家扔开了。丫丫站在琴和我们之间，进不是，退不是，挺尴尬，样子就像吊在巷头蛛丝上的一只蜘蛛，被风吹得不停地晃动。

　　就在这之后，骂架的事发生了。地点是在瘸老五家屋山头。瘸老五家屋山头有一棵老楝树，树下是一块打谷场，平平整整，干干净净，我们经常聚在那儿跳房、砸三刀、滚铜板、斗鸡。那天好像是下午，骂架之前究竟先有哪些序曲记不清了，我只记得，我正趴在地上看狗子与根柱滚铜板，头一抬，却发现兰子与琴骂起来。兰子跟珍珍站在一边，身子倚墙，琴和丫丫隔她们一片地，站在对面一户人家草堆旁。

兰子骂，你野种！野种！跑到我们这儿做什么！

琴也一点不示弱，脆脆的声音从对面冲过来，你才野种呢，你个乡下佬！乡下的野种！

珍珍见兰子被骂得愣住了，半天出不来声，立刻又冷又硬地给予还击，我们乡下人怎么啦？告诉你，没有我们乡下人你吃屎！

没有我们城里人织布，你光身子！

你吃屎！

你光身子！

吃屎吃屎吃屎！

光身子光身子光身子！

小妖精！

乡下佬！

狗子根柱停止滚动铜板，一手泥灰地站着，先是愣愣的，见珍珍动了嘴，立刻参加战斗，开口大骂，骂的都是下流话，特别狗子，骂了一会不过瘾，捡起地上的土疙瘩往琴砸，每砸一下，身子还跳一跳。有一块大概砸中了，对面"乡下佬！乡下佬"的骂声突然中断，琴低下头，曲起腰，丫丫慌忙上前扒琴膀子看，吵骂这才停止。

从这以后，兰子跟琴成了冤家，村头巷尾碰到，眼睛总翻翻的，没准儿还骂一句："小妖精！"当然这种有深度有力度的咒语兰子想不出，真正的发明当属珍珍。那段日子，最糊里糊涂想不通的是我。我记得当时不止一次有过这样的情景：我姐他们一帮在屋场上玩跳房，玩得热热火火，又笑又闹，头顶老楝树上的叶子被震得簌簌的，琴跟丫丫站在远处看，就是不过来。我想，琴跟丫丫肯定很想过来，而我姐姐他们显然也知道，可他们不仅不叫她俩，相反却把笑声发得很响，眼睛看都不看她们一下。这是为什么？那一年我七岁，七岁的我，无法想通这个简单的问题。记得后来，我还被我姐骂过一次，原因是洋片。前面说过，那洋片在我心目中实在是太迷人了！它在我们那偏僻闭塞天苍地黄的乡村,实在是太美了!它让少年时代的我不断做梦,不断瞎想,做的梦与瞎想的内容居然因为那洋片而显得异常美丽异常迷人!就因这一点,我不止一次地去丫丫家,跟丫丫要琴的洋片玩。我的这种行为在兰子尤其我姐的眼中显然是投降变节。我姐晓得这个情况后,就骂我,不许我再到丫丫家,并严厉警告:再去,你就跟丫丫一样,不许再跟我们玩!姐姐说这话时,阴着脸,口气冷冷的。我晓得,姐姐不是吓我,她是真会这么做的。说老实话,从这之后,我真的再没有到丫丫家去过。一次没有。

再接下来,就闯了一个大祸。

那天,我正跟我姐与兰子玩,打谷场上一阵吆喝声滚雷似的传来。我姐与兰子都很好奇,远远望过去,只见七八个孩伢追在一辆自行车后面在打谷场上奔跑,骑车人穿一件鲜艳的裙子,飘飘的,像一面旗子。是哪个呀?兰子对我姐叽咕。往打谷场走近了些,这下看清了,骑在车上的不是别人,是琴,扶着后座跟着跑的不光有丫丫,还有狗子,根柱。

琴骑的这辆车我们在丫丫家看到过。车子嫩绿色,是琴从城里带来的。车子虽然旧,但在我们乡下绝对是个稀罕物儿,比如我们村吧,就没有一辆,只有大队干部到我们村里开会办事时看到他们骑过。但他们骑的都是黑色,比这车高得多,大得多,我们第一次看到时,曾经很好奇地围过去用手小心翼翼地摸过。

我姐和兰子站在场边看傻了,她俩眼睛里都发出了一片新奇的亮光,急急地向打谷场走去。

就从这一天开始,一连好些天,每到傍晚,琴总带着丫丫到打谷场上骑车玩,坐在车后的丫丫两手死死抓着后座,瘦瘦的小脸紧张得直冒汗,坐上不一会慢慢放松下来,脸蛋红红的,满是得意。琴不光会骑车会带人,而且还主动热情地教狗子骑。狗子太猴急,琴关照的话不完全听得进,脚踏两下就往车上跨,一个跟头接着一个跟头摔。你不能慢点吗？我姐和兰子都有点怪他，一人一边帮他扶车，原来跟在后面的根柱被她俩挤开了，只好远远落到后面。

车祸的发生就在打谷场上。

那天，我姐和兰子跟着车子跑了几大圈，跑得上气不接下气，额上汗都下来了，只得在场边站下，一边歇息一边看。狗子已经会骑。狗子骑了好一会才下来让琴骑。琴骑得实在好。她不是骑，她是在表演。你看她，头昂着，胸挺着，身子端端正正，车子不时在打谷场上轻悠悠打个花。由于她骑得快，又有风，那身挺好看的红格子裙飘飘的，远看像一朵花，一片云。

等琴停下，我们去学，好吗？兰子对我姐说。

我姐望着骑在车上的琴，不出声。

你不想学？兰子不解地望住我姐。

你先学。我姐说。

兰子疑疑惑惑道，她会肯呀？

我姐不语。

兰子迟迟疑疑往前走去。

琴一直在骑，一直不停。兰子先是站着望，后来跟车跑起来，对琴说，琴，珍珍想学，让她骑一下好呀？兰子这么说是觉得我姐比她有分量，琴听了会立刻停下。可琴没有答她。琴不答她其实是没有听到。兰子跑了两圈又说，琴，你停下好吧，琴，你让我学骑一下好呀？琴这回听到了，琴说，等我再骑两圈。两圈很快骑过了，琴在骑第三圈，第四圈。兰子跑得气喘吁吁，对琴又说，让我骑一下好呀。这一回，琴十有八九没有听到，头微仰，脸红扑扑像小太阳，骑在车上飘飘忽忽似乎在飞。很显然，琴会骑车以来从未有过这么好的感觉。琴暂时没有停下的意思。兰子见状，咬牙骂声"小妖精！"甩手站下。

琴又骑了两圈，没劲了，车速减慢。兰子一咬牙奔上去，抓住车后座一弓腰，猛劲推，刚慢下的车轮立刻又飞转起来。跟在车后跑了半天跑得汗爬水流的一帮孩伢本已撒手，见兰子这般用劲，觉得好玩，便也一个个跟上去埋头疯推，车子立刻飞驶。此刻琴已不再需要脚踏，琴坐在坐垫上仅仅用手扶着车把。琴只觉得耳边的风呼呼的，脑后零乱杂沓的脚步声像小惊雷。渐渐，琴感觉到头有点晕。琴希望车子慢下。放开，不要你们推了。琴说。车子不仅一点没有减速，相反更快了，打谷场上灰尘滚滚。琴感到头晕得厉害，使劲刹，刹不住。琴有点受不了，叫起，别推了，我要下来！没有人睬她，车后座那一双双用力的手中又多上了我姐的，我姐一出现，狗子、根柱立刻也上阵。车速于是越来越快，呼呼呼！呼呼呼！风似的。就在这时，祸终于闯下了。车子在打谷场上又转了两圈，突然摇摇晃晃，扭股儿糖一般，紧接着一声尖叫，琴身子直往一边倒，哗一声巨响，地上蓬起一大片泥灰，人与车整个摔了下去。

琴哭了。

琴一身泥灰，裙子划破，膝盖上跌掉一大块皮，鲜血直流，车子的钢圈变成了"饺子"。

我姐、兰子、狗子和根柱，大口大口喘着气，远远站在一旁冷眼看着。

就在这天晚上，一个哭声惊动了半个村子，声音很尖，很响，杀猪似的。我见我姐跑出门听，也跟出去。

声音是从丫丫家发出的，那哭声再清楚不过，是丫丫的。丫丫被打了，因为她跟琴疯玩，让琴从自行车上摔下来，摔伤了。

琴是在这之后不久的一天早晨离开我们那个村子的。当时我跟我姐、兰子、狗子和根柱正在坡上放牛，琴跟在丫丫妈（琴喊她姨娘）身后从村里出来，一瘸一拐的。从琴走路姿势可以断定，琴腿上跌出的伤不仅没好，相反正在感染化脓。丫丫妈手里拎一只大包，那不太好看的脸色明显带着对琴闯了祸的责怪。

琴远远地从路上走过去,身影儿越来越小,越来越模糊,最后拐上那条灰白色的像带子一样又细又长的公路。

琴走了。

琴回南京去了。

在这以后的日子里,我姐他们从不谈起琴。只有一次,狗子突然从兜里掏出几张花花绿绿的洋片,挺炫耀的,兰子既眼馋又得不到,最后鼻子一嗤:好意思!你是偷的人家的!狗子鼻子一耸,不屑道,你才偷呢!是琴送给我的!

仍然有很多无聊的日子。无聊的时候,我姐、兰子、狗子和根柱跟从前一样,仍跑到村口,跑过黄土岗子,在那条通县城的路边坐下。路弯弯曲曲地向远处伸去。路到底有多远,最终通到什么地方,我们不知道,但有一点我们已经清楚,这条路通县城,通省城南京,因为琴就是从这条路回去的。这么想着,我们又脏又黑的手无聊地抓弄着瓦砾土块,眼巴巴地盯着远远的路头,巴望冒出一个小黑点。老半天老半天,小黑点果然出现了,不一会儿,黑点儿变成甲壳虫,慢慢向这边爬,近了,轰隆隆!轰隆隆!灰尘蓬蓬,大地发出震颤。我们照例一个个站起,眼瞪大,一眨不眨。狗子照例脸红彤彤的,眼贼亮,将早已攥在手里的一块土疙瘩或瓦片往甲壳虫扔去!甲壳虫被打中,"乒"一声锐响,车窗里的人照例诧异地瞪起眼⋯⋯

青　烟

　　大宽腰弯在砖垛儿里翻砖坯。坯是黄泥的，刚从机器上下来时，挺湿，挺沉，晒了几个日头，就又轻又硬了。翻坯不是摞墙，坯要架着摆，空心，透风。坯垛儿摞得都有半人高，一溜溜，齐斩斩的，抬眼望去，像一条条浅窄的火巷。刚立秋，日头还辣，远处窑顶上的青烟虽在袅袅地飘，但身腰久弯在这窄火巷里就感到四处像着了火一般。热天做活，大宽习惯把小褂子脱掉，整个上身赤裸在阳光里。日头虽辣，但晒得紫酱一样的粗皮糙肉不怕它，倒是那习小南风时不时悠悠忽忽从鼓鼓的胸上粗壮的胳膊上游走过去，让他清凉得舒服，即使做重活也不易觉得费劲。大宽是午后就来做这翻砖坯的活儿的，到这刻，身上蓝布褂早像一锅馊粥黏乎乎的了。大宽之所以想把它脱掉而没有脱，是因为他翻了一阵砖坯直起腰渴望有一阵小凉风吹来时，不经意地看到了仅隔几垛砖坯站在那边的小青，而且小青正在默默地看他。大宽怔了怔，没有让自己的目光与小青的碰上。大宽不知道小青几时来的，但可以肯定，小青一准来了许久。

　　喝水呀，大宽兄弟。

大宽一下站起。不知什么时候,小青拎着一罐水已站到面前。小青单单薄薄,站着的样子像一棵青青的树。

到那边歇一刻吧。马上我跟你一起翻。

大宽大口地喝着水没法回答她。大宽用手背擦着淋淋漓漓的口角,只觉得通体透凉。抓着空碗,大宽随小青走出坯垛墙,走到有树阴的坡上。地上有草,青青的。风不大,但一阵阵过来,挺凉快。

坐一会吧。小青说。

老冯到大柳镇去了。停了停,小青又说。小青说这话时,已先在一块草地上坐下了。

噢。到镇上做啥?

做啥?哪晓得。

大宽站起来倒水,小青见了忙拎过水罐凑上去。大宽在她斜仄着身子将手中水罐的口往他茶碗倾下去时发现,小青手干干净净,袖口干干净净。大宽在小青放下水罐时还发现,小青穿的是件粉红褂子。大宽有点迷糊起来。大宽端着茶碗,目光离开身边的草地举向远处。太阳已经西斜,窑上的青烟被阳光照得有点变色。坡岗的那边有片林子,紫灰灰像一条布带。有两个黑点在林子边上动,那是老人或孩子在放牛。

你几时抽个空回家走走呀。小青说。

大宽眉头皱起来。大宽不喜欢人家跟他谈起这样的话题。

跟自己家里人,犯不着这么顶真,小青说,声音轻微,目光中隐隐有一种东西游移飘忽。大宽不再理她,两眼倔强地对着窑上那道升腾的青烟。

小青似乎感觉到了什么,低下头去。都没有话了,阳光颤颤的似有一种金属的清响。大宽觉得憋闷得难受,想起身翻坯去。

老山坎上那一窑砖不能出了。大宽突然说。

嗯。

你要跟老冯说,那窑上有点塌了,里头有裂缝。

他大概晓得。

晓得？你要跟他说，会出人命的。

小青用手掐着地上草，脸上渐渐有点发灰。大宽望望她，什么也不说了。大宽晓得，这事跟她说没用，小青在老冯面前根本没有说话的地方。大宽初到窑场时听根子和炳贵（他们都回家割稻去了）说过，小青是为了哥哥讨老婆，以八千块钱的价码被她爸"嫁"到老冯窑上的。大宽记得第一次看到小青，小青穿一件粉绿的衫儿，那绿，很嫩，很亮眼，一下绿到他心里去了。大宽当时以为她是老冯女儿，及至后来知道了老冯与她的关系，心里禁不住一阵龌龊，以至日后再碰到小青，想看她又不大愿看，心里古古怪怪显得异样。

老冯几时回来？大宽闷声问。

不晓得。小青见大宽已站起来，脸上有些黯然。

你问他做啥？小青眼对着别处道。

有事。

小青似乎还想问些什么，但终于没有开口。

正在这时，大宽发现砖坯垛上探出一张蟹壳似的脸。像从地里钻出蹦出的一样，老冯一下出现在面前。老冯向这片长满青草的坡地上走来时，脸上显露出一种窥破天机的得意和狡猾，并哈哈大笑着。

好呀，怪道不见人影儿的，原来躲在这儿风凉呢！

到近前，脸一下转向小青，目光变得尖利而油亮。你这骚娘们，还不快回去给我收拾收拾屋里，跑到这里干什么？

我正要找你，大宽对老冯说。

这边的砖坯怎么还没翻完？老冯两眼很挑剔地四处溜着。

明儿早上结束，今儿你该给我工钱了。

又一个月了？

一个月了，到昨天为止。

老冯的目光立刻闪电似的射到大宽脸上，并在他满是汗渍的脸上停住。老冯见大宽两眼直直地对着自己，竟一点也不回避，心里颇不悦。老冯很不习惯自己手下的雇工用这样的目光看他。老冯记得，根子和炳贵先前在这，从不这样。老冯之所以留住大宽而让他们回去，实在是看重大宽做事不惜力，无论干什么，几乎都能一个顶俩，尤其窑场上从做坯、晒坯，到烧窑、出窑，无论哪个关节，他都能把握得恰如其分使老冯无法挑剔。这年轻人实在是有点让人舍不得放手呀。老冯曾不止一次这样慨叹。

　　老冯哈哈笑起来。给，给，做工给钱天经地义，我老冯一文不会少你！可是老山坎上那口窑里的砖你准备几时出呀？大宽抬头朝老山坎那边望望。你先把上个月的工钱结了。

　　现在？

　　现在。

　　老冯发现大宽目光挺执拗，心中不由恼火。但老冯想到窑场上正有一摊子活计需要他做，要是现在把他弄毛了，实在划不来，于是爽快道，好，给！给！就给！你小子是不是等着票子嫖女人呀？老冯哈哈笑道，灰真丝衬衫的衣边一撸，手已伸到宽宽的牛皮裤带上摘下那只笨大的黑色皮夹。皮夹鼓囊囊的，有两个挺牢靠的铁扣连在皮带上。老冯在拉开皮夹的拉链时，身子下意识地转开去。老冯这么做，是出于长期以来的一种习惯，目的避开身边的视线。老冯几乎对所有人——包括小青，射向他钱夹的目光都百倍警惕。

　　好好好，给你给你，一个月工钱。

　　多少？

　　当然是一千四啦。两天下雨没做活，扣掉一百。老冯说这话时，两眼细眯细眯地紧盯着大宽的脸，老冯清楚地看到隐隐地有一股血气从大宽脸上腾起。

　　可你上月说好，我一人包两个人的活，工钱按一个半算。

一个半？几时答应了？

说这话时，炳贵还在场。

炳贵？有这回事？

有！

好了，加四百，凑你个整，一千八！

是两千二。

好你个小子，倒挺张狂！

我没张狂，当初是这么讲的。

一千九！一文不能多了！

两千二。

还嫌少？给老子滚！

你！

老冯见大宽逼上一步，棱着眼直往后退。怎么怎么，你小子想跟我撒野？嘿嘿，你也不去访访，我老冯是个什么角儿，哪样的野驴子野马没见过？告诉你小伙别麻木，大柳镇派出所的几副手铐子正闲得找不到主儿呢！

老冯说这话时，声音虽拨尖儿地响，心里其实虚虚的很怕那小钵头似的拳头一下举起向他砸来。老冯清楚地知道，凭自己这把老骨头，纵一个变成十个也对付不了面前这个铁塔似的汉子。僵立了片刻后，老冯悬在半空的那颗心终于落下，因为老冯见大宽突然转身往岗下走去了。老冯怔怔地站着，望着大宽渐渐离去的背影。那实在是一副再挺拔再结实不过以至压上一座小山也不会弯折的脊背。老冯望着它心里说不出是嫉妒还是羡慕。老冯怔怔地望着他，直到大宽走到西大河边，三把两下扯去裤子，扑通一下跳到河心里去也没有动一下身。

三辆拖拉机像三只甲壳虫远远地停在窑场上。小青走到家门口，见三个车主儿已在凳子上坐着了。小青知道他们是找老冯买砖头的。这一下老头子又要欢喜得意得颠颠的了。小青开开门，让三人进屋坐，三人不进，坚持坐在门口凳上，一边吸烟，一边不时把脖子伸长了往东边那片窑场上望。

此刻暮色已经降下。老冯从那远远的坡地上走来，有点像升起于苍茫海雾中的一只老舢板。作为一个颇具吸引力的目标，老冯几乎是一下子被三个车主同时发现的。三个车主显然已经等得急了，屁股同时离了凳，腿脚利索地往老冯那边迎过去，那衣衫乱飘的状态，如暮色中急于归巢的鸟儿。小青站在门口，很快就看到老冯被三个车主团团围住，并有几条手臂交错起落争先恐后往他面前伸。小青开始搞不懂干什么，但很快就明白了是给老冯敬烟，因为小青发现有两团火苗几乎同时向老冯鼻子上凑去。老冯不知说了什么，或听了什么，突然咔咔大笑起来。老冯的笑声之所以浑浊不清，甚至有点发闷，全因为他酒喝得太多，烟抽得太多。小青向来讨厌那浓烈的烟臭和熏人的酒气。小青晚上睡在他身边总有一种憋闷的感觉。小青在老冯呼噜噜打鼾有时还磨着牙睡着之后，总悄悄把身子转向里面，久久凝望着窗子外面白白的月。如果老冯突然来了兴致往她身上爬，小青只得将眼睛闭上。小青每次在老冯哼哧哼哧做那事的整个过程中，总努力回想老家屋后那清清亮亮的小河，河岸上那一大片黄灿灿有点让人睁不开眼的油菜花，以及瓦蓝的天上那不断啼鸣的鸟雀儿……

小青回到屋里把地扫了扫，并将桌上抹了一下。小青本以为老冯要带三个车主进来的，可他没有。老冯在三个人的包围中又一次咔咔笑起，并且膀子往前一挥，几乎是半颠半跳地往窑上走去。老冯在他不断接近那一垛垛新烧出的红砖垛儿的过程中，三个车主紧紧跟随，俨如老冯身上飘忽忽的衣襟乃至于裤管了。虽隔得老远老远，小青似乎已听到了老冯一分不让向车主高高抬价并要现款的声音，而老冯按他积年的经验有板有眼步步为营地进行这一切的时候，黄而善转的眼睛里会不断闪现出烁亮尖利的光芒，干瘦多骨的脸上则升腾出一片片绚烂而红亮的光彩。到后来，小青看到老冯带着三个车主往老山坎上去了。老山坎上那眼窑里的砖满满的，一块没出，老冯难道也想把它出手？

小青——！

是老冯喊。小青听到这喊声时正在灶间烧水。小青连忙从屋里出来。

这娘们，缩在屋里上马桶呢？

小青脸上烘地发热。

我在屋里烧水的。

烧什么水呀，去去，给我把大宽叫来。

小青不解地望望老冯，走出去。

站住！

小青又停下。

你把这钱带给他。要他就来！这狗日的。

大宽往西大河走去时，心里被一股怒火燃烧着，丝毫也不知道老冯满怀阴暗的心理从背后一直看他。大宽登上河岸，三把两下扯掉衣服，一个鱼跃，扑通一下跳到河里。大宽在他身子快捷地往水底沉落时突然丧气地想，就他妈的手脚再也不要动，一直这么沉下去，沉下去，一直沉到底，喂他妈的老鳖算了！大宽这么想着，身子真的很快到了河底。底下的水比上面凉，凉得有点彻骨。河底的淤泥细细腻腻，碰到大腿膀子像鳝鱼。大宽张开嘴，咕嘟咕嘟灌了两口水。大宽先是觉得那水有一股腐草和淤泥的腥腐味，接着鼻腔里就火辣辣地刺痛起来。大宽实在是受不了那份罪了，加上他水性实在太好，仅仅脚在河底轻轻一点，笔直的身子就像鱼一下升到了河面。大宽长长地呼了一口气，身子直溜溜地仰浮到水面上，不想把眼睛睁开。大宽在水面上浮了一会之后，就开始后悔当初没跟华子他们一起去广东了。想到这步，大宽就又怨恨起老婆，怨恨起爹。老婆倒还罢了，他真要去做什么，她倒不一定挡得住，可爹就不同了,爹死活就是不让他去,并说了绝话:去,就再别踏进这门槛!爹是榆木脑袋,愣是记住后村的大成子去广东不到两年,人没回转,一张被关进大牢的通知寄到了家里,于是愣说那广东坏人最多,咱山里人不能去那儿找财发!爹是想用根绳子把他拴着,跟他一样,老实巴交地在地里下死力。大宽觉得,爹那种像老牛一样的生活方式实在没有什么意思,爹活了大半辈子,不仅没能把家里破房烂屋翻一下,就连一件像样的衣褂都没穿过。大宽觉得爹这活法实在是太窝囊太可怜了。

　　大宽是在上岸以后发现小青的。天已经擦黑,小青站在树林边上,静静地像一棵树。大宽估计小青来了许久。大宽想到小青就站在这儿,半天半天地看到他仰在河上,身子光光的像条死鱼,心里不由一阵尴尬。大宽在有了这种心理之后,竟发现小青也似乎有点忸怩起来。大宽不看她,把目光转向远处。天已经黑了,远远近近的草丛树林更显得黑,唯有天空和西大河静静地泛着银灰色的亮光。一阵阵晚风款款地从河面上过来,吹得大宽沾有水珠的身上凉阴阴的。大宽抓起草地上的小褂,正要把手往袖管里伸,腰间一下被两条膀子蛇一样绕住了。大宽还没来得及转过神,一颗毛茸茸的头已一下热烘烘扎到胸脯上。大宽仅仅僵立了片刻,立刻就意识到多日来一直朦朦胧胧等候渴望着的那件事就要发生了。大宽一点也不知道手中的褂子是如何轻轻盈盈飘落到草地上的。大宽只觉得一片白茫茫的大水倏然而降,很快漫过全身,并将他席卷而起,浮漾而去。可是,就在小青将自己的身子急切而热烈地就向大宽的时候,大宽心里却升腾起一片阴影。这是一片无形的却又挺古怪挺厚重的阴影。大宽抗拒它,想把它赶走,但不可能。大宽记得小时候有一次在麦地里拾麦穗,天上突然飘来一大块乌云,大片大片的阴影潮水一般朝田野上漫来,速度很快,他不想落到那阴影里,拼命地往前面那片仍被亮灿灿的阳光照耀着的麦地奔跑,可最终却怎么也没有能够逃脱。此刻大宽只觉得仿佛又回到了童年,那阴影很快就把他整个地罩住了。有了这番感觉之后,大宽的心理立刻走向沮丧,与此同时,那股来自血液深处的激情与力量，即如烈日下的冰雪，转瞬间涣然消散。

然而小青从草地上坐起，望着他，眼里盈出泪。

小青很快地啜泣起来。

小青终于抑制不住地哭出声了。

老冯要我叫你到他那里去，还让我把工钱带给你。小青哭道。

他给你加足了，一共两千二。小青哭着又说。

小青越发哭得厉害起来。

大宽走进老冯家，老冯灵活得像弹簧一下从沙发里跳起，热乎乎地拉大宽坐，并大声叫小青泡茶。

大宽平常不大到老冯屋里来，纵来，三言两语说了事就走。大宽不喜欢在这屋里坐下，大宽坐在这儿心里觉得憋闷。

只一会儿，小青就将茶端来了。大宽发现，小青从端着茶杯进屋到放下茶杯出去，目光一直低垂，两眼绝不看他一下，而且脸色有些苍白。

我要小青送工钱给你，拿到了吧？老冯身子隔着茶几朝大宽这边歪过来，笑问。

拿到了，大宽闻到老冯身上冲过来的一股酒味。

两千二，一个子儿都不曾少你的。

大宽心想，本来就这数儿，怎么能少？

大宽，你觉得我老冯这人怎样？

大宽心里冷笑。

待人不薄是吧？

还可以。大宽眼望着别处，敷衍道。

好！有这话就好！老冯两眼透亮，乐得在大宽肩上猛拍一下。

大宽忍不住有点想笑。他知道老冯的脾气，但凡有什么要紧事求你，总天上地下地绕半天圈子，把你绕得晕晕乎乎，目的是为了在不知不觉中引你钻进他的圈套。大宽有点烦了。你有什么话就痛快吐出来不就是了？老冯胳膊肘支在茶几上，身子越发亲热地往大宽这边凑过来，脸上红亮亮的，满是汗。老冯今晚一定喝多了，大宽想。大宽在老冯说每一句话时，脸上都承受着一股股酒气的冲击。那味儿太浓了，浓得有点熏人。

大宽兄弟，明儿要辛苦你一下了。

谈不到辛苦，什么事？

其实也都是老生活，就是把窑里砖出一下。

出就出好了。

只是，时间上可能要赶紧些，到明晚要全出来。

大宽转过头犹豫了一下。行，我尽量。

老冯望住大宽，声音突然变得很轻，包括老山坎上那眼窑。

大宽立刻明白了，问题的焦点全在这里。

不，那眼窑不能出。

没事，我看过了。

窑后身塌坡，窑顶上有两条裂缝，不能出。

你别吓唬人，我老冯烧窑不多不少毕竟也烧了三十年，难道还没有这点眼力？这次砖出了，以后不再烧了。没事，包你没事！

不，我不出。

老冯轻轻微微像在冰上探步。真的不出！

不出。

就这一次也不行？

不行。

算我一个老头子求你呢？

大宽头偏过去迟疑了一下。不行，会出人命的。

老冯终于忍无可忍了。好了好了，算我认识你小子了！那窑哪里不能出，你小子分明是看到我姓冯的又要大把的钞票进腰包了，就嫉妒眼红，想拿捏我一下敲我的竹杠是不是？罢罢罢！我姓冯的不再求你了！

大宽还是第一次看到老冯这么急躁。大宽心里委实有一股说不出的快感。大宽也不再坐，起身往外走。

好呀，你小子真的就打算这么走啦？告诉你！你要真的不出这窑砖，那就明天卷铺盖滚蛋，我老冯窑场上的任何事都不要你做了！

大宽一下站住了。

怎么，不走啦？告诉你小伙子，中国好的就是人多，我老冯找一百个超过你大宽的也不难。

老冯说这话的声音尖细有力，像一根长而发亮的钢丝。大宽两眼瞪着门外黑漆漆的岗坡和新窑上隐约可见的升腾着的青烟。大宽只觉得老冯那尖溜溜的目光一如子弹在洞穿着他的脊背。大宽心中再一次跳出了那个邪邪的欲望：妈的，就这么一下子跳进西大河，让这除了空有一身呆力气，再没有别的大用场的身子沉下去，沉下去，喂他妈的老鳖算了！

启明星在天上耿耿地亮着，远近的坡岗树林灰蒙蒙的，晨光从东边地平线上越来越多地泛出，鲜活明洁如蝉翼。大宽推着一挂铁兜子车来到窑上。一夜过来，身上体力恢复了，大宽想利用早凉，将窑里的砖拉出一批。大宽拉出几车子砖后，抬头望望东方，天刚刚冒红，村头有棵大树，树身被淡红的天幕衬着，枝枝桠桠像细黑的手指。几只喜鹊在那儿飞，如散动的芝麻粒儿。大宽正把砖头往地上堆，身后有脚步声响来。大宽不需要回头就猜定，是小青。

你今儿也起早了。大宽说，算是对小青招呼。

小青没答，走到车旁下起砖。

车里砖一会儿下光了。大宽在转过身推起空车准备往窑里去时，发现小青脸黄黄的，腮上额头上青紫道道，满是伤痕。

怎么回事？大宽吃惊道。

小青不答，脸别开去。

天已大亮，大宽发现小青神色黯淡，两眼红红。

告诉我，是姓冯的欺负你了？

小青一动不动地站着，瘦瘦的肩猛地颤了一下，泪水禁不住落下，转身往砖垛那边走去，脚步有点趔趄。

大宽望着小青的背影，手在车把上越攥越紧，似要把车把捏成粉末。大宽就那么脖子扭转，望着小青，那姿势足足保持了五分钟之久。大宽拉着空车往窑上去，只觉得身上乏力，脚底无根，每向窑上走一步腿脚都像磨盘一般沉重，精神松垮得如霜打过的树叶。大宽晕晕怔怔，只觉得那窑洞黑糊糊地古怪，仿佛魔鬼张开的口要把他吞进。大宽一阵目眩，脊背上沁出一层冷汗。闷躁！真他妈的闷躁！大宽鼻腔里禁不住一阵发酸，随即射箭似的照地上狠狠吐了口痰，复又将头仰起。大宽目光越过身边披着草帘的砖坯垛儿往远处投去。远处岗子上，草长得很疯很旺，像几个月没剪头的囚犯。岗子南头那眼年头上新垒的窑烧着，青烟静静地上升，很直，到了高处漫开来，青紫中微泛灰红，与云彩合到一处。大宽久久地望着它，觉得有许多事情临到面前了，此刻需要决断。大宽脑子里很乱。大宽几乎是片刻之间就把一车砖装满了。大宽把车子拉出窑将砖往地上堆时，几乎有点粗暴地阻止小青帮忙，以至小青尴尴地站在旁边不知进退。大宽干得前所未有的猛，砖头一捧就是六七块，身上满是汗。大宽在砖头卸完拉着空车准备进窑时，突然把车甩下走到小青面前。

我想跟你说两句话。

小青抬起头望住他。自昨晚西大河有过那事之后，小青还是第一次这么望他。

听着，小青，我是挺当真地跟你说话！

你说。

听我的，别再跟那老棺材受罪了，跟我走！

小青震了一下，脸上忽地泛出一片红晕。

大宽一把抓住小青的肩。我带你到南边去。南边，就是广东！我们村的华子早就去了。我们去找他。我们会找到他的！我们会在那儿找到事情做！我们一定会过上比这里好得多的日子！

小青一动不动地望着大宽，胸口一个劲急跳起来，两眼像星一样。

你答应，我们马上就动身。

马上？

马上。我受够了，我不想为姓冯的卖命了。我恨他！

我……

你在这等我，我回屋收拾一下。我刚拿的工钱，靠它，我们可以坐车到南方。南方是个好地方，那儿一定挺好挣钱！——你怎么啦，小青？

小青低下头，泪珠从眼里掉下。

不，我不能走。

为什么？

我走了他会找我爹……

要那八千块钱？

我爹拆房子卖地也赔不起，……

大宽怔怔地望着小青，只觉得那股自昨日起就在心里积压着的火气又邪又猛地在胸口蹿跃，想压怎么也压不住了。大宽大吼了一声"操他妈的！"抬起脚猛地一家伙往砖头垛上蹬去。

撂得高高的砖垛先是轻摇了一下，随即带着巨响倒塌：

哗啦啦——！

老冯将三辆装满新砖的拖拉机送走后来到老山坎。老山坎上那眼窑里的砖开始出了，老冯远远地看见窑洞前面空地上堆起两个新砖垛，脸上立刻晴明灿烂得像头顶上的天空。与老冯一道，小青也来了。小青之所以跟着老冯，是因为老冯需要一个细心的人帮他复点所有卖出的砖头的数目。老冯在涉及到数字的事情上向来都显得异常慎重。

小青还没走上老山坎，就似乎已经清晰地听到了大宽在窑里装砖的声音。小青从老冯面前走过直往窑里去。小青刚走到窑口，大宽拉着满满一车砖，腰弯得如一把弓，身子几乎与地面平行，吭哧吭哧从里面出来。

好呀好呀，速度真不慢呀！目光一直粘在新砖垛上的老冯，见车子到了跟前，高兴得直叫。

大宽气喘喘地停下车，卸砖。小青连忙上去帮他。

一会，车里砖卸完。

再抓紧点，晚饭前三辆拖拉机还要来装一趟。老冯红脸花色，挺满意道。

大宽头上脸上膀上尽是粉红色的砖灰，小褂早已汗得透湿。大宽拉起空车进窑时，见小青跟着准备进去，立刻阻止，不，你不要进去。大宽见小青迟迟疑疑，还想跟着，就很不高兴地把车停下。正点砖数的老冯看到了，唯恐耽误了出窑时间，没好气地冲小青道，你别在这瞎打岔，车子出来，你帮着搬搬就行了。

又出了三车。大宽用手背擦了擦下巴上正往下淌的汗，在车把上坐下。

剩的不多了？老冯笑不拢嘴地望望身边砖垛，望望大宽，问。

不多了。大宽回道，目光落在远处。

好，好，稍歇一下再出。

不，大宽把目光收回，望着身边的窑。

不出了？

不能出了。

哎哟哟，我的大宽兄弟，都出了这么多了，不是一点没事吗？

不能这么说。

老冯脸一下皱缩起来,头转来转去,连连咂嘴咋舌,眼细成两道线,一会望望窑,一会望望身边砖,一会又望望坐在车把上的大宽,额上有点油光发亮,两眼瞅着大宽细声问,里面还剩多少?

两千左右。

老冯两眼转动着,暗中算计着两千砖的价钱。

哎呀呀,我的大宽兄弟呀,你既帮忙就该帮到底嘛,你这么把我丢在河中心,前不靠船,后不靠岸,存心逼我老冯淹死不成?我说大宽好兄弟哎,算我老冯求你了,其实剩的也不多了,就劳驾你再辛苦一下,替我把那几车子砖拖出好吧?

大宽眼斜着远处阳光下绿缎带似的林子。不,真的不能出了。大宽说这话时,腰和背正酸疼得厉害。

老冯两眼一动不动地盯着大宽。

我,我给你外加一百?

大宽不动。

嫌少?好,两百!

大宽仍旧不动。

你杀了我了!好了好了,再不能多加一分了,就二百!算我老冯请你兄弟喝顿酒,可以了吧?

大宽转过脸,很难得地望老冯笑起。

你弄错了,我真的不是想敲你,真的。我说不出了就是不出了,不能出。你加一千也白费。

老冯没想到大宽这么回他,脸很快变得灰白,两只细眯着的眼菱角似的瞪起,冲着大宽烁烁发光。

妈的,不出算!你小子给我滚!马上给我滚!你别以为窑场上少了你就玩不转!告诉你,我姓冯的活到这把年纪,还从来不曾被什么事真的难倒过!

小青见老冯唾沫飞溅地叫着,拉起铁兜子车往窑里去,连忙拽住车帮。不能再进去了，就那么点砖，算了吧！

老冯脸一沉，算了？你晓得两千砖是多少钱？

大宽见老冯真的进了窑，倒是大大出乎意料。大宽发了一会怔，很快清醒过来，连忙往窑里走去。一直不知所措的小青见大宽往里走，连忙跟上。不，你在外头，里面人不能多。大宽走进窑门，抬头看了看窑顶上裂缝。那裂缝曲折而长，似两条游动于壁顶的大蛇，两道白晃晃的亮光正从那里挺刺目地射下。大宽禁不住脚步停下，心里一阵犹豫。但大宽最终觉得还是应该尽快把老冯从里面拉出来得好。大宽考虑定了后，立刻就往窑里走。可就在这时，大宽突然感到一阵脆劲的怪声从头上爆出。坏了！大宽心中一阵紧缩。老冯！快往外跑！大宽禁不住大喊起来。大宽在发出呼叫的同时，身子已下意识地向窑的出口转去。可是，一切都迟了，就在大宽距离出口只剩两三步的时候，窑顶"轰隆隆"塌下来了。

这窑整个塌下的情景，站在外面的小青看得最为清楚。

小青先是发现那窑突然像一顶撤去支撑的帐篷，骤然波动起来。小青开始感到很奇怪，以至怀疑自己是否出现了幻觉，但紧接着，小青发现大股大股的尘烟从那破裂坍塌的窑顶上蹿腾而起，弥满天空，而那一声天崩地裂般的巨响，也就伴随着这一切，一下滚雷似的灌满了耳鼓。

小青像在梦中一样呆对着这倏然而至的一切。小青脸刷白刷白，直往地上倒去。

奶奶讲的故事

　　那新娘其实不能叫新娘，她是被她爹把给① 前山的一个有钱的财主做小。新娘子当时才十八，也不全弄得清做小跟做大有哪门子差别，只稀里糊涂地估摸是去跟一个男人过日子。那男人是麻是癫，是瘸是瞎，全不晓得。倒是爹不止一次跟她说，那个财主姓张，年纪虽大些，但家里粮囤儿顶屋脊，绫罗绸缎整箱整柜，一个山里穷人家的女伢儿能进那样的高门楼，要吃有吃，要穿有穿，要戴有戴，一年到头可以白胖胖地坐着不做活，真是前世去修也不一定修得到这份好缘分呢。

　　新娘子是被一顶小花轿抬着往前山去的。山里接新娘子有个规矩，要赶早，越早越好，有的四更天不到就从娘家发脚② 了。记得那天天麻麻亮，轿子咯吱咯吱走在中间，前头两只红纸灯笼引路。山里路坑洼，时不时还会蹿出个野狼狐狸，没个烛火不行。新娘穿的一身红，头上顶一块红巾帕，打出门就坐在轿里硬板凳上，一路高高低低颠，颠得屁股蛋子疼，不敢动。王家冲有户人家嫁姑娘，姑娘临上轿，娘老子给轿夫

---

① 土语，即嫁给。
② 出发，上路。

的喜钱没把足，轿夫一路上就跟新娘过不去，轿子颠摆得像荡花船，新娘子把不住，一不留神从轿帘里跌出来。婆家又刁顽，前一天发铺盖①时因嫌女家陪嫁少，叮叮当当有过口舌，气正窝在心里没处出，这刻一听新娘子半路上从轿里跌出，就拾到花针当棒槌，硬说姑娘不沉稳，将来过日子会晦气，没过门就把人家回掉了。

花轿是走到青龙坡被八爷的人劫住的。八爷是青龙山的大王②，手下有七八个喽啰，都操着家伙。八爷的枪两把，左一把，右一把，插在腰里，他们管它叫盒子炮。八爷这次下山本来不是想劫新娘的花轿，八爷在山上待久了，熬不住饥荒，打探到王家冲的王财主家这一天有几担送丈母娘过生日的寿礼从这儿过，想找份吃食快活一下，没想到碰到了新娘子的花轿。

奶奶说到这，一道晶亮亮蚕丝一样细的口水从她豁豁朗朗仅剩两颗牙的瘪嘴里稀溜溜滑出，昏花的眼半天半天望着一处，目光颤微微有点空茫。

土匪有没有放新娘的轿子过去？我见奶奶沉入昔日的情境里半天不出声，耐不住问。

奶奶抬起榆树皮一般皱巴巴的手，擦擦口角，继续说下去。

遇上土匪，都以为不得日子过了。打头的③两个拿铳的小伙早慌了神，朝天上胡乱地放了两下。那两声铳多响呀，到今儿想起它，都还好像在耳膜上炸呢。铳手跟着新娘轿子本来是路上防兽，到男家女家报报喜图吉利的，没想到，就这倒霉的两声铳，招事惹祸了，让好端端的几个大活人，就在那个早上死掉了。

八爷被这两声铳招引过来。八爷手下人一开始并不曾杀人，八爷翻起脸来杀人是后来的事。迎亲的一路人，见土匪从山上下来了，立时就

---

① 发嫁妆。
② 土匪头目。
③ 指走在最前面的人。

乱了。轿夫跟媒婆子跑得最快。两只红纸灯笼滚在地上轰了两团亮豁豁的火,眨眼工夫就熄掉了。新娘子一直弄不清出了什么事,缩在轿子里抖抖的不敢出来。后来一个小土匪掀开轿帘,头伸进来。小土匪咕咕一笑,轻轻揭掉新娘头上红盖头,鬼鬼地盯着新娘脸蛋子看。看了一会,作孽哟,狗爪子一下伸到新娘胸口上,摸捏了一把,摸捏之后,就缩回去八爷八爷地嚷起来。那个小土匪叫兔子,年纪小小的,大概属兔子。就那天,小兔子也死掉了,被枪子打死的。当然这是后来的事。

　　新娘被八爷从轿子里拉出来。可怜哟,新娘骇得裤子都尿湿了。八爷打家劫舍杀人的事,新娘早听说过,可她八辈子也想不到,会有落到八爷手里的一天呀。新娘以为死到临头了,眼睛死死地闭着,单等那杀猪一样雪亮雪亮的尖刀从身上捅过去。新娘后来睁开眼睛发现八爷没有这样做。八爷两只大灯泡似的眼睛亮豁豁不打转地瞅着她,还笑,笑着笑着,一双满是火药味的大手就在她脸上轻轻扭了一把。新娘呆了一下,当即就哭了。新娘一哭,八爷倒哈哈大笑起来。八爷的笑声很响,震得山边林子里飞起一群鸟,扑噜噜的。

　　这时,天已经透亮,东边黑糊糊的山头上开始冒红。八爷哈哈笑了一气后,就要手下人把新娘带上山。可怜新娘子腿脚简直不像长在自己身上,东南西北也分不清了,只觉得被人七拉八扯地往前拖,说句不好听的话,简直跟拖死狗死猪一样,脚上新崭崭的红缎子花鞋也不晓得几时拖掉了。这真是劫数哟。想想一个女伢,家里就是再穷再苦,爹娘都是当花儿一般养着,护着,可一落到这步田地,连个小猫小狗都不及了。

　　万没想到,就在这辰光,有人赶他们来了,还砰砰砰冲他们打枪。八爷还没来得及弄清怎回事,一个喽啰就木头桩子似的栽下去了。这个土匪本来是抓着新娘左膀子往前拖的,新娘子眼睁睁地看到他大气没喘一下,一头栽倒在地上,就再也没有爬起来。

　　是张财主家的人赶来了?我为新娘怀着一线希望,急切地问。

奶奶说，不是，铳手跟轿夫他们不会这么快跑回去。是小鬼子！

日本鬼子？

小日本鬼子听到刚才那两声铳响，以为碰上八路了。那时南边大王山上有一队八路，三天两日跟鬼子打仗，闹得正凶。

八爷见手下一个弟兄死掉了，当即眼红了，掏出盒子炮，叭叭叭！就往山底路上猛打了几枪。那时，天已放亮，山下弯弯曲曲的路羊肠似的灰白，鬼子驴粪蛋似的有十几个，正呼呼啦啦往山上奔。八爷翻眼了。八爷人少，家伙又差，晓得斗不过，就叫喽啰们快往山上退。这时小兔子在后面喊八爷，问新娘要不要带。新娘发现，刚才一直拉着她膀子的两个土匪里，有一个就是这个小兔子。八爷还没顾得上答，一旁的瞎先生抢先发话了。瞎先生骂兔子，要她做你奶奶！弟兄们逃命都来不及，还管她一个娘们！瞎先生当然也是八爷手下的。瞎先生其实不瞎，只是有一只右眼被人放了黑水，白瓷瓷的没有光，夜里睡觉闭不起来，整日睁着，加上肚里有点字墨①，八爷手下人就这么叫他了。瞎先生是个挺阴损的人，心肠黑，歹毒。后来瞎先生被枪打死，真是该应！瞎先生冲小兔子骂过后，头也没转直往山上奔。倒是八爷还有点仁义，眼看着小鬼子就要追上来，不想把新娘子落到畜牲们手里受糟蹋，就两眼冲新娘翻了翻狠狠撂下一句话，还打什么愣？想活命快跟着往山上跑！可怜新娘子一双小脚小得像粽子，鞋掉了，脚上尽是先时被拖着在地上擦破皮流出的血，疼得刀割似的，哪还跑得动？八爷见了，就大骂起发愣的兔子，要他把新娘快快背上。

八爷带着弟兄退到青龙脊，没地方退了。青龙脊下是光溜溜的一抹平坡，坡下是龙须河。八爷眼红得滴血了，将两把盒子炮往石头上一拍，三把两下扯去身上狗皮马夹，转头对手下喽啰嚷，哪个也不许跑，就在这跟小鬼子拼到底！鬼子倒没能立刻冲上来，鬼子聚在山腰里不断朝上面打枪，不肯走。八爷又一个兄弟死掉了。八爷一直不停地骂着脏

---

① 意为识几个字。

话，不停地从石头后面站起来两把盒子炮一起往鬼子猛放。八爷见瞎先生一个人想悄悄溜，就火了，叫住他，说，都是拜过把子的，要死死一堆！八爷一扭头看到缩在坑洼里的新娘，骂道，你她妈的还不快逃，呆在这儿被鬼子抓去操烂！新娘呆了半天，转头望望，不晓得往哪儿跑。新娘哪见过枪子像蝗虫一样在身边飞，真骇得半死。兔子朝鬼子打着枪，七跳八跳地跑过来对新娘说，那边是老虎洞，你从那边绕着跑过去。新娘根本不晓得刚才兔子是怎样把她从半山腰背上来的。新娘只记得被兔子放下时，腿肚子直打软，一屁股跌坐在地上，屁股硌得生痛。新娘听了兔子的话，再不敢怠慢，抖抖地站起身，往兔子冒烟的枪口指着的方向跑。新娘跑出两步，就全不晓得东南西北了，只听到青龙脊下的鬼子野猫似的嗷嗷叫，子弹啵儿啵儿在身边乱飞。新娘骇得魂都出窍了，脚下一绊，跌倒在地。新娘以为自己死掉了，可接着就觉得被人拉起，摇摇晃晃浮在空中，急急地跑，急急地跑，跑得那个快呀！跑了不一刻，新娘身子陡地一虚，通一声，背着她的那个人往下一栽，新娘跟着摔在地上。这回新娘以为真的死掉了。可是不一会，新娘发觉，自己的身子被一个死沉死沉的东西压着，压得都快喘不过气了，一股什么东西淌到手上了，粘粘的，热乎乎的。新娘当时哪晓得这是血呀？是小兔子的血！小兔子，就那个年纪最小的小土匪，他看到新娘子在枪弹里乱跑，想救她回去，被小鬼子活活打死了。

奶奶说到这，昏花的眼里闪出亮光，随即老泪淌了出来。

八爷见小兔子死了，光火了，拉起新娘，甩手抽了她一个嘴巴。那一巴掌抽得好狠。抽过嘴巴，八爷咬牙切齿地冲新娘发狠，打过鬼子，老子回去非定操死你个娘们！新娘望着小兔子流得一地的血，都呆傻了。

还好，鬼子一直没有打上来。新娘后来才晓得，八爷枪法很准，百发百中，小鬼子光光被他一个人就撂倒好几个。可是鬼子虽说被打掉些，但还有好几个，人数比八爷多，紧紧盯着八爷不放。八爷总以为这回大限① 到了，非死在那儿不可了。八爷到底有点仁义，不想让一个弱女子不明不白地跟着他们一起死，就趁鬼子趴在山下不动的间隙，要瞎先生把新娘送到老虎洞去。瞎先生好像不愿听八爷的吩咐，但到临了还是不得不站起身子。前面说过，瞎先生是个坏东西，确确实实是个坏东西，不得好死！就在那种不晓得还能活多久的辰光，他还作孽，新娘一被他带进洞，他就抱她，想做坏事。新娘拼命抗拒，加上外面枪声又急起来，瞎先生这才罢手出去。

八爷跟鬼子打到最后只剩三个人了。新娘躲在洞里一直心惊肉跳。洞是个死洞，一点点短，朝里有个弯，黑黢黢的。新娘一直缩在那里不敢动。枪声紧一阵慢一阵，传到洞里不像外面那么炸耳，但很怕人。

八爷真不简单，八爷就他们最后三个人，竟把小鬼子打光了，打得一个不剩。新娘见外面半天没枪声，猜不清怎回事，仍旧缩在洞里不敢出来。后来一个小喽啰来喊她，说八爷要她出去，她才晓得没有鬼子了。鬼子没有了，可八爷说过那话，肯定不会放过她。新娘不敢出去，准备死在洞里。可是小喽啰走了一会，瞎先生进来了。这个畜牲，新娘一看到就晓得他要干什么勾当，见他疯狗似的扑上来，撕她红裙扯她裤带，就急了，跟他拼命，蹬他咬他抓他脸。就在这要命关口，八爷进来了。八爷进来时没有声音，瞎先生这畜牲倒挺精，立刻觉察了，一下从地上跳起。瞎先生瘦刮刮的像只刀螂，没想到动作倒快捷。八爷光火了，破口大骂，你他妈的不想活啦？敢碰我的人！瞎先生怯着八爷，脸耷拉着往洞口退，脚步轻得像猫。可是瞎先生退到洞口，八爷猛地一个龙滚地，一道火光从身子上边亮烁烁地闪过。瞎先生朝八爷放枪了。八爷身子早已跳离地面，甩手一枪，只见那畜牲身子在洞口转了两转，倒下去了。

奶奶讲到这，停住了，脸上揪缩得如风干了的一只核桃，眼光像一把纳鞋底的针锥，尖利发亮。

---

① 死的日子。

我舒了一口气，问，后来呢？

后来新娘从洞里出来了。新娘出了洞才发现，八爷膀子上尽是血，血把半边衣褂洇透了，还在不住往下滴。八爷黑孜孜的大脸灰黄泛白。八爷身子摇摇晃晃，走了几步就支持不住，在石头旁倚坐下来。最后剩下的那个小喽啰倒好好的，见八爷枪伤重，忙从褂子上撕下一大块布给八爷包扎。小喽啰大概手脚重了一些，八爷龇着牙一个劲咝咝吸气，临了一把把他推个跟头，骂道，你他妈的用这么大的劲，宰牛呢！就自己单手扎起来。新娘望到八爷膀子上的血滴了一地，心直跳。布短了，八爷用它在膀子上绕了一圈想打结，打不起来。新娘想起荷包里的那条红巾帕，迟疑了一下，就掏出来给他。八爷望望新娘，龇牙笑笑，接过去。八爷一边横七竖八地缠裹，一边说，人是贱物，跟牛马差不离，淌点血不碍。血是什么？血是水做的，老天爷在里头加了点洋红罢了①，人身上憋得不能太多，太多了就要变成尿尿掉，嘿嘿嘿。新娘看他用牙跟手去打结，打得很艰难，想替他，又不敢。

太阳已升起来了，很高，很亮，照得坡上一个个尸首，挺瘆人。尸首旁边草丛里还冒着烟，坏味一阵阵飘过来。新娘望了那边一眼，不敢再看。后来八爷就对新娘说，你走吧。新娘有点不相信自己的耳朵，以为听错了。八爷看她发愣，哈哈大笑起来，怎么，不想走？不想走，就跟八爷到山上去。别看八爷今儿丢了几个兄弟，过个十天半月再拉出一班人马放屁似的容易！你要是信得过八爷，包你日后穿金戴银，吃不完的山珍野味，过皇帝娘娘的日子！新娘子晓得八爷放不过她，就哭了。八爷见新娘哭，火了，但接着却又摇头叹气道，罢了罢了，我晓得，你眼里搁不上我八爷。八爷怎么啦？八爷是山上的大王，快活的神仙，有肉大块吃，有酒大碗喝，杀的是些没良心的有钱人，明儿进森罗殿，阎王爷没准儿还要赏我个县太爷的官呢！

新娘子只是一个劲地淌眼泪，哆嗦。

---

① 用于食品的一种红颜料。

八爷到底还是有些仁义，说，好了，好了，你走吧，我也不难为你了。

新娘这才站起来打算走。

那小喽啰就在这时候发话了，八爷，小兔子死在她手里。

八爷听到这话，脸陡地黑了，吼道，你他妈的闭上你的鸟嘴！

新娘子抖抖虚虚地往山下走。

新娘子走出几步，八爷在后面叫起来。八爷抽出一把盒子炮，扔给身边那喽啰，要他把那玩意送给她。喽啰照八爷说的做了，可盒子炮掉在地上，新娘不敢接。

拿着，遇上鬼子，就冲他们放，别给抓活的。八爷在后面吼。

新娘怕起来，转头望了一眼八爷，眼泪流下来……

奶奶说到这，干瘪的嘴唇哆嗦起来，昏花的眼里有泪溢出，满是皱褶的脸上隐隐约约泛出一层光泽。

八爷真的放新娘走了？我舒了口气，问。

不，新娘不曾回去。

不曾回去？

不曾。新娘跟八爷上山了。八爷后来到南山跟上了打鬼子的游击队。……他，就是你的爷爷。

遥远的青山

冥冥中，在我目光难以企及的地方，有青青的一痕，
那是什么？
那是一座山，
一座巍峨的青山。
它有春草般的葱茏，岩石般的坚挺，碧玉般的朗润。
它离我很远很远，
却使我心驰而神往……

老天爷总是拿人开玩笑，就比如说我吧，我的禀性根本不适合在机关工作，可偏偏把我塞进了机关。而这样的结果便导致了我在机关混得很黑，黑得像颗煤炭球，经常被人踢来踢去，骨碌骨碌的。我这么说既不是谦虚，也不是妄自菲薄。因为在单位，跟我同时进来的，甚至比我晚来两三年，年纪比我小的，都人模狗样起码混到个科长副科长，有的甚至鸿运当头副处正处了，而我永远传统本色，稍息立正原地踏步，有时甚至向后转。我虽然有点清高，但还远远没有修炼到坐禅老僧尘缘断

绝的程度，因为提拔可以加薪，钱这东西虽有些臭味，但生活中还真缺之不可，很多时候，有了它便娇艳迷人芬芳可爱美好灿烂，少了它，你纵怀瑾握玉才高八斗也会黯然神伤扼腕长叹。我知道这些，但我没有一点办法，因为我这人江山易改本性难移，动不动就冒傻气做傻事自毁前程。

前不久我们局座（"局座"是我们单位对我们头约定俗成的称呼，可谓家喻户晓，妇孺皆知）要提拔黄为。局里二三十号人，想提拔谁不成，怎么偏偏提拔黄为？黄为这小子两年前在计划科挪用公款私下炒股出过纰漏，臭烘烘一个，如今提拔，让人怎么想？这事本来不关我事，你局座大人就是提拔个呆子二百五牢改释放犯你提拔好了。可我这人就是有点蠢，有时没来由地喜欢搞点恶作剧。坦白地说吧，我向组织部干部科写了一封匿名信，一家伙把黄为扳倒了。我的内心忍不住有一种得意。我觉得我的这一做法是为天下黎民百姓除暴安良做了一件好事。你想想，黄为这家伙要是有了权，他会做出什么？我来个釜底抽薪，防患于未然，不是壮举又是什么？

可就因为这事，我们局座将我召到他办公室了。说老实话，我是很少有这种被我们头召见的荣幸的。我们头沉着脸在看文件，我诚惶诚恐半个屁股坐在沙发上。我知道看文件是领导的一项重要工作，于是我不得不很有耐心地等待着。可是到后来我才发现，我们头其实不是看文件，而是故意在晾我，一晾半天。五分钟后，我们局座大概觉得我被晾干了，晾透了，没有再晾下去的必要了，于是抬眼看了我一下。请注意，这是我进办公室后我们局座赏给我的第一道目光，这目光仿佛来自泰山极顶，傲然、冷漠、有凛然之气。接下来局座对我发话了，我说你是怎么啦？你也靠近四十的人了，在机关里虽说不长，毕竟也待了十几年，总该懂点机关的规矩吧？你以为提拔黄为就我一个人说了算？这是党组会定下的！党组会，你知道吗？搞什么搞？你以为你写个匿名信就人不知鬼不觉啦？扯淡！你这种做法简直无法无天！

我只觉得有一百架一千架大型轰炸机在我头上扔炸弹,我的整个肌体骨骼与血肉一下子土崩瓦解灰飞烟灭,也就是说,我这个有老婆有儿子有父母兄弟姊妹偶尔在一些文化活动场合还人模狗样说几句话的大男人,一下子消失了,成了一撮灰,一缕烟,一个零。

过后我一直苦思冥想,我们局几十号人,几十号人可以说是一片不小的林子,细细排一次队少说也要半天,可我们局座为什么一下就猜到那封匿名信是我写的?他老人家难道是电子眼、透视机?但到后来,我茅塞顿开。你想想,我在局里是个什么角色?是个在领导眼中最不讨喜的角色,我有反骨,我的反骨我们头一眼就能看出。眼睛是心灵的窗户,我觉得一个高明的领导(我们局座当属此列)都有一手破译下属眼中密码的绝活。我栽就栽在我的眼睛上。我的眼睛做了我的叛徒。我相信,我们局座驾临我们局执政后第一次碰到我,就从我眼里看出了我不是一条狗,而是一头驴,一头犟驴。我承认我是犟驴。比如,在同志们像向日葵一般围着领导举一脸灿烂的笑时,我却秋风萧瑟,甚至冰冻三尺;当同志们鸡啄米一般对上司一迭声地"是是是""好好好"的时候,我却经常缄口不言,呆若木鸡。我当然知道做一条驴的愚蠢,随大流的好,我也曾试着学别人的样,在该笑的时候笑,在该说是的时候说是,可我十分诧异地发现,在我做出这番努力时,我身边几乎所有亲爱的同志们都用一种奇怪的目光看我,那目光分明不是对待一个大活人,而是对待一头怪兽。我到事后过了好长时间才搞清,原来我的笑比哭难看,我说的"是"偏偏不是"是",而是"不是",相反在该说"不是"的时候,却说成了"是"。罢了罢了,生而为驴,就不必难为自己了,姑且认了这驴命吧。

没事干,无聊,经常跟朋友"炒地皮"。"炒地皮"并非真的做地皮生意,而是一种扑克游戏。这年头好像都这样,能做官的做官,能发财的发财,做不了官发不了财的,就玩。总不能眼盯着人家淌口水吧,呆子才这样呢。其实玩也是一种生活,一种境界,会玩的玩得好一样有品位有价值潇洒迷人令人夸赞。现在中国人大概都悟出了这一条，不信晚上你到街巷里转转，那一扇扇灯火通明的窗户里，除了埋头用功的莘莘学子，其他的男男女女老老少少，不都在云山雾海里作方城之战或扑克游戏？

我的喜欢玩是出了名的，因此朋友们每次组织牌局，我不论风雨寒暑，白天黑夜，从来都是随喊随到。有时还没有下班，组班子的电话就已打来，于是报纸看不下去了，茶也不想喝了，也懒得编什么感冒了到机关医院拿点药之类的小谎，小包一夹，开路。

中国人最富饶最充裕最挥之不尽用之不竭的大概就是时光了，而玩牌最大的好处就是可以痛痛快快消磨时光，只要你往牌桌上一坐，那时光之水便能悄悄地不知不觉地从你身边美妙无比地流去，全不像开会学文件坐办公室那样无聊难熬忍不住低头看表仰头看钟。有时我甚至想，发明扑克的那位智者没留下大名悄然逝去实在是太亏了，假若天假其年躬逢盛世，真该给他发诺贝尔奖，要不然这普天之下有事做没事做混得好混得孬的，尤其是整天晃晃悠悠无所皈依如我辈者，将如何打发这漫漫长夜寂寞时光？当然，世间没有十全十美的事，老实说，"炒地皮"也给我带来一个小麻烦：神经衰弱。地皮炒起来总到深更半夜，回家躺下，脑子静不下，里面像有一百只陀螺在飞转。转的什么？转的牌。尽是牌。牌飞来飞去。红5星，大王，小王，主，副牌……睡不着，怎么也睡不着。于是服用安眠药。最初服一颗，至如今逐步升级，已到五颗。我在晚报上看到过一条服用安眠药自杀的新闻，那人整整吞下四十颗，五颗仅仅是其八分之一，离死还远，因此我在夜深人静从书橱里摸出咖啡色的玻璃瓶将五颗安眠药送到嘴里时，心气平静，脉息正常。由于屡屡服用安眠药，屡屡缺睡少眠，于是我患上了神经衰弱症，白天整个人恍恍惚惚，耳朵里嗡嗡嗡，眼前有重影，人家叫张三李四，我常常当成叫我，胡乱漫应，人坐在办公室像坐在太空船上，摇摇晃晃。记得一次在惜余春茶楼打牌，一个晚上打了十局，打得"不知有汉，无论魏晋"。当我们意兴阑珊哈欠连天从茶楼里出来时,东边天已发白。我去开锁推车,车子直打飘,人和车子晕晕乎乎一同倒下……

  电影《远山的呼唤》,
  一部至情至性至爱的片子。
  远山呼唤什么?
  远山是一座青山吗?

  你一定想不到,我最佩服与最讨厌的,竟是同一个人:钟一鸣。钟一鸣是我大学同学,大二时暑假,我们俩各骑一辆自行车,分文不带一路观光,一路进行社会实践,跑三峡,跑黄土高坡,跑莫高窟,跑青海湖,几乎跑了大半个中国,回来后在校里引起一番轰动,受到报纸电视轮番报道,着实热闹了一下。毕业后,我与钟一鸣同时分到机关,钟比我能混,不两年就弄到一个正科,前途一片光明灿烂。那段日子,钟一鸣动不动喊我喝酒,开导我,既进了官场,死抱书本搞理想主义,绝对没有出路。这之后,钟一鸣被派到深圳办事处干了两年,这两年引发了他灵魂深处一场革命。回来后,决定辞职,去南方发展,并劝说我联袂行动。我在观念上不可能有他先锋前卫,行动上也远没有他大胆果决,于是从此天各一方,他在南方商海里翻腾弄潮,我在内地小城苟且度日。
  一晃过去五年。
  五年后钟一鸣回来了。那天他开着车来找我,车是日本鬼子造的,四十多万。四十多万,对我简直是个天文数字,我要奋斗好几年,还要勒紧裤带省吃俭用才能攒到。交谈后得知,他在深圳大发了,如何发的,没有细说,但从语气神态里我感觉得出,当中一定充满了惊涛骇浪,甚至血腥杀戮。如今他想抽身退步,回来发展。据他说,这两年因生意上的原因,跟省里几个高层人物混得挺熟,经常在一起吃饭,他这次回来投资的项目他们感兴趣,有人甚至想幕后参股。喝着老酒,听他谈着辉煌历程,我自然满心佩服。生活中我也见过好些大款,但我觉得,钟一鸣绝对在他们之上。这次回来,他又劝我加盟,见我仍然不肯,很不客气地奚落我,你真是井底之蛙,也不到外面看看,你过的这日子也叫日子?你虽说在机关,又没有混到一官半职,也就一个小小公务员,想小小腐败一下都没有机会,有什么舍不下?我们是什么关系?你对我难道还不放心?我们在一起,会不心情舒畅?

说老实话,我不是不想发财,不是不晓得当今社会金钱的重要,不怕你见笑,我在家里直不起腰,经常被老婆呼来喝去,就是因为不会在外搂钱。可是,我不愿向钟一鸣投降,因为钱对我既重要又不重要。我混得黑归黑,但我就是我,我不想莫名其妙地改变自己。钟一鸣见最终说服不了我,只得仰面长叹,罢了罢了,道不同不相与谋呀。偃旗收兵,怅然而归。

虽不相与谋,但跟钟一鸣隔三差五还在一起聚,因为他在我们这个市有名的月亮山庄买了一座花园别墅,有空没空喜欢开着车回来住住。回来当然不是一个人,每次总有女孩相伴。这里需要特别说明的是,那女孩既非老婆,又非情人,究竟什么,我不好说,因为她们流动不居,变换不定,唯一不变的是她们的清纯漂亮,动人美丽。

钟一鸣这次找我还是喝酒,可是喝着喝着,突然哭起来,吓我一跳。很显然,钟一鸣喝多了,哭得呜呜哇哇,眼泪连着鼻涕,彻底失去了固有的形态。我知道他不爱他老婆他老婆也不爱他,我知道他很爱他女儿,可女儿在贵族学校一周只回家一次,而他整日满世界跑很少有机会看到她,我知道他这一辈子有用不完的钱,我还知道他夜里经常做噩梦,动辄爬起来喝酒抽烟。我永远忘不了,那次他喝到半醉时,失常地望定我,眼里空空洞洞,语无伦次,颠三倒四:老兄,我现在有七千万,我是不是真的成功了?我,我到底还应该干些什么?你说,干些什么?你说呀,我他妈的还应该干些什么?接着一口饮尽杯中残酒,站起来，指着我脸，奚落我穷困潦倒，嘲笑我的穷。我忍耐着，冷冷地望着他，一口一口喝酒。可到后来，我受不了了，于是我们吵起来。我们吵得一塌糊涂，盘子翻了，杯子掼了，到最后醉得都像烂泥，俩人都呜呜呜哭了，吓得服务小姐拨打110。

"爷爷，为什么我们这里没有山？"

"因为这里是平原。"

"平原很大吗？"

"很大。"

"老往前走老往前走，能走出去吗？"

"能。"

"走出平原会有山吗？"

"会。"

"山很大？"

"很大。"

"很高？"

"很高。"

"那么高的山，人上得去吗？"

"只要不停地爬，就能上得去。"

你有没有遇到过这样的情形：觉得自己丢失了一样东西，却又想不起来丢失了什么，怎么也想不起来，满心焦躁。最近以来，不，准确地说，这已有了好长一段时间，我就陷入了这种尴尬。丢失了什么呢？钞票？笑话，那是什么臭玩意，丢了就丢了。不是钞票，也不是身份证信用卡钥匙什么的。到底是什么？想不起来，就是想不起来，怎么也想不起来。本来丢失了一样东西并没有什么大不了，糟糕的是，它让你蒙在鼓里，无法知道丢失了什么，云里雾里糊里糊涂像个呆子像个二傻。这显然很糟糕很不像话。双休日这天午睡起来，我一连吸了三支烟，陀螺一般在客厅里转悠。我本以为我轻脚轻步不会影响我妻子专心致志地看香港电视连续剧，可妻子还是对我发难了，瞪眼冲我，请你别在人眼前转来转去的好不好！我觉得妻子也太女权主义了，想回她一句什么，但忍住了。

其实我未尝不想与妻子相依相偎看看电视听听音乐，然后从肉体到灵魂来一个风流潇洒灿烂开放。可是，我做不到，我们所剩下的也就是坐在一张餐桌上吃口味勉强凑合的饭，睡在同一张床上做各自装在心中的梦，只有在儿子回来时，才会去做同一项工作——问儿子作业完成的情况，问考试成绩的高低，然后屁颠屁颠搞些吃的端上。当然我们都不是禁欲主义者，既然都是法律意义上的夫妻，又饱食终日，身体健康，因此有时总免不了春情荡漾，做那么一下爱。做爱多数我主动，偶尔她也向我提出，好在双方都很给面子。平心而论，做爱做得基本合格，到最后彼此都能走向高潮，甚至顶峰，其质量之优一如蜜月。

既然转悠影响妻子看电视，我觉得我就不该再在家里待了。我出门时，妻没有问我到哪去，我也未加任何说明，我觉得这既符合现代潮流，又节省彼此精力，实在两全其美。出了家门后我才发觉，我实在是没地方去。昨天刚跟王二他们打过牌，再去打实在有点乏味。钟一鸣倒是回来了，但他不请我不会上他的门。他有房有车有女人，足可在我面前挺胸突肚，但他小子未必不怵我，因为他内心空空，晓得我火眼金睛能一下把他看穿！

上哪去呢？去Ｋ歌？一个人寡淡无味太没气氛。找个小姐当然可以打情骂俏消磨时光，可口袋里钞票好像又不多。在街上鬼转了半天，到最后去了老刘家。

老刘喜欢下棋，可他瘾大水平差，一向是我下饭的小菜。老刘见是我，高兴得像见到娘老子，又是泡茶，又是递烟，待我为上宾。可是日头从西边出了，下了两盘，都是我输，而且输得很惨，简直有点莫名其妙。老刘脸上红喷喷，像个大孩子似的望着我，问，你老兄今儿怎么啦？我摸着头，不知是笑是哭，讷讷半天道：

我、好像、丢失了、什么东西……

"受够了，我不想这样下去了！"
"不想这样下去，你想怎样下去？"
"我要离开这里，到遥远的地方去。"
"去流浪……"
"不，我要去登山！去登一座青青的山。"
"青青的山？你冒傻气，如今全球污染，青山根本不再存在。"

严格地说，蓉不是我的情人。就我的理解，情人也者是灵与肉的结合，灵应放在首位，只有心灵与情感和谐一致，肉的结合才能臻于妙境。蓉是马非介绍给我的。马非是我社交圈里唯一一个有些文化品位的朋友。他在大学教书，跟我一样喜欢打牌，可以说是"为了一个共同的革命目标，走到一起来了"。好长一段时间，马非在我们圈里一直是个风流潇洒令人羡慕的人物，我们无论在什么场合碰到他，几乎无一例外地发现他的身边总跟着一两个女孩，她们像五颜六色的花次第地围绕着马非开放，把个马非烘托得就像《红色娘子军》中的党代表洪常青。

马非最初向我提到蓉，是在一个夜里。那天打过牌我与马非一路回家都感到有点饿，就在路边一个大排档吃螺蛳龙虾喝啤酒，吃过了喝过了，我发现马非还不想走，坐在那里一根烟接一根烟地抽，一边抽，一边斥责家庭生活的平庸琐碎，斥责学校工作的刻板无聊，斥责人与人之间的虚伪隔膜，说呀说，眼里竟有了水光。沉默了半天，突然一转脸问我，蓉怎么样？我一时茫然，问，什么蓉？马非说，就是上次看我们打牌陪我们喝茶穿一身白裙的那个女孩。我想起来了，笑道，这个问题只有问你马大人，问我问到哪去了？马非直摇头，你这家伙不灵光不灵光，人家对你有意思你难道感觉不到？那天打牌，人家后来不一直坐在你旁边？我当然记得，而且我知道，她是市里制药厂的一名女工，但我什么也不说。我望着马非，觉得马非今天可能有一番话要说，我倒很想洗耳恭听。马非连吸了两口烟，自顾自地摇摇头感叹道，生活呀，生活真他妈的乏味呀。我们牌桌上四个人，我觉得我最了解你。你阁下虽然一向三缄其口，惜语如金，但你的心事我马非全能猜到。你这人其实挺清高，跟王二他们本质不同。你是心有苦水，不满现状，勉强跟他们凑一堆发泄。就这话，我一点没有说错吧阁下？我了解你，真的了解你，为什么？因为第一次碰到你，我就从你的目光里读到了我自己。说老实话，一开始，我怕碰到你，我没勇气跟你对视。人呀，虽然工作不同，境遇不同，其实就本质而言十分相似，你说是不？你在机关，我没有在机关呆过，但我知道机关里也不好混。算了，我劝你想开些。混到一官半职怎么样？混不到一官半职又怎样？活上一千岁，一万岁，到临了还是一堆黄土！活得好不好，完全在于自己的感觉。感觉好，就好。跟你掏心窝里的，我现在有个情人，就是上次打牌坐在旁边的那个。不是学生，学生最好不要碰。我当然教过她，但已毕业一年多了。我研究过叔本华的哲学，叔本华认为，生命的本质就是痛苦，就是受罪，人一辈子其实很窝囊很可怜。生活是苦海，情人是条船，有了船，你可以坐在里面喘喘气避避风养养精气神。你有过情人吗？有个情人多好。提议情人节的那位仁兄我要为他山呼万岁！如果你没有，我劝你无论如何找一个。蓉是个挺不错的女孩，她跟我的那位一个宿舍住过，我对她了解。你感兴趣吗？说实在，现在好女孩子很少，你应该珍惜这个机会……

马非古道热肠，哇哩哇啦劝说了我半天。到后来，因为他的牵线搭桥，我还真跟蓉好上了，而且好得很快，很彻底，利利落落。其实我在跟蓉上床之前有过两个情人，一个叫林芳，一个叫谢苏，可是最终都与她们分手了。因为我发觉，跟她们在一起，除了疯狂地做爱，没法真正对话。尤其，当我生活中的某一环节出了问题抑制不住地发出叹息时（男人在女人面前叹息其实是愚蠢的），她们根本没有感应。她们耳朵所能进入的永远只是自己的声音以及与自己密切相关并能引起她们兴趣的声音。我与她们的关系只是两列行驶在不同轨道上的火车，短暂的遭遇仅仅是命中注定在某一时段的擦肩而过，除此之外剩下的只是令人昏眩的震耳轰鸣与漫天尘雾。

蓉怂恿我租个房子。是的，租个房子安全可靠，心里踏实，可是租一间还是租一个小套？租一间固然花钱有限，但条件差，环境杂乱，租一个小套肯定会好些，但租金必然很高。我迟疑了一下对蓉说，你一个人住，为什么不让我到你那儿去？可蓉不答应，理由是，她的同事万一看到不好办。我觉得她说得很有道理，她做我的情人，又不是做我的老婆。她在她的青春时代风流一下浪漫一下作一些爱的体验，并不等于她以后就不再恋爱不再结婚一辈子跟我。最终我一咬牙，还是租了一个小套。王二不知我金屋藏娇，见近日一次次约我打牌总是推脱，心里不快，及至从马非那里搞清楚情况，就打电话攻击我，有什么神秘兮兮的，又不是十八岁，带她一起过来玩玩就是了，总不能一有空就往床上爬呀，身体也不允许嘛。

跟蓉泡了一段时间，泡腻了。因为前面有过林芳与谢苏，因此我还不想很快落入过去的窠臼。可是我的努力最终失败。我无法对蓉一味地迁就。蓉喜欢跳舞我陪她跳舞但我其实并不喜欢跳舞，蓉喜欢逛店我陪她逛店但我其实不喜欢逛店，蓉喜欢吃肯德基麦当劳蒙古烧烤日本鱼片，老实说我也喜欢，但我的腰包不容许我经常光顾。你算算，每月房租八百多，再跳舞，再唱歌，再买裙子买发卡买珍珠粉买唇膏买泡泡糖买高乐高……这就逼得只有四千多元工资的我不得不回去跟老婆撒谎今儿×××儿子结婚，明儿×××老娘谢世，后儿又×××狗娘养的磨刀霍霍向牛羊，敲我两百块打牙祭，再外后儿没话说了，一咬牙索性

- 133 -

编出一个狠的：在公交车上遇上个蟊贼整个将我钱包撸了!

到后来，我跟蓉分手了。这不能怪蓉，蓉是个普通女孩，普通女孩都讲究荣华，追求享受，注重实际。扪心自问，人家年纪轻轻，又不是你老婆，凭什么跟你在一起？你又不是歌星影星球星什么的。这事要怪只能怪我自己，我这人没钱没权，却太难侍候。

海明威有部小说，叫《非洲的青山》。

老海生活在水草丰肥的美洲，为什么执意跑到蛮荒的非洲？

他所描写的非洲的青山，是否融合着他的生命与热血？

老海到最后，为什么要用一杆双筒猎枪抵着喉部，结束自己的生命？

一年四季中，我最怕春天。春天万物复苏，生机盎然，按理说人到这季节会身轻体健，精神焕发，可我不是这样。我一进入春天，首先睡眠比以往少，整夜失眠，精神恍恍惚惚。无论是在家，在办公室，骑着车子在街上闲溜，还是跟王二马非他们打牌，动不动倏然一惊，背上汗出，心里虚虚空空，怯怯弱弱。

我真的丢失了什么。

丢失了什么呢？

不是幻觉，绝对真真切切是一个事实。它纠缠着我，不，是折磨着我，好长好长时间了。与蓉分手前，蓉经常不满地指责我，你到底怎么啦？你怎么总心不在焉？牌桌上，王二见我一下从"牌精"变成了"牌呆子"，动辄"吃苍蝇"，就损我，你这家伙不行不行不行！玩牌就专心玩牌，玩牌想到泡妞，泡妞想到玩牌，什么都玩不好！

王二言之凿凿。这是一个十分糟糕的状态。我不是在过日子，简直是活受罪。到后来我惊异地发现，单位里的人在用一种特别的目光看我，尖尖的，冷冷的，怪怪的，像对一个外星人，——不，是对精神病院逃出来的一个病号。

一天下班，我的科长对我说，你稍等一下，我有话跟你说。办公室里同事走光了，我的科长很体贴地对我说，我们都看出了你最近身体不好，干吗不到医院看看？身体是革命的本钱，工作不是一朝一夕干得完的，留得青山在，不怕没柴烧呀。

我望着我的这位肉敦敦红扑扑像婴儿一样可爱的好科长，心想，他也说到青山，可此青山与彼青山同否？我脸上笑笑，什么也没说。

隔了不两天，科长大人带话给我，局座找我谈事。

谈事？谈什么事？如果有事，局座应该跟科长谈，科长然后再跟我谈，这是规矩，不能僭越，今儿怎么一下对我破格啦？

我来到局长办公室。局座对我的态度使我大吃一惊。他面含微笑，慈眉善目，完全一副观音大士的样子。他说，人吃五谷杂粮，没有不生病的，生病不要紧嘛，关键不要讳疾忌医。你的情况我们都知道了，你就回去歇着吧。工作嘛你放心，我们自然会安排好的。小董（我们局座的驾驶员）就在隔壁，让他用车送你回去好吧？

按理说我应该感激涕零了，但我没有接受局座的关爱。我是骑着车离开机关大院的。上了大街，我骑得很慢，一路上不时抬头。天很好，太阳有些晃眼。街上人不太多，人都在上班。我不需要上班了，感谢科长，感谢局座，感谢你们特别开恩给我放假了！可我干什么去呢？去医院看病？我真的病了吗？我除了失眠越来越严重有时甚至通宵达旦我并不觉得我有什么病。可是我如果没有病，为什么科长大人局座大人乃至局里许多同事都用那样的目光那样的态度对待我？尤其在家里，老婆为什么一改往日怨气冲天的样子，默默地洗衣，默默地拖地，默默地择菜做饭，把千斤的担子一个人扛？我想我真的病了。真理掌握在大众手里，既然那么多人认定我有病，我肯定是病了。但我还是没有去医院。

我只是在街上转。不在街上转去哪呢？回家？回家干什么？翻翻报纸看看电视？或者像一个真正病人那样躺在床上睡觉？不，我不想回家。坐在家里我感到窒闷。可是干什么干什么干什么呢？一个人活在世上总应该有点事干干，人什么也不干岂不跟猪跟畜牲跟死没有多大区别了？可是干什么事呢？什么事值得去干呢？迷迷糊糊想不起来。怎么也想不起来。人一迷迷糊糊就越迷迷糊糊，干什么都迷迷糊糊。迷迷糊糊是一种状态，迷迷糊糊吃饭，迷迷糊糊工作，迷迷糊糊睡觉，嗅觉味觉听觉触觉无不迷迷糊糊。没完没了的迷迷糊糊。循环往复以至无穷的迷迷糊糊。迷迷糊糊迷迷糊糊迷迷糊糊……

都是为了你，宝贝！

十月底的一天，晚霞的余晖在城市上空渐渐收敛起最后一丝红艳，街两边已亮起的路灯金黄灿烂，如一株株排列整齐的向日葵。南门街小学的大门口，各式各样的自行车、摩托车与小轿车将路边空地挤满了，其情形即如大剧院正在举行一场明星荟萃的大型演出。赶来接小孩的父母家人东一群西一撮在学校门前站满了。为了不使自己的孩子放学后在校门前逗留空望，尤其为了避免每年时有耳闻的某某校某某学生不幸惨遭车祸甚或被坏人拐去的恶性事件，家长们都不得不老着脸皮从单位早退，或者丢下正在家里做着的某一事情，早早赶到学校门口等待。学校规定的放学时间五点，可此刻已六点十分，除了带红领巾的一、二年级小学生时不时排着队伍走出校门，高一些的年级始终不见动静。等长了，都感到很累，这毕竟是一种精神与体力的消耗。整天泡办公室的还好，此刻不妨练练站功，舒舒筋骨。但在工厂跟机器打交道的，本来就身疲力乏，此时再来个伫立鹤望，这就显出了焦苦，于是曲膝而蹲者有之，路边小坐者有之，双腿劈开，臀部忍受着自行车或摩托车坐垫长时间的硌痛，勉强跨坐在车上者有之，最难熬的是那些生性好动之辈，一刻也耐不住这种死木桩般的僵立状态，而那左一支右一支的烟卷儿又不足以排解此刻无休无止的无聊烦躁，于是有话没话地跟身边人搭讪：青菜价，鱼肉价，某超市关门，某地方拆迁，某厂工人闹事，当然，话题最集中的还是面前的这所学校，孩子学习负担如何重，各种学杂费用如何莫名其妙花样繁多。当然，家长们虽交流着这些五花八门的话题，目光却都一律地对着学校大门。他们几乎把每一个被超负荷书包压得腰呈弓状从学校大门里走出来的孩子当成了自己的孩子。有家长走到校门口想去教室看看，可那忠于职守的门卫老头却张着臂膀粗声正告：

校长室规定，没有放学，家长不许进校。

一直守在校门口的张婆婆，终于在一支向校门走来的队伍里，看到了排在较前的小外孙。

"小磊子，把书包给婆婆。"站了一个多小时的张婆婆腿已有点打飘，对小外孙叫道。

小磊脚步没有停，仍规规矩矩排在队伍里往前走。

张婆婆赶上去，很费力地从小外孙背上提过书包。

队伍出了校门往前又走了一段，就散了。

张婆婆牵着小磊的手往前走。

"乖乖，车子多，靠路边走。身上冷呀？肚子饿了吧？"

小磊不说话，胸口红领巾一飘一飘。

走到街拐角一个卖鸡蛋火烧的小吃铺旁，张婆婆停住脚掏口袋。

"婆婆，今儿我不吃火烧。"

张婆婆很奇怪。

"怎么啦？你不是天天都要吃一块的吗？"

小磊不说话，照直往前走。

张婆婆左手拎着沉沉的书包，弯腰捡起由手帕包里抖擞擞掉到地上的一张五毛钱的票子，见小磊已不声不响走到前面，连忙赶他。

张婆婆以为小磊身子不舒服，用手摸摸他头。张婆婆一摸吓一跳，手上摸到一把泪,慌了神,连忙问:"乖乖,做啥啦? 快告诉婆婆!"

小磊呜呜哭起来。

"爸爸又要打我了……"

"爸爸好好的打你做啥?"

"我,我考得不好。"

"分数报过啦?多少?"

小磊呜呜哭。

"乖乖,告诉婆婆,多少分?"

"90。"

"90分?比上次考的还多2分,怎么不好?"

"90分以上的34个。"

张婆婆不语了。

"王强考多少?"张婆婆问。

"81。"

张婆婆松了口气。王强住在张婆婆楼上,常跟小磊一道玩。

张婆婆用手擦擦小磊脸,安慰道:"别怕,有婆婆,爸爸不会打的。"

回到家,张婆婆打水让小磊洗脸,拿饼干给小磊吃。小磊不想吃饼干,只是坐在凳子上。以往这时,小磊总是一边吃零食,一边腿脚极快地冲进房间,电视一开,往沙发上一躺。小磊太喜欢看儿童节目了,什么变形金刚,忍者神龟,机器猫,鞠萍姐姐讲故事。小磊觉得在外婆家就是好,不像在家里,爸爸妈妈总是对他这儿限制那儿管束。在学校,小磊觉得除了自然、绘画两门课有些意思,其他任凭什么课,都不感兴趣。小磊生活里最让他兴奋最使他感到有意思的,除了去肯德基吃鸡腿,就数这晚上的儿童节目了。

可是这天,小磊没看儿童节目。

张婆婆见小外孙小脸苍白,心疼地问:"乖磊子,儿童节目到了,你不看一会呀？"

小磊摇摇头。

张婆婆正在厨房忙晚饭，女儿秀娟接小磊来了。

秀娟进门挎包还没有放下，就问："乖磊子，分数报过呢？"

张婆婆听到女儿问，连忙擦擦手上水珠，颠颠地从厨房里赶出道："报了，比上次多两分。"

"真的？"秀娟望定小磊，立刻满脸是笑。

张婆婆不住口道："整90分。四楼的王强只考了81分。"

秀娟喜得一把将小磊拉抱到腿上。"好，好，妈妈开心，让妈妈惯一下！"

小磊坐在妈妈腿上，嘴却咧了咧要哭。

张婆婆站在旁边，连忙悄悄往小磊挤眼摇手。

秀娟搂着小磊问："90分以上多少个？"

张婆婆心一下揪起来。

小磊要哭了："34个。"

秀娟以为听错了："34个？有这么多？"

张婆婆连忙纠正："是三四个。这次卷子难，多数孩子都考得不好。"

秀娟很吃惊了："真的只有三四个？"

张婆婆似乎不高兴了："三四个就是三四个，这还会弄错了？我在学校门口就听到家长议论了，说这次卷子出得不好，让孩子作了难。"

秀娟"卟"地在小磊脸上亲了一口，兴奋道："好乖乖，妈妈明天带你去肯德基，有赏！"

小磊呜地哭起来："妈妈，不是三四个，是34个。"

秀娟一下僵住了，锥子似的盯住小磊。

"说清楚，到底多少？"

"34个……"

张婆婆僵下脸道："好了好了，34就34，这么逼问孩子，孩子又不是犯人。"

秀娟一把将小磊从怀里推出，气急地骂起："你个死东西！你怎么考的！就考了个34名呀！"一把揪住小磊头发，使劲地摇。"你个饭桶！要你用心！要你用心！你怎么用心的？你考这么个成绩呀！你把妈妈气死呀！"

小磊头被揪得直晃，身子倒在地上，嘴咧如瓢，哇哇大哭。张婆婆上前死命地用身子护，挡女儿手，气抖抖地阻拦道："你不要这么打他。他才多大个人，你就下得了这种手。他还考个90分呢，要是考个70分，60分，天就塌下来啦？你就把他打死？快起来，乖乖，以后多用点心就是了。才二年级，又不是考大学，犯得着发这么大的火？"嘴说着，早已把小磊搂到怀里，一边"乖乖、乖乖"地安慰，一边用手连擦小磊糊了一脸的眼泪。

秀娟气急道："还大学呢，就他这个样子，八辈子也别想考上大学！"

外婆不悦道："考不上又怎么啦？街上个个都是大学生呀？考不上大学就不过日子啦？"

秀娟气得发喘，想说什么，又觉得再说下去势必要吵架，就硬忍住了。

张婆婆见女儿火气略平了些，心稍宽下，转身打了一盆温水给小磊洗脸。

秀娟一直盯着小磊。外婆替小磊洗过脸，小磊一直站着。

"你过来！"秀娟对小磊说。

小磊不敢过来。

"过来！"

小磊往妈妈跟前移了半步。

张婆婆连忙从厨房里赶出。

"你还要把孩子怎样？你还嫌打得不够呀？"

秀娟不理母亲，逼问小磊："你说说，怎么没有考好的？"

小磊站在妈妈面前，头低着，不动。

秀娟忍不住一股气冲上来，"你个死东西！"嘴里骂着，一把将小磊推开去。

张婆婆一下接住小磊摇摇欲倒的身子，发急道："你别这样！我看不下这样待孩子！孩子是你养的，我做不了主，你要打要骂带回去再说，别在我眼前这样！我看不下……"说着声音发哑，老泪婆娑地下来了。

秀娟心里一阵酸涩，有点坐不住，起身拎起小磊书包，一把扯拽着小磊往门口走。

张婆婆突然在后面急得叫起："这么雷打火烧的做啥呀，你的包不要啦？"手里拿着女儿皮包，颠颠地追到楼梯口，同时把几块饼干塞到小磊手里。

小磊的爸爸阿勤正在家里忙晚饭。窄小拥挤的客厅里，一台老式电脑正在播放钢琴王子克莱德曼优美深情的乐曲。作为机关的一个小公务员，阿勤在结束了一天平庸琐碎的办公室生活后，回家习惯于用这清泉一般优美动听的音乐洗涤一下昏沉发胀的大脑。此刻阿勤已把晚饭忙好。两个礼拜不吃鸡了，阿勤今儿下班去菜场买了一只。中午阿勤与秀娟都在单位吃食堂，一家子只有晚上团团圆圆聚一桌。尤其阿勤考虑到儿子近来体弱多病，这段日子才算好些，营养上实在需要加强。饭菜全忙好了，阿勤洗洗手，解掉围裙，在那张仿皮的旧沙发里坐下，拿起一张晚报。阿勤估计焖在锅里的那只香喷喷的鸡定会使今晚的饭桌上增添若干热情与欢快，于是心里变得很温馨。阿勤抬起手腕看看表。到这时阿勤已是第三次看表了。阿勤每听到楼梯上脚步响，都以为是秀娟与小磊，并很生动地想象着儿子欢快的脚步响进，高叫一声"爸爸！"然后像一名小战士冲到自己面前。

终于，阿勤听到钥匙插入锁孔开防盗门的声音，身子像弹簧一样离开沙发，立刻进厨房盛饭盛菜。

饭菜上桌，筷子放好，阿勤高叫一声，"开饭了！"见没有应声感到奇怪。走进客厅，见秀娟一屁股坐在沙发上，一脸秋霜，就问怎么啦？秀娟绷着脸不答，脸上的阴云越加浓重。阿勤以为秀娟在单位遇上了不快，但觉得又不像，就冲外间叫：

"小磊呀，妈妈怎么啦？"

外面没有应声，阿勤到这刻才发现，小磊自进门后几乎身影儿都没露一下。

"小磊呀，你没有长耳朵吗？"

秀娟忍不住开口了：

"你还叫他什么，你看看他考试卷子，考的什么东西！"

阿勤一下明白怎回事了，见小磊的书包正在茶几上，拉开拉链，从一大堆乱七八糟的教科书、作业本、小学生字典、生字卡片、练习册里翻出一份试卷。阿勤耐着性子细细看了一遍，发现除了两条灵活性较强的课外阅读短文错了几处外，其他并没有什么特别出格的地方。阿勤有点不解地望住秀娟道：

"90分，还马马虎虎嘛。"

秀娟火了："还马马虎虎呀，你晓得90分以上多少个？34个！34个往下成了多少名，多少名？"

阿勤愣住了。妈的，全班一共50个学生，34名，这不成了倒数？阿勤想到前两次阶段考试小磊都是八十几分，老师写条子让小磊带回，要家长替孩子分析原因，并要写成书面材料交给老师，阿勤被弄得难堪极了。阿勤近来天天检查小磊作业，一次次叮嘱，上课要专心，作业要认真仔细，可临了，竟又考了个这种成绩。阿勤两眼瞪着试卷，卷子上的铅字渐渐飘浮起来，一股火气邪邪乎乎直往上冲，忍不住"呼哧"一下将试卷一撕，又一团，"叭"地扔到地上，声色俱厉地叫道：

"龟子儿！给我过来！"

外面没有动静。

阿勤一下站起，奔进卧室。

卧室床边上，小磊裤子褪到膝盖，身子伏着，两片白白的屁股对着门，泪糊糊地哭道：

"爸爸，你打我吧……"

阿勤一下愣住了，但那邪火越发汹汹地往上蹿，扬起巴掌，"叭！叭！叭！"在小磊屁股上一阵猛揍。秀娟听到卧室里一阵尖锐的哭叫，怎么也忍不住了，急步赶进阻拦阿勤，同时含泪道："还打什么！考都考过了，打死了还能打出成绩来！"阿勤被秀娟一拦一嚷，火气变得更冲，口里骂着不争气的龟子儿，巴掌更沉地朝小磊屁股蛋猛甩。秀娟怎么拦也拦不住，呜地哭起，一屁股坐在床边上：

"好吧！你就打！打吧！儿子反正是你的，打死了也没人拦你……"

阿勤住手了。

"打呀，你怎么不打啦！"

阿勤气喘地转身出去。

晚饭整个吃得无滋无味。一只鸡盛在盆里没了热气，仅只动了两筷子。小磊低着头只顾扒饭，饭碗旁边落满了饭粒，一口饭鼓在嘴里半天半天咽不下。秀娟放下筷子从盆里扯下一个鸡大腿放到小磊碗里。阿勤见小磊仍旧低头扒饭，鸡碰都不碰一下，气道：

"你吃呀！"

小磊吓得筷子落地，忙抓鸡腿，嘴一咧，一口饭落到桌上，"哇"地哭起来。

晚饭后，阿勤没心没绪地坐在沙发上看电视。正洗锅碗的秀娟一脸不悦地从厨房走出，气冲冲道："你看电视声音不能调小点呀，小磊不做作业啦！"阿勤把电视声量调小，待秀娟走出，又把门合上。播放的是什么电视连续剧，阿勤其实半点儿也没看进去。阿勤抓起沙发上那张报，想把饭前没看完的那篇文章看下去，可翻过来，掉过去，却找不到那篇文章了。阿勤头往沙发上一靠，长长嘘了口气，茫然地对着天花板上明暗闪烁的电视荧光，一时只觉得整个生活空空洞洞没一点意思。

将近十点，小磊做完作业，订正过试卷，将书包收拾好，脸脚洗过，不声不响地爬上床睡觉。秀娟每天晚上待小磊上床后，总有看一下电视的习惯，可今晚没看，早早脱衣上床睡了。

阿勤此时毫无睡意，闷闷地坐在沙发上吸烟。一支烟吸完，阿勤正自发闷，电话响了。阿勤电话一拿，就听出是岳母的声音。

"妈，什么事呀？"

"没什么事。我心里一直跳跳的，不放心小磊，你可别打他呀。"

"没，没打。"

"孩子本就胆小，都被你们打怕了。"

阿勤不语。

"你手脚重，打起来又没数。"

"晓得了，不打，不打。"

"磊子生得弱，经不起打的。"

"晓得了。"

"磊子睡呢？"

"睡了。"

"着呢？"

"着了。"

阿勤搁下电话，在沙发上又坐了一刻，关掉灯，一边解着衣服纽扣，一边走进卧室。卧室里灯亮着，秀娟脸朝里睡着。阿勤绕到里面将衣服往衣架上挂，发现秀娟两眼睁着，脸上流着泪。阿勤目光移开去，眉头皱起。上了床，阿勤知道自己肯定睡不着，随手抓起床头一本杂志，秀娟伸手从他手里抢过杂志往地板上一甩。阿勤一动不动望着墙，隔半天，倦倦道："好了好了，你也不要生气了，儿子这样，也不是一天两天形成的。好在现在才二年级，还来得及抓。"

秀娟带着哭腔道："你还晓得抓呀？你说说，到了休息日，你不是出去打牌，就是找人下棋，问过几次小磊学习？"

阿勤辩解道："孩子学习主要靠自觉，全要大人盯，那要盯到什么时候？难道一直盯到高中，盯到大学不成？"

"他才多大点人，能有多少自觉性？哪家孩子不都靠家长盯着、压着？你以为一百分都是天上掉下来的？"

阿勤自知理亏，也就不再争辩。面对儿子的学习状态，阿勤时常思考目前的教育现状。学校从小学就分重点非重点，初中毕业考高中，一分之差就会使你进职中。职中教学职业化，说得多么冠冕堂皇，可它又有多大保证能使你将来就业无虞学以致用？职中不上上普高，好，请你找关系，开后门，这钱花起来不是小数字，动辄三万五万！工薪阶层，勉强温饱，拿出那么多钱容易？家长们，尤其那些处于社会基层的普通人，看到眼下严酷的社会现实，无不巴望孩子成绩优异，出类拔萃，将来上个好大学，毕业了找个好工作，再不要像父母那样窝在一家半死不活的穷厂里受罪。而学校的教学整个又受制于升学考试这一指挥棒，海量的作业，不断的考试，课内课外铺天盖地的各种补充练习，于是本来活泼好动的一个个孩子，日渐变成了疲于应付的学习机器。阿勤每每在报纸上看到一些有识之士对目前教育指陈弊端的大块文章，心里都有一种激奋，只是搞不清为什么始终依然如故，毫无改进？

睡在隔壁小卧室的儿子突然惊哭起来。秀娟连忙起身赶过去。哭声仅两声，很惊诧，很畏怯，带着颤颤的尾音。阿勤见秀娟半天不回，不放心，起身过去。

灯开着，秀娟轻轻哄拍着小磊，小磊又着了，瘦瘦的小脸上挂着泪。秀娟坐在儿子床边，轻轻掀开被角，轻轻褪下小磊的裤子。小磊的屁股蛋在灯光里露出，白白的肉上梗起一条条红肿的血印。阿勤不忍心看，转身往卧室走。

秀娟又坐了一刻，替儿子掖了掖被角，关掉灯，回到卧室。

阿勤自责道："你不要难过了，全怪我。"

秀娟泪流下来："我不是说孩子不能打，他才多大的人，打一巴掌了不得了，吓吓他就行了，你竟下得了这么重的手……"

阿勤叹一声："好了，不说了，怪我，都怪我。我以后绝不这样打他了。我实在是怕他日后捞不到一个好饭碗。我一不是大款，二不是有权的官员，混了这么多年，也就一个小科长，将来只有靠他自己。"

阿勤说到这里，满心苍凉。

秀娟显然感觉到了阿勤情绪的低落，要说的话也就全忍住了。

阿勤一时间从未有过地感到做人的悲哀，屈辱，窝囊得可怜，鼻腔里竟抑制不住地冲涌出一股酸涩。

秀娟掀开自己被子，身子移到阿勤的被窝里。

"不早了，睡吧。"秀娟说。

阿勤默默地脱衣。

阿勤睡下后，秀娟身子往阿勤靠靠。

"日子还长，我们的小磊会好的。"秀娟说。

"是的，会好的。"阿勤声音涩涩道。

阿勤一条膀子搂着秀娟肩，两眼一直对着窗口。

窗外黑沉沉的，夜正长。

校　园

1

校长一共三个。

一把手曹天迪，一肩二挑，校长兼书记。曹天迪年近六旬，精神矍铄，走起路来手往后一背，花白而硕大的脑袋微微后仰，整个架势与他一向说一不二、出语成金的皇帝老儿作风刚好协调。曹校长手下有两个大臣，一个文若冰，另一个姚焕彩。

文若冰是第一副校长，语文老师出身，字写得好，课讲得好，文章写得好，讲起话来，细声细气，慢条斯理，非常好听。周三下午政治学习例会，教师们一向厌烦，改作业的有，看书报杂志的有，谈闲话的有，可文校长一讲话，五分钟不到，会场就慢慢静下了。文校长书卷气足，高，瘦，白，戴一副眼镜，往讲台上一站，完全一副板桥笔下瘦竹扶风的气度。

第二副校长姚焕彩，一枝独秀，是校领导核心层中唯一女性。"文革"期间，校长曹天迪被打成走资派，免职，靠边，成了牛鬼蛇神。一次，曹天迪被造反派揪到学校小礼堂批斗，上午斗到中午，中午斗到晚上，一整天没吃一口没喝一口，撑不住眼冒金花，昏倒在地。等到迷迷糊糊醒来，却发现躺在一张床上，昏昏的灯光里有一张女孩的脸。那脸朦朦胧胧，似熟悉，又似陌生，手执一把汤匙，将碗里什么汤轻轻往他嘴里喂。这女孩就是当年的姚焕彩。当时的姚焕彩刚由体校分来，是校里一名体育老师。姚焕彩那天傍晚到食堂打饭，想顺便到小礼堂看看热闹（她晓得那里在批斗）。进门一看，大厅里冷风飕飕，灯光暗弱，曹天迪死了一样瘫在台下，远远的三四个造反派脸上鬼似的粘着纸条，正围着一张破课桌打扑克。姚焕彩有些冒火，心想，你们倒快活，批斗批斗，批到最后，自己上了牌桌，别人死活不管！于是蹩到黑影里，腰一猫，背起曹校长就走，那姿势，很像当时播放的朝鲜电影《一个护士的故事》中那位从硝烟滚滚的战壕里背着受伤战士往外冲的女护士。"文革"结束，曹天迪拨云见日，重返领导岗位，大刀阔斧选贤任能，姚焕彩于是被提拔，先是体育教研组长，再接下来一步一个台阶：总务主任——政教主任——副校长。姚焕彩的提拔并不使曹天迪落下什么话柄，她肯吃苦，能干。做体育教研组长期间，每天天一亮就把校运动队的队员吆到操场训练，风风火火一年，在全市中学生运动会上将好些田赛径赛项目的第一、二、三名的旌旗扛了回来。姚焕彩嗓门大，外向，说话说到开心处，嘴到手到，在对方身上不拘什么地方不轻不重一拍，笑得哈哈，皓齿尽露，腰肢弯上弯下，大波大浪，两手连拍自己屁股。姚焕彩做副校长负责总务，这跟她很适合。第一，她在总务主任位置上干过多年，可谓驾轻就熟；第二，许多年一直教体育，对体育以外各学科的教学规律不太熟悉，而干体育教研组长所养成的风风火火泼泼辣辣的作风对于处理杂乱琐碎的总务工作倒很需要。姚焕彩知道曹校长喜欢自己，因此在他跟前一向随随便便，倚小卖小，有时没准儿还动手动脚，搞得办公室桌椅板凳乒哩乓当，笑闹声訇然如春雷。

2

黄永水是初三年级组长。

年级组长过去不算个人物。学校官阶中,校长最高,下面勉强数得上的,教导主任,政教主任,总务主任,从来没有年级组长的份。年级组长比别人多开多少会,多做多少事,多烦多少神,钱却不比别人多拿一文,许多老师不肯当。但如今情况不同了。如今你是年级组长,你老人家辛苦了,好,学校每月发放课时费,给你加十课。请注意,这十课绝不是一个空洞数字,而是实实在在一沓钞票。其次,学校每年评职称,你是组长,你就比别人多一个砝码,而这个砝码,很有可能就成为力挫群雄,一跃而上的重要依据。更重要的是,学校星期天节假日补课,要向学生收费,校长室规定,收来的钱除了上缴一部分到上面,其余都放在年级组自己支配。一个年级十个班,三年下来究竟收了多少钱,谁也说不清。因此从某种意义上说,一个年级组长实际上就是一个财政部长,他从根本上掌握着整个年级的经济命脉。黄永水身为初三年级组长,而初三年级又是学校所有年级中班级最多、补课最频、收费最高的三项全能冠军,因此他的地位就又比其他年级组长高出若干。可就这么个在校里也算个人物的黄永水,最近在本年级组却碰了个钉子。

是月底的一天,黄永水照例给大家"发饷"(就是补课费,早读费,晚自修费)。长期以来,黄永水发现一个真理,人的神经与钱大爷关系最密,依据是,每到发饷之日,大家心情都出奇得好,办公室的笑声较之往日悦耳稠密,组里老师,甚至包括平常与他关系不太默契者,都会一下亲切和睦起来,走廊上碰面,笑弥陀似的,若是女性,笑容则不仅美丽灿烂,而且似乎还包含着一些意味。

让黄永水碰钉子的是洁老师。

洁老师教化学，课讲得相当好，校里要她当化学教研组长，她不感兴趣，一推再推，实在推却不掉才勉强接受。她为人清高，特立独行，在校除了上课，对什么都不关心，长期以来给人的印象仿佛一株山间的幽兰。黄永水一直觉得，年级组里如果人人都像洁老师不计名利，心胸淡泊，真是阿弥陀佛了。可怎么也想不到，偏偏就是她，让他碰了个大钉子。

黄永水给两个老师发了饷后，依次走到洁老师桌前，将一只装有钞票的白皮信封递过去，洁老师不接，问：多少？

黄永水有点错愕，但被前两个领饷人浇灌得像花一样盛开着的笑容仍在脸上鲜活着，回一句：你点一点就知道了。

洁老师淡然道：点也白点，谁知道该是多少。

黄永水那张肉脸立刻发僵：你这是什么话？我黄某人难道还会少发不成？

洁老师面无表情，望着别处：少发不少发我不好讲，我只觉得，这事起码得做个表，拿多拿少，签个名。

黄永水立刻来火了：你这是什么意思？你怀疑我，想查我账？告诉你，我的账清清楚楚，每月账根都在校长室存着，有什么话轮不到你说。真没想到，组里这么多人，就你话多。

你搞错了，大家不说话不等于没意见。

有意见去提嘛。

提不提不要你烦。

你提！你提！你去找校长好了！

请你别冲我喊。

你去呀！校长室的门开着！

放心，会去的，不过时间不是听你安排的。

3

督导的来了。

督导由市教委副主任挂帅，市教研室的教研员、师大专授教学法的资深教授为成员，对各校上至领导的行政管理、任人用人、财务分配，中至教师的师德育人、备课授课、作业批改，下至学生的行为素质、日常规范等方面作全面检查与考核。督导一年一次，表面看类似一种形式主义走过场，实质不然，其成绩的好丑，评分的高低，直接影响甚至决定着一所学校年终的评比，级别的升降。一个好的督导成绩，不仅使得学校在市电台电视台及报纸上赢得赞美与喝彩，校长去教委开会办事，腰杆还可以挺拔，嗓音变得高亢，脸像小太阳一般频频放出光华。而且更重要的，它使该校在全市人民的心中赢得信赖，最终争得源源不断的生源。

督导这天，曹天迪一大早就来到学校坐镇指挥，文若冰与姚焕彩则各受其命，负责一方。文校长四下巡回，检查各年级早读，监督各教研组备课。姚焕彩事务较杂。教委规定，中午这顿招待的饭只能在校吃，不得进酒店，这就需要姚校长开动脑筋，发挥智慧了。请哪个大厨，采买什么，烹制什么，喝什么酒，用什么水果，都要亲自督阵，一一把关；其次，姚校长还要负责学校大门口的总值勤。

姚焕彩这一天臂戴红袖套，英姿飒爽。两个学生会的干部在她指挥下，对每个到校的学生进行"三查"：有没有穿校服？有没有戴校徽？女生有没有抹口红？有没有戴项链？

一个大概高中部的高个子男生推车进来，姚校长一把将他拽住。

哪个班的？

高个子男生望望她，不答。

你耳朵丢在肉案上啦？问你话怎么不答？

高二（3）。

你晓不晓得今儿要穿校服？

洗掉了。

回去穿来！

没有干呢。

没有干，穿在身上焙！

高个子男生望着她。

望什么望？听不懂我的话？

高个子男生车龙头一转，出门。

值勤的学生干部喊姚校长。

怎回事？姚校长问。

他没有校徽。

你为什么不戴校徽？

丢掉了。

丢掉了？你怎么不把头丢掉的？解放军把枪丢掉行不行？保管员把钥匙丢掉行不行？（姚校长左手叉腰，右手一家伙戳到学生头上，学生的头被她戳得往左一歪）你做漆匠还是做木匠的？啊？昏了头了！

七点二十，早读正式开始，校园里书声琅琅。

七八个督导的专家领导手背在背后，脸微微仰着，在校园里巡回。

一个大概初一的小个子男生迟到了，兔子似的直往学校大门跑，姚校长眼尖，一下将他堵在门外。

哟，是个好孩子嘛，跑得这么喘喘的干吗？早呢！早得很呢！快回去再睡一觉，去呀！

小男生望着她，嘴咧了咧，要哭。

姚焕彩一把把他拖到门外墙角处。

不许哭！哭就打嘴！你多了不起呀，别人都不迟到，你偏偏迟到，想一只老鼠坏一锅汤呀？今儿认你狠，放你半天假，这就给我回去。走呀！发什么呆呀！

　　我不敢，王老师会罚我抄作业的。

　　王老师？这校里，老师大还是校长大？

　　校长大。

　　回去吧，有我！

　　小个子男生望着她，迟迟疑疑转过身。

　　记住，下午不许迟到！

　　小个子男生畏怯地直点头。

4

　　晚自修，赵俊人坐在讲台上，心却一直盘算着学校小卖部承包的事。小卖部就在学校大门口，一个门开在校里，一个门面对大街。你别看它只有两张柜台，可生意很火，绝对来银子。何以？街面上的生意不说，就整个学校多少学生？一千大几。每天课间，学生潮水般地涌来，买面包，买汽水，买火腿肠，买巧克力，买萨琪玛。下午第四课下，学生上完提高课，补差课，自习课，饥肠辘辘，不可能舍近求远，于是又一次涌向小卖部，人头上递钱，买各种零食。到了夏天，再加上五花八门的冷饮、汽水，生意好得没法说。小卖部要承包的风声早就透出，赵俊一直在打主意。赵俊觉得，现在教师的收入确实高了，每月除了工资单上那笔钱，还能拿到许多乱七八糟外快，但总不及做生意过瘾。赵俊前几年与女朋友利用星期天节假日，在大街上卖过丝袜，卖过碟片，卖过香烟，虽不多，但赚过些钱。当时有学生在街上碰到他，觉得挺逗，就故意走到近前，脆生生地喊一声"赵老师！"赵俊手上翘着烟，笑道："怎么样，过来跟赵老师学摆摊？"后来学校知道了，曹校长亲自把他请到办公室，撂根烟给他，问："小赵呀，恭喜发财呀，赚了多少啦？"赵俊一口接一口抽烟，口形挺夸张，好像吸的不是卷烟，而是鸦片大麻，到临了，笑哈哈道："赚什么，赔了！曹校长找我，可是谈这事？"曹校长头微仰着望着屋顶，沉吟道："本来嘛，现在在改革开放了，做点生意并不等于坏事，可是小赵呀，不是我曹某思想保守，作为一名教师，为人师表，教书育人，还是要注意形象呀。"赵俊嬉皮笑脸地回敬校长一支烟，打火点上，爽快道："好了好了，曹校长，你什么话都不要说了，我全明白了。我哪里真要做生意呀，我这是体验体验生活弄两个香烟钱哎。放心吧曹校长，既然你这么给面子，不把事情弄到大会上讲，我小赵就冲这一点，坚决金盆洗手不干了！"赵俊有一笔生意做得很成功。那是去年，赵俊细细研究了班上学生花名册，发现有个同学的爸爸是电厂老总，实权派，就抓住不放，年底做了一笔年货生意，神不知，鬼不觉，一家伙赚了两万多，真他妈的爽！这次承包小卖部，赵俊很有信心。第一，曹校长这人虽说跟别人摆架子，但对他赵俊还讲点义气，他赵俊有一次请他吃饭，他没有像对待别人那样脸仰得高高打回牌；再一条，曹校长外甥读高三，他赵俊给他辅导，整整一学期，一分钱没收，欠着他小赵！赵俊觉得，就凭这些，他曹校长心理的天平没理由不向他倾斜。此外，赵俊还有个独特优势，他有两个铁杆朋友在小商品市场做批发，那里，吃的用的玩的都有，小卖部包下，进货一点不成问题。

赵俊想到这，心里有些兴奋，掏出一支烟，"卟"地点上。

烟雾<u>丝丝缕缕</u>，由讲台上飘开去，轻悠悠飘到前排学生座位上。有个女生悄悄抬起头，目光怪怪地看他吸烟，赵俊晓得这个女生很调皮，就用夹着烟的手往她点点，故作正经道：看书看书，别开小差！

女生一撇嘴，低下头。

离晚自修结束还有十分钟，赵俊轮着眼大声对全班训斥：我到办公室查一个材料，哪个说话做小动作，最好不要给我知道！

出教室下楼梯走到操场上，赵俊对着缀满银钉的晴朗夜空"嘿嘿嘿"大吼了三声，又纵身跳起颇矫健地玩了两个踢腿动作。此刻赵俊只觉得眼前有一团绚丽灿烂的东西在跳跃,在闪耀,在朝他招手,他一时满心兴奋,全身是劲!走进办公室,拉开灯,侧耳倾听,见走廊上静静的没有人,立刻打开办公桌柜门,拧出一只鼓鼓囊囊的大包,"咚咚咚"下了楼。

一刻钟后,赵俊站在一所独门独户青砖院落的门口按响门铃。

谁呀?门框上的对讲机传出询问。

你好,曹校长,是小赵呀!

什么事呀?

嘻嘻,来看看你的,不欢迎呀?

这小赵,这么晚了捣什么鬼。等一下噢。

不一会门打开,赵俊跨进门,包在门框上重重撞了一下。

包里,两条红中华,两瓶五粮液,两盒特级龙井。

5

下午第二节课下,初中化学组的王婷婷捧着粉笔盒教鞭与课本回到办公室,见桌上写着一行粉笔字——"请到校长室来一下",细细一看,是文校长写的,心里不由得意。文校长以他一校之尊亲自找她,并在她桌上留言,这实在是对她的抬举,别人看了,绝对羡慕之极嫉妒之极。王婷婷记得刚分到这里时,自己其实并没玩什么花样,平时碰到文校长,也就双脚站下有礼有貌叫一声好,对他的笑比对别人多一些,嗲一些,媚一些,仅此而已。但王婷婷很快就发现,文校长那边有了回应:脸上浮一层微笑,以一种长辈的慈祥望着她,目光温润如水,笑容和善亲切。王婷婷虽未结婚,但与男人打交道绝对经验丰富,见文校长这副样子,自然明白他喜欢她,于是再到文校长面前,就如一只玲珑可爱的小鸟,自由飞落,叽叽喳喳,碰上没人,没准儿还媚气十足,扭捏两下。

王婷婷一边擦着桌上字,一边扪心自问:文校长找我什么事呢?

王婷婷走进校长室,发现里面就文校长一人,立刻妩媚一笑,嗲声问:文校长,可是您找我?

嗳,是我找你。才下课?

就是呀。见是您写的字,洗过手,立刻就上来了。您说,您校长大人招呼,我能耽搁一分钟吗?

文校长对王婷婷的话听得很顺耳,温雅地笑道:知道找你什么事吗?

王婷婷歪着脑袋一撇嘴,轻声道:您是大校长,谁知道您动的什么心思呀!

文校长神思有点恍惚,微笑道:找你没别的事,我是看到你们化学组报来的大奖赛名单上没有你的名,想问问你怎么回事。

原来学校在搞青年教师教学大奖赛,三十五岁以下者均可报名,由校长室组成一个评委班子听课评议,最终评出一、二、三等奖数名。王婷婷觉得,参加这种大赛,如能获个奖拿个几百块钱奖金,当然很风光,只是备课写教案试讲要花很大精力吃若干苦,实在有些不值,特别忙到临了万一什么奖都轮不到,惹得与己不睦者讥笑议论,岂不成了蠢蛋一个!

王婷婷见文校长问到这事,故意低下头折衣角,嘟着嘴说:我何尝不想参加呢,我这两天连吃饭睡觉都在想这事。我知道参加这种活动对于我们青年教师是一个极好的锻炼机会,只是我想,我小王要么不参加,既参加就应争第一,要不然多没劲?可是我思前想后,总觉得缺少十分把握,挺矛盾的。没想到,我正为这事暗自苦恼,文校长关心我来了。

文校长很满意地望住她:你这么想,是一种要强的表现呀。

可光要强有什么用,奖项不一定拿得到。

你还没有参加,怎么就知道拿不到?

王婷婷像个做错了事的小孩,低头不语。

文校长问,想不想参加?

想肯定想。

有没有信心？

有您指点，会踏实些。

我这就把你名字加上去了？

我听文校长的……

6

　　自从为发钱的事发生过口角，黄永水一直不跟洁老师说话，走廊上顶头碰面，黄永水头仰得高高，只当没看见，工作上的事实在回避不了，也就嗓门高高地交代一遍，话一完，扭屁股走路。洁老师只觉得好笑，心想，你把你当作多了不起呢，你不睬我，我还不想睬你呢，一个男人这么鸡肚狗肠的，白做了男人。洁老师知道黄永水心里对她发怵，逢到年级组开会，有时故意盯着他，叫他想躲躲不掉，使他说话颠三倒四，语言混乱。当然更多的时候，洁老师则是不看他，目光从他头顶穿越而过（黄永水身高只有一米六五，这在洁老师很容易做到）。

　　发生口角的第二天，办公室里没人，坐在洁老师前面的华老师与章老师为洁老师声援。

　　华老师：这年级组也太混账了，所有的账居然全在一个人的袖筒里。

　　章老师：我算了一下，一个学生每月缴五十，全年级十个班五百个学生，一个月就两万五，一学期四个月，十万！

　　华老师：现在乡村都搞财务公开，我们这里居然还是暗箱操作，也太过分了。

　　章老师：不是我危言耸听，我看我们校里没准儿也能挖出个把腐败分子！

　　华老师：不是可能，而是肯定！

洁老师任他们说，一直没开口。

同一年级组的语文老师张云逸与洁老师大学同校，又一起分来，平常很谈得来。这天晚自修结束，办公室没人，洁老师主动跟他谈起与黄永水口角的事。

我都听说了。张云逸笑道。

我倒不全是为了钱，实在是受不了被人愚弄！洁老师切齿道。

张云逸扭脸微笑望着她：你想把他怎样？

我想把他的黑账捅出来！

你别犯傻。

洁老师很诧异地望住他。

你知道他跟姚焕彩的关系吗？张云逸意味深长地问。

知道一点。

张云逸一笑：你说得不错，你只知道"一点"。

洁老师见他话中有话，挺诧异地望着他。

前些日你没听说吗，一天晚上，赵俊到姚焕彩府上有事，姚焕彩家院门没关，赵俊一头闯进，见客厅里暗暗的，姚焕彩与她老公很亲密地靠在沙发上看电视。赵俊当时只是诧异，心想，我们姚校长在学校咋咋呼呼，回到家倒是蛮温柔贤惠的嘛。可到后来才发现，那位老公竟是黄永水。

洁老师两眼瞪大，异常吃惊。

我讲这话是告诉你，他们绝对是一个鼻孔出气。

洁老师有些不屑：是又怎样？纸能包得住火？

纸包不住火，但水能扑灭火。

我不相信她一个姚焕彩会有多大能量。

不是一个姚焕彩，而是整个校长室。

你把他黄永水说得也太伟大了。

张老师嘴角露出一抹讥讽：你呀，不是我说你，你还没有入门呢。

你以为他黄永水每月只给我们发几个钱？错了。告诉你，三个校长个个有份，而且可以肯定地说，数额比我们大得多。他们是坐在同一辆战车上，枪口永远一致对外！

我打算在全校班主任会上把这事捅出！

做个出头椽子？

大家对这事都很有意见。

你以为他们就会响应你，帮你说话？你估计错了。当然，在你讲话的时候，他们肯定很佩服你，甚至敬佩你，因为你做了一个勇敢伟大的代言人，发出了他们长期压抑在喉底想发而没有发出的声音，可以说，你的每一句话都落到了他们心里并激起了巨大共鸣。可是，对不起，这整个会场上从头到尾就只有你一个人的声音。你属于独奏，绝没有伴唱。你的话讲完了，就如烟灰落水，再无声息。其时大家都在想，就这情况，谁不知道呢？说当然要说，可说了又有什么用？找气受。到临了，你被彻底地晾在那里，孤孤单单，立身无地，像处身于一片荒无人烟的大漠。因此我劝你，眼睁眼闭，别去管它。他贪由他贪去，该他倒霉的那天想逃也逃不掉。与其操这份闲心，不如带几个学生，搞搞家教。搞家教其实很来钱。我现在手上弄了二十来个学生，每月这笔收入远远超过工资。课就那些课，都教了好多遍了，眼睛闭起来都能教，犯不着再去花力气。我的原则是，每天一下课就回家，学校的闲事一概不问。问它干吗？问了作气。不错，他们腰包里的钱确实比你我多，但他们的钱来路不正，脏得很，晚上睡着了会做噩梦；而我们挣的钱，是劳动所得，堂堂正正！你的情况跟我一样，高级职称解决了，没什么特别烦心的事了，因此我劝你，还是来个事不关己，高高挂起，找一批学生做做家教，图个实惠。

洁老师默默望着张云逸，只觉得他的话即如压缩饼干，营养丰富，需慢慢消化。

7

赵俊硬着头皮在改学生作业。老实说，赵俊上课难得给学生布置作业，这批作业还是一星期前让学生做的，做过就做过了，一直堆在办公室的桌上，早被他撂到脑勺后去了。赵俊今天之所以人模狗样地把它们搬出来批改，实在是因为学校教导处下周检查，屎到屁眼门非屙不可了。赵俊刚刚三十，学校要他参加青年教师教学大奖赛，赵俊嬉皮笑脸地对他们说："罢了罢了，我们也算老革命了，这种难得的锻炼机会还是留给那些新分来的青年教师吧！"赵俊心里发笑，这些玩意哄哄那些小猫小狗可以，我赵俊怎么可能头伸过去给他们套？但赵俊对眼前的作业却是没有一点办法。这作业大检查人人过关，检查的结果要汇报到校长室，你纵有一身能耐也没法滑脱。说实在，赵俊最反感这一套了。赵俊觉得校里这帮领导屁本事没有，只会搞这种骗人又骗己的形式主义。做作业又怎么啦？做作业就表明你教学水平高？一个老师靠课堂上四十五分钟把学生教好才是本事！赵俊一想到这些，就想拍桌子打板凳骂娘！

赵俊正忙着，数学组的阿晓走进来，两眼细眯眯地望着他，细声细气道：哟，不简单不简单，简直是太阳从西边出来了！

赵俊头不抬，皱着眉，笔在学生作业本上飞着，嘴里道：有香烟呀，快掏两支救一下急！

阿晓身子往回一缩：咦，这是什么话，你又不是校长，凭什么掏烟巴结你？

赵俊眼睛一轮，声音一下高八度：校长，校长算什么东西！我当着面照骂这些忘恩负义的王八蛋！

阿晓吓得嘴一下张得老大，扭脸往旁边看看，压低嗓门问：怎么啦，赵老师中午吃的炸药呀？

赵俊红笔往下一搁：别废话了，掏烟掏烟！（一把攥起桌上那只空烟盒往地上一掼）不是揩你油，是我的抽光了。

阿晓在口袋里掏了半天，掏出一只皱巴干瘪的烟壳，扒开看看，里面只剩三根，两根指头伸进去拈出一支，轻轻衔到嘴上，烟壳往赵俊面前一摆：都给你，都给你！

赵俊拿起看看又摔下：好意思的，就抽这种蹩脚烟，钱省在那里干什么？

阿晓手伸过去：嫌不好？嫌不好我就收回了。

赵俊一把抓过：闹什么闹！看不到我心烦？

阿晓眼往办公室里扫扫，伸嘴嘀咕：改什么作业哎，走走走，三缺一，玩玩去！

赵俊嗓门立刻低下：在哪？

王伟家。

赵俊扒扒桌上本子，眉蹙成一个大疙瘩：你先去，我摩托车，一会儿就到。

赵俊猛吸着烟，又改了七八本，手机"嘀"地叫了一下，取下一看，显示屏上一行留言："三缺一，速来上班。王伟"。

赵俊一分钟也坐不住了，红笔一搁，笃笃笃往车库奔。

一刻钟后，赵俊赶到王伟宿舍。王伟见赵俊气喘喘的，手里拎着头盔，调侃道：罢了罢了，戴着头盔就好，不瞒你说老弟，我正担心你心情不好，路上出事呢。

赵俊脸绷着，一副天下人概不理睬的架势。王伟两眼细细地盯着他，故意逗道：你别说，我们赵老师要是做个小老板还蛮像的，遗憾的只是运气差些，这回学校小卖部的承包没捞到手……

阿晓插话：我早就听说食堂的老钱想包小卖部了。

陈平说：不仅老钱，既是肥肉，好些狼都盯着呢。

赵俊脸绷着，哗哗洗牌，两只眼瞪得像灯泡。

王伟拍拍赵俊肩膀：算了，不要想不开了，不是我说你，你是只有小聪明，没有大能耐，到了关键时刻就不行了。

陈平说：要舍得放血，血放得不够不行。

阿晓说：没有万把块怕是玩不转。

王伟打着哈哈：除了送礼，还得做些幕后交易呢。

赵俊来火了：你们到底来不来！

王伟望望赵俊：哟，火气还不小嘛。好好好，来来来！

于是抓牌。

8

初一某班体育课上，一男生投篮三次球未进，体育老师王伟骂道：

你这笨蛋，把球拾来，好好看我投！

男生规规矩矩将球拾来，送到王老师手里。

王伟立正，右脚踮起，举臂，投篮——

球未进。

立正，举臂，又投篮——

仍未进。

王伟转脸训斥学生：

看到了吧，刚才你就这样投的！

9

年级组长黄永水正在办公室吹胡子瞪眼训斥学生，老董进来。老董是黄永水中学同学，儿子中考一塌糊涂，一个学校不收，眼看没学上了，老董急得就差上吊，想到同学里有个做老师的黄永水，就抓住这根救命稻草了。老董家里穷，现如今，老婆下岗，自己单位也摇摇晃晃，所有的倒霉写在脸上，整个看上去比敦实富态一张肉脸亮光光的黄永水至少大八岁。黄永水见老董脸上苦叽叽，腰微微躬着走进来，立刻屈尊纡贵地站起，笑哈哈地迎上去，拖出一张椅子请老董坐，然后脖子拧过去，对低头站在一旁整整比他高一头的一个男生训道：我现在没空跟你谈，你站到那边给我好好面壁思过！不把事情交代清楚，今天别想上课！取过茶杯咕笃咕笃喝了两口，眼睛四下扫扫，见办公室里只有两个新老师在老实巴交备课，转脸低声问老董：去过了？

老董站起身将一包还没拆封的红中华递到黄永水手上，满是菜色的脸上堆着笑：去过了，去过了，就昨晚。姚校长家真不好找。

怎么说？

她要我今天来。

黄永水吸了两口烟，略一沉吟道：你先坐一下，我去去就来。

黄永水跨进校长室门，首先跳入他眼帘的是姚焕彩那条颜色红艳的裙子，但黄永水并没有先跟她打招呼，而是走到曹校长与文副校长桌前，掏出红中华，一人一支递过去，打火机"卟"地燃起，一只肉手窝着火苗，轮流替他们点上，笑容可掬地陪他们拉话，话拉完，这才转到姚焕彩桌前。姚焕彩两眼望望黄永水，知道那个学生家长来了，身子转向曹天迪与文若冰道：跟你们说过的那个姓董的家长来了，你们看怎么办？

文若冰把目光转向曹天迪：曹校长，你看呢？

曹天迪仰头摆手：收吧收吧，不是说过了嘛。

姚焕彩悄悄挖黄永水一眼：我跟你说哟，我们曹校长与文校长对你可是特别开恩，摆在别人，赞助费都是两万块，一文不得少，可这个人是你亲戚，就照顾一下，只收一万。跟你说，你别麻木不仁，心里连个数都没有呀！

黄永水嘻嘻笑道：这怎么敢呢，三位校长对我小黄一向关心，我连这点都不晓得，岂不成了木头疙瘩啦？

黄永水离开校长室，心里禁不住高兴得意。走到年级组办公室门口，抬手朝坐在里面正等得心焦的老董招招手。老董颠颠地跑出，忍不住问：怎么样？

黄永水不答，自顾朝前踱，踱到四周没人的操场上，这才沉吟道：解决是解决了，很不容易呀。

老董一直皱着的脸立刻舒展开来，嘴里舒出一口长气：阿弥陀佛，太好了！太好了！你说，十六岁初中毕业就没有学上，将来怎么找事做？真把人急死了！谢天谢地，真谢天谢地呀！

黄永水往周围扫了一眼：钱带来了？

老董忙不迭地答：带来了，带来了。

多少？

老董细起眼望着他，像望着救苦救难的观音大帝，声音小得像蚊子：一万六。

黄永水望着远处叹口气：我跟你说，现在我们学校高中进一个，都是两万，没有天大的关系还不肯收，一万六这已经是很照顾的数字了。不是我老同学在你面前摆功，我是硬把你说成我嫡亲表兄，跟校长一次次求情，特别姚校长从中帮着说话，才给你减免四千。老兄呀，你应该很高兴啦。

是的是的，很感谢老同学帮忙！那么这钱——

钱现在交不成，会计不在。告诉你呀，你比别人少四千，交时还不能声张。这样吧，把钱给我，我来替你交，你下午再来一下。噢，事先告诉你，学校收赞助费没有发票，只有收款收据。

收款收据就收款收据，我们这些人也没地方报销。

不是别的，这情况我要告诉你一下。

没事没事，就全麻烦你了。

谈不到麻烦，老同学嘛。

老董从攥得紧紧的黑包里掏出一只牛皮信封：一万六，你点一下。

10

星期二下午，化学老师集中在一起教研活动。活动松松垮垮，还没有到第二节课下就没什么内容了，于是有人话头转向王婷婷，要她请客。王婷婷这次在全校青年教师教学大赛中，力挫群雄，夺得第一，正巴不得有人要她请客呢。王婷婷觉得请客对她至少有两条好处，第一，形成广告效应。一等奖既得了，就该让它春雷一声震天响，使天下人民都知道；不光知道，还得让它钉子一样钉在大家心坎上，永远牢记。王婷婷对这次荣获一等奖并不诧异。世上事，全在人为嘛，大赛既然有一等奖，为什么就该是你的他的而不是我的？王婷婷虽学的化学，但对古人"功夫在诗外"这句话却领会透彻。王婷婷深深知道，没有文校长她不可能得第一，撑破天弄个二等奖了不得了。王婷婷尤其想到明年评职称，自己有了这块金牌，其竞争力一下跃居于同龄教师之上了，心里实在忍不住得意。王婷婷巴不得请大家的第二个原因是，请客花钱事小，大家在一起吃吃喝喝，说说笑笑，气氛融洽，很利于改善同事关系。王婷婷知道组里少数人与她不睦。王婷婷一向觉得这是由于自己聪明，能力强，人又长得漂亮所致。王婷婷在组里最捉摸不透的是洁老师。直觉告诉她，洁老师对她不太看得顺眼，但洁老师毕竟是化学教研组组长（另一位副组长男性，王婷婷不费吹灰之力就把他俘虏了），教学业务精熟，尤其长期以来在整个化学组所形成的一种受人尊重的特殊地位，使得王婷婷不得不对洁老师尊敬。王婷婷知道，这次大赛中，洁老师作为评委成员，没有把一等奖的票投给她，王婷婷全不放在心上，一有机会，仍对洁老师说上一大堆感谢话，好像这次获奖全亏的洁老师。

王婷婷从钱包里掏出两张百元票子，笑眯眯地往田老师与洁老师面前一摆，爽爽快快道：吃什么，请二位组长做主，钱不够，再掏！

洁老师望着她，微微含笑道，让你破费了，谢谢你。

没有下馆子，出去采买的是田老师，采买了一大包，一共只花了几十块。有人觉得不过瘾，就起哄：田老师不像话，人家王婷婷大大方方，你却小气巴巴，就买这点小孩吃的东西骗我们，什么意思呀？

王婷婷见田老师受到围攻，立刻挺大气地将田老师退给她的钱往桌上一拍：这钱我不收，还请组里代管，下次教研活动，再吃！

买的是冷饮，洁老师只吃了一支紫雪糕。洁老师吃得很雅致，精细人一看就知道，她的雅致不是矫饰，不是做作，而是一种与生俱来的天然素质。洁老师一边吃一边看王婷婷，只觉得现在女孩子真是天才，没经过任何培训，却具有一种表演才干，而且表演得天衣无缝，炉火纯青。洁老师固然也知道，为了参加这次大赛，王婷婷确实花了不少工夫，教案写了改，改了写，前后推翻好几次，一次一次送到她面前，一口一声洁老师，缠着要给提意见，娇宠得像个好孩子。说实在，洁老师觉得王婷婷的课总体上讲得确实不错，但离一等奖有着距离，最明显的问题是，课堂提问与练习居然课前都安排学生做好了，学生被叫起来回答问题，一个个头仰到天上，对答如流，仿佛都成了生而知之无需学习的神童。这种课假得很，明显属于花架子，不实用。洁老师在评委会上表明了自己的看法后，同时评价了另一个初中语文老师的课。那堂课表面上没什么大波大澜，但内容坚实，没有水分，整个体现的是一种求真务实的风格，具有很大的实用性和推广性。可是最后在评委会讨论第一名到底给谁时，身为评委会主任的文副校长对王婷婷的课给予了高度评价，于是一等奖的得主自然而然成了王婷婷。

评委会结束，洁老师对一同下班回家的张云逸怨怪：你怎么在会上一句话没有？

说什么？

你觉得王婷婷够一等奖吗？

张云逸笑道：她是你的组员，她的课都是在你指导下上的，她评一等奖,不是对你很有利吗?

就没有一点是非标准了?

你呀。

太顶真?有点蠢?

这是你说的,我可没有这么讲。

我是看不下这种样子。

看不下又怎样?世界会因你看不下而改变?我劝你,还是忙忙自己的事,这些鬼事根本就没必要往心里放。我上次就劝过你,有时间,做些家教,图点实惠,比什么都强。你要是想搞,告诉我一下,我给你介绍。在我手里补语文的那批学生,有好几个需要补化学呢。

11

这是一幢现代小洋楼,楼高两层,面积二百多平米。装潢虽非一流,但钛合金防盗网墙砖地板等现代常规设施一应俱全。就这幢楼,若供平民之家居住,不要说两代,即使四代同堂也绰绰有余。而更为诱人的是,小楼地处本市西部大学区,有山,有水,有绿地,有花树,交通便利,空气清新,优美洁净。退休之后若在这里打打拳遛遛鸟,呼吸呼吸新鲜空气,实在是再好不过了。

买这幢小楼花了一百四十万。一百四十万就学校小金库的库容量而言,实在不算一个多大数字。这几年教育产业化,扩招一个班,至少创收一百万。经过这几年滚雪球式的积累,校里拥有的资金已相当可观。掌握学校财政大权的姚焕彩深明饮水思源的道理,于是得到曹天迪背后默许后,在校办公会上径直提议为曹校长改善一下住宅条件。曹校长不可能轻易接受,很客气地推起来,但推到后来,经文、姚二臣一温一火反复夹击,便迫不得已来了个顺水推船,哼哼哈哈默许了。

钥匙拿到那天,姚焕彩叫文校长:走呀,去帮他看看房!

文校长正细细研究前苏联苏夸姆林斯基的一本教育专著，心中暗想，学校有个小金库倒没什么大不了，当今形势，哪个学校没有小金库？学校藏点钱，四时八节给教师发些奖金，给教委送点礼，很正常。只是这别墅的产权虽属学校，但居住使用权属曹校长，这事上面不追究便罢，追究起来，大概脱不了干系。

姚焕彩见文校长头埋在书上，身子不动，就催：走呀，去看看呀！

文校长迟疑道：我，我就不一定去了吧？

姚焕彩眼一轮：瞎说呢，你不去，老爷子还以为你有什么想法呢！

文校长心里担心的正是这一层，连忙赔笑道：行行行，这就去。

12

下午第三节课下，教导处的董主任硬着头皮在看一份初三年级（也就是黄永水那里）统计来的各班中考成绩汇总表。这次考试成绩实在是差得不能再差，5班6班8班简直跟掉进深谷里一样，几门学科的总分比别的班差上一大截。都是一起进校的，成绩纵有好丑也不可能差得很大，为什么三年一过，却有这么大差距，这里面存在的问题实在是太多太多。董主任身为教导处主任不是没向校长室反映过，可校长室三尊菩萨不知在忙什么。负责教学的文副校长对他反映的问题似乎还较为重视，在笔记本上记了半天，可记下来之后就再没有下文了。董主任很急。人家做父母的把孩子送来，就是把未来和希望放在你们身上呀！可日久天长，见上面总是风雨不动安如山，性子也就瘫下了；瘫下来后董主任就想，天塌下来反正先打在你们头上，我这个主任反正在你们眼里是外人，操那么多闲心干什么？于是凡事糊弄糊弄，能不问的尽量不问。

董主任正看报表，桌上电话铃响起。

董主任本不想理，但转脸看看，教导处除了自己没别人，只得向电话走去。

是三中吗？电话里问。

是的，请问你找谁？

给我叫一下老曹，要他过来听电话。

董主任想，这人胆敢叫曹校长老曹，来头不小。

对不起，他不在。

那给我叫一下文若冰。

他也不在。

怎么搞的，他们都上哪去啦？啊？三中今年中考在全市严重退步，知不知道？

知道。

你们怎么搞的？

不知道。

你给我把他们找来，我有话对他们说！

对不起，我找不到他们。

那就叫小姚，小姚总在吧？

我们家没有小姚。

你说什么？

我说我们家没有小姚。

姚焕彩这个人没有吗？

我们家只有姚校长。

你是谁？

三中教师。

董主任卟地将电话搁下。

13

……　……

南下列车

北京开往南京西站的65次列车软卧410元，硬卧270元，硬座150元。我在售票厅徘徊了一个来回，最后买的硬座。我做出这一选择的理论基础是，我所心仪的契诃夫，不，可能是高尔基吧，对不起，我记不很清了。这两位大师中不知哪位说过一句大意如下的话：如果你是作家，出门旅行时请别忘了，坐车要坐普通车，乘船要乘三等舱，因为只有这样，你才能把你蜗牛一样的触角深入到社会的基层。这样一想，我就觉得我买硬座票有了很崇高的理由，于是我把150元递向售票窗里比机器人还机器人的售票员时，我内心的那种卑微、寒酸便荡然无存，相反一下子变得心高气傲起来。

在本次列车的所有乘客中，我大概是最后一个上车的。最后上车的最大好处是，车厢里互相碰撞互相摩擦的高峰已过去，穿行走道，寻位就座，简直比囊中探物还要便捷。

我找到了我的位置。相向排列的两行高背椅共六个座位，我的座位临窗，有几案伏臂。我发现我的座位已被一个人坐着，我走过去告诉他，这座位是我的。被告者头本朝着窗口在看月台上人，这便扭回望我。是个小伙子，黑红脸，细眼，皮肤粗糙，样子质朴。我向他又说了一遍这位置是我的，他这才明白我的意思，两溜细白整齐的牙露了露，朝我举一脸憨厚腼腆的笑，身子连忙让开去。他站起来时我发现，他个子很高，因怕头碰到行李架，背竟不得不哈下去。

不要说，这是个乡下人，他的脸、衣着、表情、神气，无不清清楚楚写着这一点。我对小伙子印象不坏，尤其我跟乡下人在一起，潜意识里有一种优越感，精神变得特别放松（究其原因，大概自己是个城里人吧），于是我主动跟他搭讪：上哪？

小伙子望望我：回家。

家在哪？

天长。

天长？——安徽天长？

小伙子点点头，又望我一下。

在北京打工？

嗯。

做什么？

小伙子目光垂下，卑微一笑：在工地上。

我知道这是个含蓄的说法，意思就是在建筑工地上做又脏又苦的泥水匠。

我发现对面座上不止一个人盯着我看，我这才感觉到这一问一答有点类似于办案审问，便对他们微笑点头，然后将目光转向窗外。

窗外什么也看不到，一列刚刚到站的列车呼哧呼哧喘着粗气正缓缓停下，刚好阻滞我整个的视线。我看看表，离开车时间还有十分钟。十分钟其实很短，但有时却比一小时一天还要长。我吁一口气，从包里（这是我随身携带的唯一行李，我一向反对出门在外大包小包背一长串，这很有点类似刘姥姥进城）取出一份刚买的《南方周末》。报纸之于旅行，即如零食之于女孩，这大概也算一条颠扑不破的真理吧。

火车准点发车。这之间我们的座处出现了片刻小小的混乱，原因是坐在对面的一个女人想与坐在我旁边的乡下小伙子调一下位置。乡下小伙子什么话也没说，站起身就到对面坐下了。开始我搞不懂这女人为什么要坐到这边来，待我扭头看了看才明白，原来在我这排椅子的最外口坐着一个女孩，这样一调，她便与女孩坐在一起了。使我感到很诧异的是，刚才我到位上就座时怎么没有看到她们？尤其坐在外口的那女孩，漂亮而神气，正常情况下，我是不大可能注意不到的。很显然，这女人与女孩是一起的。她们是什么关系？母女？不大像。第一，俩人身上没有一家人共有的基调与氛围，女人完全是一副小镇女人样子，想时髦却又全不知现代城市正流行些什么，纵知道，经济上显见又不容许赶趟，整个从头到脚没一处不让人觉得落伍，寒酸，马马虎虎。而那女孩则完全不是这样，你只要看她一眼立刻就会断定，她绝对是个都市女孩，娇气，时髦，现代，这不仅形诸于她的发型衣饰，而且可以从她的眉眼神气与姿态上看出。第二，那女人四十岁不到，若是女孩的妈妈，似乎也太年轻了。

　　至此，我整个研究了一下我的周边形势。以我为轴心，在我的左边是女人，再左边，女孩。隔一条茶几，临窗与我直对的，是一个中等个子身子较粗衬衫领挺括而洁净的青年，他看上去老成持重不爱讲话（从后面的情形看，他确实讲话很少有点惜语如金）。在他旁边坐着的是一个眼睛很大皮肤白皙十分帅气的青年，这位青年一看就让人觉得，他不是来自小城，而是北京上海之类的大都市。他的自我感觉显然极好，眉眼神气里完全一副青年才俊的架势，面容清朗，顾盼神飞。在他旁边坐着的便是那个在北京建筑工地做瓦工的乡下小伙子，位置紧靠走道，身子坐得有点侧仄。他与那位都市青年坐在一起，其反差之大，即如天与地，日与月，夏天之于冬日，南极之于北极。

　　最初大家都没有话，但很显然，每个人的感觉神经都像针一样锐敏，而感觉的焦点不要说，对面的女孩。区别只是，三个人的表现方式不同罢了。都市青年身腰挺拔，手里握一本卷成筒的杂志，微微上翘的嘴角浮几分讥讽，几分微笑，随着面孔的悠然转动，目光不时在女孩的脸上飘忽一下。而靠窗的那位样子老成的青年，对女孩的注视则是隐性的，静态的，他仅朝她看了两三眼，看完后，目光就移开，重又回返到原初的状态。那个到北京做瓦工的乡村小伙子与女孩对面而坐，最为靠近，膝盖几乎相抵，他不大好意思直面女孩，偶尔与女孩相对一下，目光像受惊的小鸟，一下扑噜噜飞去，本来黑红的脸庞比原来更红。

其实不要说你也能猜到，最初向女孩搭讪的是那都市青年。

你是南方人？都市青年目光风似的飘向女孩，嘴角凝一丝微笑问。

是的。女孩扭脸回答。女孩其实早知道有人在注意她了，只是很策略地佯装不知，一直在跟女人叽叽喳喳撒娇弄痴说悄悄话。

南方哪里？

扬州。

扬州好地方呀，隋炀皇帝看琼花，去的不就是扬州吗？

你看过琼花吗？

我？没看过。好看吗？

当然好看！花型很奇，每一朵由八朵小花聚成，淡白淡白的，很纯洁。

别说了，这么诱人，没准儿明天我就奔扬州去了。

女孩拍手笑道：欢迎欢迎！女孩嗓音很脆，语速极快，用的是一口很纯正的普通话，给人的感觉，不是在说话，而是在唱歌表演，心里似乎有着一万件开心事，正想找人说说呢。

都市青年微笑地望住她，一脸的才能与自信。

在他们说话的过程中，临窗的那位老成青年一直不语，只是微微偏着头，静静听他们说，嘴角不时不太明显地浮一丝温厚的笑意。而坐在最边上的乡村青年则怪不自在的，身子不时动一下，给人一种如坐针毡的感觉。

到北京旅游吗？在都市青年与女孩谈话的间隙，老成青年微笑发问。

不，坐在我旁边一直注意着女孩跟都市青年说话的中年女人第一次说话了，她是来考试的。

都市青年第一次把目光转到中年女人身上，但停留了不到两秒，即又转到女孩身上，没容老成青年把话问完，早已接过话头：考什么？

考中央音乐学院呀。女孩唱歌似的回道。

是吗？考取了没有？都市青年挺有兴趣。

你猜猜！

都市青年故弄玄虚地抿唇一笑：要我猜嘛，那没话说，录取了！

咳，真给你猜中了！你怎么知道的？

都市青年微微扬起下巴，得意地笑道：知道《周易》这本书吧？我是专门研究它的。

女人忍不住插嘴道：真是过五关斩六将，不易呀。先是面试，再是表演，接下来又是器乐演奏，又是乐理知识，一道一道的关。考生是全国各地的，先是八百个，隔一天，剩三百个，再隔一天，剩一百个，到最后，只剩下十几个，筛子一样一遍遍地筛，人心那个紧张呀！考试三天，她没有好好吃一顿，任你买什么她都吃不下，就害怕主考老师判个不及格。直到昨天成绩出来，通知她已被正式录取，才吃了一口饭。其实呀，要说紧张我比她还紧张，几夜觉都睡不着，一惊一乍的，做梦。我紧张还不敢露出来，表面上还装得镇镇静静的，要她不要紧张。想一想，多怕人呀，考她这个专业的八百个考生，都是全国的人尖子呀，最后只取了十几个，她就在里面，真不容易呀！

我发现在中年女人很兴奋地说这番话的过程中，微笑与讥讽始终像两朵白玫瑰在都市青年的嘴角开放，他的脸上完全是一副"曾经沧海"的表情，淡然微笑道：进名牌大学都是这样。

八百人只取十几个，太难了！中年女人仍在感叹。

- 175 -

都市青年没有应她,目光飘向女孩:考的什么专业?

女孩在中年女人谈她考试的过程中,脸一直红红的,一双水汪汪的大眼星似的发亮。

二胡。女孩回答。

就这?都市青年用手做了个拉二胡的动作。

正是!

都市青年仰了仰漂亮的下巴:百日笛子千日箫,小小二胡拉断腰呀。

女孩笑了:你也知道?

我搞过器乐。

搞的什么?

那个叫——电吉他,还有萨克斯,都搞过。后来不搞了。

为什么?

挺累。

你是哪个大学毕业的?

清华。

哇,太棒了!

女孩发这一声惊叹时,伴有一个生动迷人的动作,表情夸张得如影视明星。

也就那回事,修行在各人吧。

你是哪人?

北京。

北京?我怎么觉得你口音像东北的?

都市青年讥讽地一笑:也没错,我小时候随我娘老子在大兴安岭脚下生活过一段时间。

大兴安岭?

就是座山雕出没过的地方。

哇！真是太有趣了！你在北京哪个单位？

这，不能告诉你。

为什么？

秘密。

安全局？

NO.不过我可以告诉你一点，我在的那儿管得着你。

哇！

中年女人疑惑地盯住他问：你在文化部？

都市青年望望她，嘴角含几分莫测高深的笑。

临窗的那位老成青年，自被都市青年抢了话头后一直没再发问，中年女人最初在讲女孩考试过程时，他很注意地听了听，之后见我面前有一沓报，就借了一份，埋头看起来。至于那位乡村青年，倒是听得很认真，眼眯着，头微微歪着，只是他们所说的内容与他相距太远，远得隔着一个太平洋。

至此我一直在做一个看客。我觉得做看客是一件很幸福的事，因为看客不仅可以轻轻松松观赏，而且时不时可以在内心加以批评，裁判，甚至讥笑。世间每时每刻都有戏，戏有人演而没人看，这便失去了平衡，显得寂寞，演的看的都齐了，这才成为世界。

都市青年大概感到口干了，动作幅度较大地站起身（我以为这里暗含着一种展示自己健康挺拔富有男性魅力身姿的意味），从行李架上一只都市流行包里取出一听饮料，"噗"地启开盖，仰头饮用。我注意了一下，那是一听"红牛"，就是电视广告上看到过的那种。客观地说，他的形象确实很不错，用现在最时髦的说法叫"酷毙了"。他是干什么的？一个大四的学生？不，如果他还在校读书，他的身上不大可能有这么深重的都市流行色。某家公司的营销人员？似乎又偏嫩了些。有点像在某局或某厅混饭吃的小公务员，但气质个性似乎又不像。也许是一公司的打工仔，因过于眼高手低，放荡不羁，被老板炒了鱿鱼，目前正准备去南方投奔老同学混混。似乎每一种可能都沾那么一点边,没法说,很复杂的。不过有一点很肯定:他在现代都市绝对属于很流行很潇洒的一族,只是他所说的他所在的单位能够管着女孩所在的学校,大概是个天方夜谭。

谈话出现了空白,我以为这正是我这种人填漏补缺的时候。

你是她什么人?我问身边女人。

对方有些愕然:什么人?妈妈呀。

我连忙恭维:真没想到,你这么年轻。

哪里还年轻呢,老了!显然她说这话时很开心,而且还下意识地整理了一下衣襟。

我问:上中央音乐学院学费挺高吧?

女人似乎没想到我问这样的问题,脸上笑容里立刻有了羞涩的成分,嗓音降低了三分:学费不得了哟,整个三四万呢。

女孩对女人说话的语气似乎不满,打断她话道:你又来了,我不是跟你说了,不要烦。

女人望着女孩笑笑,脸又朝向大家:你别看她小,可能干了。在南京读书时,家里每月给她寄钱,她总舍不得用,动不动把钱寄回来。她音乐成绩出色,老师欢喜她,介绍她给人家做家教,教得比谁都好!真让人想不到,才十八岁,就一个星期两三次,跑到人家做小先生,帮家里挣钱了!

女孩被女人说得脸红起来:妈,你烦不烦呀!

女人扭过脸望着女孩笑笑,对大家说:你看她,就是不许我说,挺要强的。

妈!

好,我不说了,我不说了。

在窗口看报的老成青年,不知什么时候注意听起这边的讲话,此刻插言道:北京现在各大学都搞勤工俭学,北京的老百姓让小孩学音乐的也很多，应该说进中央音乐学院后，课余做家教的机会会比南京多。

女孩眼睛星似的发亮：是吗？

老成青年温厚地微笑道：应该是这样。

你对北京很熟悉？

不，不很熟。

你不是北京人？

我是南京人。

南京人？南京哪个单位？

扬子石化。

哇，那太棒了！到北京出差？

不，我驻北京办事处。

老成青年胸袋里的手机响起，他取出手机，身子微微侧向窗口通话。说了半天，说的都是公司业务的事。

都市青年在老成青年通话的当儿，头搁在高高的椅背上，脸微仰着，手中的"红牛"不时夸张地举到嘴上，每喝一口，带有水渍的嘴角总潇洒而颇富魅力地抿上一下，目光不时扫向女孩，风似的。

你知道北京让不让外地人摆小摊？中年女人问老成青年。

老成青年望望我微笑道，这方面，好像没听说过有什么明令禁止的文件。

我问中年女人：你想到北京摆什么小摊？

女人有点难为情道：没法子，都是为她。现在都是一个孩子，我们以后也就全指望她了。我就想跟她一起到北京，随便摆什么摊，哪怕下个面，包个馄饨，只要能靠近她，能够帮她洗洗衣服，让她安安心心学习，下学回来吃上一口热饭就行。

老成青年说：北京流动人口几百万，摆小摊的人很多。

我知道很难，女人说，这两天一有空我就在中央音乐学院周围转，想看看那里适合卖些什么，可就是想不定。

就在女人说话的当儿，女孩悄悄抓着女人臂膀轻摇，嘴里还发出娇嗔责怪的嘟哝。很显然，女儿不赞成母亲对萍水相逢者谈这些话题。

我问：你到北京，扬州的工作不要了？

女人脸上禁不住一阵发红，微微低下头：还工作什么，早下岗了。

我一时噤声。

老成青年问：你在什么厂？

无线电厂。

无线电行业现在都不太好。

不行，一塌糊涂。女人说。

厂里每月还能发多少钱？

厂里不问了，交给托管中心了，一个月几百块。工人们闹了几次了。

你烦不烦呀！女孩忍不住打断她。

女人望望她，不说了。

一时都不再说话。

咔隆隆！咔隆隆！火车风驰电掣地往前奔驰。窗外黑乎乎的，远处偶尔闪烁出一撮撮灯火。车子开出个把小时，估计此刻已到沧州。

坐长了，身子有些不舒服，我离开座位出去走动。

车厢与车厢之间过道上，站着几个瘾君子，他们吸烟时口都比平常大几倍，两个腮深凹下去成一个洞，烟雾缭绕，蔚为壮观。

往前是餐车。晚餐时间早已过了，餐车变成了音乐茶座。里面，灯光闪烁，环境优雅，一支斯特劳斯的钢琴曲正悠然响着。我发现都市青年正在里面坐着，手里握着那卷杂志（我已经知道，是一本《电子与软件》，因为刚才在位置上时，他偶尔打开过）。此刻他一边很有风度地品啜咖啡，一边不时与邻座的一位颇风骚的女孩在说笑。

在回车厢的过道上，一个人伏在窗口头对着外面，身子挡住了我的路，我不得不轻轻拍拍他请他让一下。他头一转我才发现，原来是那位乡村青年。其时他的样子令我吃惊。他嘴角满是饼干屑,手里拧着一塑料袋已吃了一半的散装饼干。很显然,他因赶车晚饭没来得及吃(当然也不排斥因舍不得钱而故意没吃),此刻肚子饿得吃不消了,于是躲到这么个没人的地方填起肚皮。同时我发现,他那粘着几星饼干屑的脸上,明显有一种悲伤,眼角甚至渍着泪。见是我,他很尴尬,露出白白的牙,一笑。

我问:怎么啦?

没怎么。他忸怩地回答。

一定是心里有什么事?

对方苦苦一笑。

可是家里要你回去?

点点头。

出什么事了?

是我爷爷……

爷爷怎么啦?

癌症,要死了。

我心里一凛。

你这是赶回去看他?

他点点头。

爷爷跟你们一起过?

我是他带大的……

我不语。

南京下车后还要转车吗?我问。

再坐三个小时车。

中午能够赶到家吧?

能,我就怕……

到后来,我陪着他一起回到位置上。

很静。中年女人默默地坐着想心事,女孩伏在她怀里睡着了。临窗的那位老成青年在看报,看得很专心,一动不动的。都市青年还在音乐茶座没有回来,他的座位空着。我在我的位置上坐下,见乡村青年一副心神不安的样子,对他说:十二点多了,闭眼歇一下吧。乡村青年目光像温顺的小鹿望了我一眼,两个臂肘一曲,搁到茶几上,头伏上去。

卡隆隆!卡隆隆!火车在提速。

我两眼一直睁着,毫无倦意。

飘逝的红纱巾

来喜子在与小大姐熟悉之前,首先引起他注意的是那条红纱巾。

那是二月头,来喜子刚由老舅带到城里踏三轮。一天晚上,来喜子出去拉夜客,遇上两个痞子,坐过车不给钱不算,还拔下三轮车的气嘴子扬手扔到城河里,左右开弓给来喜子几个巴掌。来喜子被打伤。第二天早上,住在客栈的几个车夫踏着三轮陆续出门,来喜子一个人孤单单睡在铺上养伤。

通铺间里乱七八糟,一股隔宿的劣质烟草味。南墙根下放着一张黑漆破桌和几张歪歪斜斜的长凳方杌。顶里面墙角处摞着几只箱笼,箱笼里尽是车夫们的换洗衣物、破烂杂碎,以及抽空儿进商店买的准备带回家巴结老婆孩子的小物件。来喜子两眼怪无聊地在通铺间里转了不一会,就觉得再没什么地方可望了,于是歪过头,透过那一溜边老式格子窗当中开着的一扇,目光一下飘落到院里。

来喜子两眼几乎刚转向窗口,就一下被院中的那条红纱巾吸引住了。

夜里刚落过一场雨,一早天转晴了,院里阳光黄亮亮,红纱巾在微风中一飘一抖，被铁丝上晾着的那一件件灰灰黑黑的车夫们的衣衫一衬，鲜活亮丽得像三月田野里的一朵花。来喜子整个目光都被红纱巾攫住了。来喜子就这么傻怔怔地盯着那红纱巾，半天半天不转眼。来喜子对这片红云似的轻柔飘忽的东西之所以如此感兴趣并不奇怪，因为来喜子这一年已经十九岁了。

　　整个客栈，除了这边大通铺间住着车夫，东头拐角上还有一间客房，住着一个老头，一个姑娘，老头叫绿毛佬，姑娘叫小大姐。来喜子跟绿毛佬与小大姐顶头碰面遇到过一次。那天，来喜子踏三轮踏得小腿肚子肿，脚又抽筋，不得不提早回客栈。临进门，刚巧与他俩碰上。绿毛佬挺阴冷挺怪气，穿一件灰不灰黑不黑的长衫，这长衫如今除了电影电视上偶尔看到，生活中几乎已经绝迹。脸灰石板似的，一双冷幽幽的眼里发出的光竟是绿的，样子很像乡下田埂上长出的青草。来喜子由此联想到车夫们给他起的绿毛佬这个绰号，觉得对极了。小大姐是落后一步进院门的。小大姐一路哼着歌，声音亮亮的，无顾无忌。身上光光鲜鲜，脖子上扎一条红纱巾，眼上画着眼影，完全一副城里人的装扮。小大姐看到来喜子，一下站住了，停下嘴里哼的歌，两眼尖尖地盯着来喜子看，然后笑道，你是新来的吧，我晓得你。来喜子似乎也笑了笑，但目光躲躲闪闪，脸微微发红。

　　因为东边小屋有小大姐住着，车夫们总有若干开心的话题。五六条汉子流过一天臭汗，晚上躺在铺上，一边翻身打滚把铺板硌得震天大响，一边嘴头上不时拖出小大姐，说一些粗俗淫秽的话，爆一片野笑。这当中说得最大胆最带劲的要数马头。马头豹子眼，粗膀条，牛高马大，一身力气，是这帮车夫的头。来喜子听老舅说，马头为大家占取珍园宾馆前那块地盘，曾跟胡县的车夫甩过刀子，打伤过人，坐过一个月班房。马头离开班房回到客栈后，车夫们就更加死心塌地打心底服他了。马头大概觉得仅仅躺在屋里说那些荤话远不过瘾，因此常常晃到门口，粗声大气地哼一些下流十足的乡野小调，一泡尿对着墙猛哧！哗哗声响如山瀑。来喜子悄悄在窗口注意过，每当这时，马头脸总歪斜着，两眼直勾勾地盯着东边小屋亮着灯光的窗户。

来喜子一开始搞不清绿毛佬与小大姐干什么的，直到后来遇上一件事才明白：那爷女俩是玩牌的。

那天，来喜子送过一个客到外贸大厦，踏着三轮来到火车站广场。来喜子转了一小圈，看到广场边上团团围着一群人，人堆里有个女子的嗓门尖厉厉的，声音很高，很激烈，简直有点像锋利的刀片飞来闪去。来喜子禁不住从车上站起，脖子伸长往那边看。杂乱的人堆里果然站着一个女子。她穿一件大红上衣，很抢眼，可是冲着他这边，是她的背。但来喜子很快就明白了那女子是谁，因为站在女子旁边的是那目光幽冷的绿毛佬。来喜子心里不由波动起来，几乎没有迟疑一下，立刻将三轮往人堆里紧靠。来喜子很快发现，围着绿毛佬与小大姐取闹的是三个痞里痞气的家伙，其中一个披长发穿茄克的，脸直逼到小大姐面前，吵骂的什么听不清，只见他嘴巴大开大合。绿毛佬要拉小大姐离开。小大姐肩膀一摆，一下摔开绿毛佬手，半分不让。长发茄克眼瞪得像牛蛋，一把抢过小大姐怀里什么，扬手一甩。来喜子心一下提到喉咙口，待那张张片片由天空飘忽了半天七零八落落到地上，这才看清，是扑克牌与钞票。来喜子听人说过，车站一带近来常有些玩牌的人，他们不时在路边摆下牌摊，唆人猜算，骗取钱物。来喜子怎么也没想到，小大姐与绿毛佬干这行当。绿毛佬大概有点看不下去了，上前一步，将长发茄克往开一拨。一直站在旁边虎视眈眈的另两个痞子终于熬不住了，冷不防从背后向绿毛佬飞起拳脚。绿毛佬猝不及防，身子一个趔趄，一下倒到地上。小大姐见势不好，扑上去一把揪住一个家伙的衣领，转眼间，那家伙的脸上亮出几道指甲抠出的红血道。正在这时，人堆外突然有人叫起：警察来了！三个痞子猛地一愣，转瞬间兔子似的消失。一直站在车上心口乱跳的来喜子，禁不住松了口气，见绿毛佬从地上爬起时挣扎得很吃力，连忙上去说：

- 185 -

"上我车吧。"

小大姐气喘得还没有平歇，低声急叫：

"快，钻巷子！"

当晚回到客栈，马头不知从哪知道绿毛佬被人打了。马头似乎有些兴奋，开广播会似的不断添枝加叶地向大家讲述小大姐与绿毛佬遭人敲诈的事。马头吃过晚饭，挺惬意地叼了一根烟，打着放炮似的饱嗝，晃进绿毛佬与小大姐住的东边小屋。其他几个车夫闲得无事，也相跟着过去看热闹。来喜子老舅没去。老舅趁屋里没人，躲在屋角点钞票，点完，爬上大通铺睡觉。老舅对来喜子说，你别过去瞎凑合，明儿还要赶早踏车，早点歇吧。来喜子没吭声。来喜子在屋里转了转，说出去撒泡尿，身子一滑，还是跑到东边小屋去了。

小屋一点点大，两张床之间拉着一道布帘，插脚的地方都没有了。绿毛佬躺在床上，两眼对着屋顶，脸枯枯的。屋里只有两张凳，一张小大姐坐着，一张马头坐着。马头跟小大姐挨得很近。马头大腿跷着二腿，一根烟才吸完，烟屁股卟地往开一弹，又从衣袋里掏出烟包，抽一支甩给绿毛佬，另一支自己衔到嘴上。马头脸歪仰着，吐着烟雾，一直不停地高声大气说话，其他站着的车夫不时偷空儿瞅一眼穿得很单薄的小大姐，一边不时顺着马头的话哼哼呀呀附和。

马头打一个哈哈说：

"一个菩萨一炉香，该放的血还是要放点。"

马头又说：

"南门街的那个瘟神黄爷，我跟他打过一次交道。前年钞关桥那个案子，就是他狗日的放的黑刀，不好惹呀。"

马头又说：

"在人家地面上混饭吃，该忍的还得忍着，强龙斗不过地头蛇嘛。"

马头不停地说，绿毛佬一动不动地躺着，神色枯枯，嘴巴死鱼似的一直闭着。

停电，小屋点着一支蜡烛，烛火突然爆了爆，熄了。站在黑暗中的来喜子，突然听到马头与小大姐坐的地方一阵细碎的声响，随即爆出一记巴掌打在肉上的锐声。

黑静。

来喜子心口扑通扑通急跳。

下雨，车夫们晚上窝在通铺间里斗牌。马头瘾最大，饭碗一推就搭班子。斗牌是带"彩"的，斗的是关牌，一张牌一毛钱。来喜子站在旁边看了几次，已有点入门。来喜子老舅牌技差，不善算计，斗三次输两次，怕斗，总躲着。有时差人，马头点他，老舅没有办法，只得苦着脸勉勉强强在桌边挨下屁股。老舅背后叮嘱来喜子，他们斗牌，你孩子家顶多只能在旁看看，一次不要入伙；入伙一次，就不断头了。来喜子晓得老舅说的好话，自然记在心上。来喜子此刻只是站在桌旁看。来喜子见老舅开始手气不差，通关了他们一次，面前堆了许多钱，可不一会就走倒运了，一输再输，桌面上那个小堆很快耗干了。老舅坐在一片烟雾之中，半点声响没有，脸上有点紫胀。来喜子不时瞅老舅一眼，心里替他难过。马头在牌桌上一直很霸道，甩起牌来叭叭响，吆五喝六，两只豹眼豁豁亮。

门吱咯一声响，一团红影一闪，小大姐不声不响进来。马头两眼一瞟，连忙叫，过来过来，跟爷们斗两牌。小大姐说，你们班子圆圆的，干吗我要插一杠子。马头乐了，这好办，你坐我这窝，我来给你插一杠子！这话一说，几个车夫窃窃怪笑。小大姐脸红了一下，泼辣辣骂道，你回去给你老娘妹子插一杠子！马头也不再回，似乎被小大姐骂得很滋润，晃晃脑袋叫：出牌出牌！车夫们一时都有点心不在焉，目光闪烁不定，牌出得有点乱。来喜子站在旁边一直不作声。来喜子与小大姐站得很近，到这刻才明白，小大姐刚才进屋时，那红影一闪的印象来自她脖子上的纱巾。来喜子眼望着桌上牌，那纱巾却在面前一飘一颤，满脑子红雾雾的。来喜子正憋闷着,突然右膀子上像被一只小虫轻轻咬了一下,与此同时,小大姐扬声说,不看了,没劲,就转身去了。马头扭头叫,来玩一把嘛,跟爷们乐乐。小大姐撇撇嘴,不屑道,来那么小,脏了我手!

来喜子立在牌桌边,整个感觉一直没离开右膀子上被小虫咬过的地方。来喜子只觉得那儿热热的,痒酥酥的,并且不断往全身漫开。来喜子有点立不稳身了,又站了站,就从屋里走出来。来喜子才走到黑黑的过道里,一下撞到一个软软的热身子上。来喜子还没转过神,就被一只手拉着出了院门。

"走,我请你下馆子!"小大姐说。

来喜子整个像被一股热风裹挟着的嫩草,相跟着小大姐走上大街,走进一家灯光烁亮的吃店。小大姐拣了一副干净桌面坐下,见来喜子还站着,连说,坐呀,吃饭付钱,怕什么?一转脸,爽声叫了两份砂锅牛肉粉条。砂锅送上来,小大姐用筷子兜底翻翻,责问店家,牛肉怎这么少呀!见店家不理,就抓过桌上盛胡椒粉的瓶子,卟卟卟!往来喜子面前砂锅里猛扑,转而又往自己的里面扑,一直把瓶里扑空,边扑边嘀咕,别给他省,都是黑心!来喜子一砂锅牛肉粉条下了肚,额上汗都出来了。

"你知道我为什么请客吗?"小大姐稀溜稀溜喝着汤,突然问。

来喜子望住她,摇摇头。

"我欠你情。"

"欠什么情?"

"那天我们坐你车,没把钱。"

来喜子笑了笑,说:

"应该的。"

"应该?我跟你谁是谁,凭什么应该?"

来喜子脸红了。

小大姐乐道：

"你真是个实心眼儿！"

来喜子抬起头，目光碰到小大姐脖子上系着的红纱巾。那纱巾坏了，边子毛拉拉的。

回头路上，来喜子想找点话说，脑子里转悠了半天想起一件事，就问：

"有天夜里，我好像听到你跟你爷爷吵嘴的。"

小大姐格格笑：

"爷爷？他是我哪门子爷爷？"

"不是你爷爷？"

"他个老棺材！"

来喜子觉得好奇怪。

"你们吵什么？"

"他太黑心！"

"他怎么啦？"

"不谈这些，你不懂。对了，我问你一句话，你们屋里那些人，是不是天天晚上瞎说我？"

来喜子脸一热，迟疑了一下支吾道：

"不，没说什么。"

"×养的！我晓得他们呕的什么！"

来喜子一时无言。来喜子虽然从没参加过他们的乱说，但觉得与他们一同睡在大通铺上，听他们瞎说，有时甚至心痒痒地蛮过瘾，不由觉得尴尬。

"对了，我还不知道你叫什么呢。"小大姐说。

"来喜子。"

"我叫凤子。以后你就叫我凤子，别再跟着他们瞎喊！"

这天下午的客似乎很好拉,没到四点钟,来喜子已经拉了两个。来喜子轻松悠缓地踏着车,嘴上很想弄个歌曲哼哼,可街上人多多的,又不习惯。到了百汇商厦跟前,来喜子想起昨晚与凤子分手后想定下的一桩事,就把三轮靠在路边,轻轻快快走向商厦。来喜子临到门口,见两边站着两个个子高高、穿红衣戴红帽、身上斜披"商业大厦欢迎您"宣传广告的美女,觉得很滑稽。商厦太大了,来喜子走进去转了不一刻就全不知东南西北了。每层楼有电梯,来喜子踏上电梯,身子晃了晃,差点摔倒。来喜子楼上楼下足足转了半小时,额头上汗都出来了,终于发现了他要找寻的目标。来喜子在一条边的货架前转悠了半天,最后脸红愤愤地对营业员说:

"我买一条纱巾。"

来喜子说话声太小了,营业小姐没听清,两眼大大地望住他问:

"你说什么?"

"我要纱巾。"

"哪一种?"

"红的……"

"哪一种红的?"

来喜子脸更红了,一时不知怎么说好,只得把手往上面指指。

太阳大偏西时,来喜子一路飞快地踏着三轮往回赶。时辰还早,如果再在街上转转,赶晚饭前没准儿还能碰上个把乘客。但来喜子不想拉了,来喜子只想立刻回客栈。来喜子估计凤子跟绿毛佬已回到小屋。来喜子巴望在车夫们回去前见到凤子。来喜子只觉得装在口袋里的那条红纱巾火炭一般发烫。

客栈的大门虚掩着,院里静静的。来喜子锁好车,一脚走到自来水池边,拧开龙头,两手捧水洗脸。来喜子关掉龙头准备进屋拿毛巾擦脸时,禁不住扭脸往东边小屋瞅了瞅。小屋门关着,里面似乎有些声音。来喜子披着一脸水珠,轻手轻脚走过去。屋里丁丁当当,声音很响,很激烈，似乎有人摔掼着东西。来喜子奇怪，贴着门听了听，就叫：

"凤子。"

里面声响突然停止。

"凤子，是我。"

屋里死静死静。

来喜子迟疑了一下，就推门。

门是拴着的，但不知什么原因，居然没有拴牢，豁啷一声，被推开了。来喜子才往里跨了一步，双脚连忙缩住。整个一下扑进来喜子眼帘的，是一面光溜溜的黄脊背和四条姿势难看正一动不动僵木着的腿。马头整个身子扑在一张乱糟糟的小床上，被他压在下面拼命挣扎的竟是凤子。

凤子突然恶狠狠地骂出一句粗话，终于一下把马头从身上蹬翻。

当晚，马头在客栈里发火了。他去撒尿，见一辆三轮停在墙边，觉得碍事，走上去咚咚咚连蹬几脚，嘴里还大骂停车的不长眼，满世界乱放！回到屋里找换洗衣物，一眼瞥见墙角那只柳条箱，上去一脚把它踢翻，吼道，这地盘也是你兔崽子占的？惹翻了老子，给我卷铺盖滚蛋！车夫们弄不清为什么，都一时间不敢作声，悄悄地拿眼睛往马头脸上瞅。马头两只豹眼圆溜溜亮豁豁满是火光，黑胡子脸上黑气沉沉。活络乖巧的，见势头不对，就没话找话，做着笑脸给马头敬烟。马头在铺上盘腿大坐吸烟，脸歪着，不管你说什么，一概不理。一直挨坐在通铺边上的来喜子老舅，心里悄悄打鼓。老舅发现，院里被马头蹬了三脚的那辆三轮，不是别人的，正是他的，而那只被马头一脚踢翻了的柳条箱，是来喜子的。老舅细细回忆这两日里自己拉车的生活，觉得半点儿没有触犯马头的地方，一切都跟往日一样。老舅心里忐忑，后来趁马头火气稍平去跟他们斗牌的工夫，悄悄问来喜子：

"你做下什么啦？"

"没做什么。"

"马头干嘛发那么大火？"

来喜子不语。

"你告诉老舅。"

来喜子偏着头不说。

"你告诉老舅，老舅也好想点法子。"

来喜子始终不说。

第二天早上，来喜子起得特别早。来喜子头昏昏的，身子又虚又热，一夜没睡好。来喜子拿起搪瓷缸到水池边漱嘴，刚巧碰到凤子与绿毛佬一前一后出门。来喜子眼角的余光只在凤子身上滑了一下就移开了。来喜子虽低着头放水漱嘴，但却感觉到了凤子脚步停了停，远远望他，尽管那目光很散淡，很随意，像一道飘忽的风。

吃过早饭，来喜子跟着车夫们来到珍园宾馆前挨排排歇下等客。珍园宾馆是马头的地盘。一个车夫帮，没有地盘不行。没有地盘，就像一棵树没有安身立根之地，被其他车夫看不起不说，成日还只能打游击似的满街满巷乱窜。入了帮才有靠，才不会遭人欺负。珍园宾馆这地盘是马头硬甩刀子玩命占下的。这地方是块肥肉。珍园宾馆十八层，是市里星级最高的一家宾馆，每天入住的客人成百上千。这如今住大宾馆的客人，有的不爱坐小车，喜欢坐三轮。坐三轮自在，坐三轮可以兜兜风，看看街景。遇上牛气的，临下车，丢下一张"老人头"，不要说不要找钱，连小费都在里头了。当然，车夫们在这儿等客是有章法的，得按顺序来，轮流转。摊到你了，谁也不可以抢客，要抢客，除非你不想在这地盘上混了。这是规矩。可这一天，来喜子从早等到中，又从中等到晚，别的车夫有的拉了两三次了，来喜子竟没轮到一次。来喜子什么话也不说，只是干坐在车上，有一句没一句地听马头和其他车夫高声大气地吹牛聊天说荤话。来喜子还发现，老舅整个上午也只拉了一次客，而这一次，还仅仅是其他车夫都已轮遍了的最后一次。中午吃饭，老舅在街头吃铺里跟来喜子坐在一张桌上，悄悄对来喜子嘀咕：

"要耐着，别离，离了就没你的窝了。"

这天晚上，来喜子回到客栈，发现老舅先他一步回来了。老舅神色有些异样，坐立不安的。来喜子起初只以为老舅因他这一天没拉到客，在珍园宾馆门前白当了一天呆子才这样的，后来发现，完全不是这回事。老舅在马头回来后，立刻两眼顺溜溜，卑卑怯怯地跟在马头屁股后面打起转，并且不住低三下四跟马头说话。老舅说的什么，来喜子一句没听到，来喜子只看到老舅在向马头说话时，脸上堆着笑，神气很巴结，很央求的。来喜子全不知道老舅在做什么戏，只觉得那情形很恶心很难看让他不好受。可到后来，老舅突然脸上红亮，颠颠地跑到来喜子跟前，轻声说：

"走走走，快跟我出去一下。"

来喜子被老舅拖着拽着，简直有点身不由己了。临到门口，老舅收住脚，连说，别急，等等，等等。不一会，马头披一件褂子晃出。马头走在前面，老舅与来喜子相跟着走在后面。到了灯火辉煌的大街上没走出多远，来喜子与老舅跟随着马头走进一家铺子。来喜子直至闻到一股香味才明白，这是一家饭馆。老舅这一辈子也许第一次这么大方，这么牛气，红烧热炒要了七八个，临了还上了一瓶洋河大曲。开酒瓶前，老舅手伸进口袋，摸索了半天，摸出两包烟，笑眯眯地推放到马头面前。来喜子望了望，是两包红塔山。马头目光都没往桌上瞥一下，拆开烟叼起一根，呼了两口说："假的假的，让人家耍了！"老舅脸上立时尴尬，抓过烟包颠来倒去看，连连赔笑道："我不抽烟，辨不出真假，真成了睁眼瞎子，睁眼瞎子……"一会，菜上齐了，马头首先动起筷子。喝着酒抽着烟，马头开始还不肯说话，但酒过三杯，加上老舅不断向来喜子使眼色，来喜子站起身为马头敬了一满杯酒后，马头一直绷得紧紧的脸终于露出一点儿和色。马头打了一个响亮的饱嗝，两眼往高处瞟了瞟，说：

"都是在外混饭吃,要抬着混。"

又说:

"哪个行当都有哪个行当的规矩,要留留神。"

又说:

"猫子(来喜子老舅的外号)跟我们几年了,你小子有什么不懂的,嘴要放勤快点问他。"

老舅望来喜子一眼,目光立刻又恭顺地转到马头脸上,不住哼哼哈哈点头称是。

来喜子一直没说话。

来喜子头烘烘地热,只觉得自己病了。

就在这天晚上,客栈里出了一件大事。

当时已经八点多钟,来喜子与老舅随着酒足饭饱的马头正回客栈。临到院门口,马头突然停住脚,歪头哼了一句:"怎歇着辆警车?"来喜子当时头昏脑热,对周围的一切已不大留意,听马头一哼,这才发现,巷子拐角上确实停着一辆警车。来喜子还没来得及考虑这警车可能与客栈有什么关系,马头早已扯开大步赶进客栈。

客栈里早乱了套了。本来宽大的院里站满了人,黑乎乎一片,吵哄哄尽是声音。人都往东边小屋涌,越到近前越多。小屋里亮着灯,灯光从门口窗户上射出。来喜子很快发现,看热闹的人堆里站着好几个公安。来喜子心里一紧,连忙从人缝里往那边挤。

马头早站在东屋门口了,他想进凤子与绿毛佬住的那屋,被一个手持电棒的大盖帽拦在门外。马头骂了一句妈的,酒气冲冲地回转到院里,挺不满意地嚷问:

"怎回事?通铺间的人都死啦?"

车夫们见马头发问,很快地围到他跟前,七嘴八舌道:

"出人命了!"

"小大姐把人捅了!"

马头吓一跳，歪头问：

"好好的怎捅了人？"

"还是上次在车站的那些痞子，今儿又跟她过不去。"

"她被他们弄毛了。"

"她大腿上原来藏着两把刀！"

马头紧着问：

"有没有捅死？"

"听说下医院了。"

"通的腰上，据说靠不住了。"

马头一梗脖子：

"她个傻鸟，人都死了，还回来干吗！"

一个车夫低声道：

"她赶回来大概想卷走点东西……"

马头恨声不断：

"傻鸟傻鸟！"

东屋门口围着的人豁地闪出一条道，灯光地里，凤子被两个公安押出。来喜子一看到凤子，心提到喉咙口。凤子手腕上带着一副冰冷发亮的手铐，身上有血。凤子才出来，客栈主——一个五十左右粗壮有力的妇人，一下扑上去抓住她衣领，嚷嚷要她付房钱。凤子在那老妇女凶狠有力的摇撼嚷骂中，成了一片风雨中的树叶。来喜子往凤子身后看，以为会看到绿毛佬，却没有看到。来喜子过后听车夫们说了才知，绿毛佬在事发后，根本就没回来。

凤子是在一片杂乱声中被押出客栈的。凤子在走出院子前，来喜子又盯着她看了一眼。来喜子在看她最后一眼时，离她很近。来喜子发现她头发挺乱，脸上没一丝表情，目光微举，什么也不看，似乎走在一片虚空中。

警笛很快在巷子里响起。院子里的人渐渐散去。

- 195 -

来喜子听着那尖厉的警笛一声声响着,木木地站在院里,手下意识地伸进裤子的口袋。

口袋里是那条两天前买的,早已揉得皱巴巴的红纱巾。

非常杀戮

李小巴从破窑似的家里走出,是在晚饭以后。

天黑透了,巷道两边不时有一片片灯光从庄户人家窗口门洞流出,黄黄地落在地上。不知哪家在用煮晚饭后灶膛里剩下的脚火烤山芋,一阵阵焦煳的甜香飘过来,当中夹着呛人的烟火柴草味。远远的有脚步声响过来,声音不急不慢,柔柔的像棉花。李小巴腰一哈,刺溜溜蹙到贴墙黑影地里,两眼尖溜溜盯向前。近了,是个小媳妇,那脚步,轻轻快快,身影儿淡淡白白。李小巴悄没声儿尾上去,相跟着,快活得全身没一个毛孔不张开。不一会,淡白的身影儿一打转,走进一个门洞。门洞里有亮光泼到那人身上。那人原来是村东头的张木匠张有财。

李小巴有点无聊起来。

李小巴无聊了一会儿,就又变得兴奋了。

李小巴兴奋,是因为想起了李憨头。

李小巴是在傍晚时从村公所出来碰到李憨头的。李小巴猛一看到李憨头,打了一个愣。他憨头离家三年了,没想到竟又回来了。李小巴掰开指头算算,李憨头与他老婆桂花分开有一年了,一年这是多长多长一段日子呀，今晚两口子一下聚到一起，岂不烈火干柴，有好戏看？李小巴想到这，身上立刻来了劲，打定主意立刻到李憨头家听壁脚。

李憨头住在村北头，拐两条巷就到。李小巴猫着腰蹩到李憨头家屋后，发现窗洞被东西堵着。李小巴用手轻轻一摸，不由高兴，窗洞里塞的一团稻草，蓬松有缝，耳朵贴上去，里头没什么声音听不真。李小巴站下不一会儿，心头就扑扑跳了，浑身开始激动起来。李小巴有过无数次偷听新媳妇壁脚的经验，觉得过瘾极了。李小巴两腿立在风里抖着，只巴望那床的咯吱声和桂花的哼哟声快一点传出来。李小巴等得裤裆里都快起火了。

可是半天过去了，李小巴一丝儿也没听到他所巴望的声音。李小巴不相信会有这样的事，仍抖抖地巴在窗口等。

到后来，李小巴终于等到一个声音，可这声音不是他想听到的那种，而是一个很怪很怪的轻响：丁当当。

这是什么呀？李小巴愣巴愣巴直犯疑惑，弯腰从地上摸起一根小棍，轻轻拨那窗洞上草团。草团塞得不很紧，李小巴只轻轻拨了几下，草团就松开了，稀稀疏疏透出缝道。李小巴缩回小棍，眼巴上去往里觑。原来李憨头与桂花还没睡，他们正将一只铁皮箍柳条箱里的东西往外拿。那是什么东西呀，白闪闪的？李小巴突然两眼有点发花，眼睛使劲眨，眨了一会，瞪大了。

银元！

是银元！

李憨头带回许多银元！

李小巴一下想起，李憨头傍晚进村时，怀里挟着一个东西，很大，当时天已擦黑，李憨头藏藏掖掖的，加上与他隔着一段距离，李小巴没能看清是什么，如今看来，就是床上放着的那只铁皮箍的柳条箱。李小巴想，要是箱里装的银元，那一整箱子该是多少呀？李小巴不相信会有这样的事，使劲揉了揉眼屎，两眼巴到窗缝上往里又瞧。李憨头与桂花盘腿坐在床上，手里白花花数着的，不是银元是什么？李小巴看着看着，目光有点发直了。老实说，李小巴从小长这么大，还从没见过这么多银子。李小巴完全晓得在这世上银子的好处。李小巴觉得，人一有了银子，就可以穿拷绸，坐高轿，喝大碗酒，吃大块肉，看中哪个女人，就可以用花轿抬回去快活！你说村里张有仁，他凭什么屁大的事不做，成天光光鲜鲜，昂头高步，有了大老婆，还要讨一房妖妖娆娆的姨太太？银子！凭的银子！人有了银子，一有百有，样样不缺，想怎么快活就怎么快活，赛似神仙！李小巴想到这，身子像风中树叶，一个劲乱抖起来。李小巴抖了一气后，觉得总这么在窗口站下去银元上不了自己腰包不说，还要遭许多风寒受若干冻，实在划不来，就悄悄离开了窗口。

一路往家走，李小巴竟前所未有地跌跌绊绊如同酒醉。

不断大口吐着咽下去又泛上来的唾液，李小巴嘴里骂道：

"妈妈的！"

李小巴的眼前始终亮着一大团白光。

村长李有恒坐在村公所打算盘。村公所原是村里首富张有仁家大祠堂，一前一后两进，五间屋，当中一片碎砖院落。张家祠堂自从做了村公所后，正堂就作了村长办公室，张家大族列祖列宗的木头牌位被归并到边屋去了。这些日区里下达了征粮任务，村长想把征得的粮数统计一下，看还差多少。村长李有恒算盘打得挺笨，一颗颗紫红发黑的木珠子在他手下竟比磨盘还重。村长低头忙着，发觉一条狗轻轻悄悄溜进来。村长家养的那条又高又壮的狼狗叫黑子，常常轻轻悄悄跑到村公所找他。村长抬头看了看，不是黑子，是李小巴，就两眼朝他翻了翻，声调凉凉地说：

"没招你，跑来做啥？"

李小巴嘻咧着嘴，像是笑，又不全像，半个屁股挨板凳坐下。李小巴见村长一边打算盘，一边嘴里嚼吃着东西。原来村长打算盘的是右手,左手抓着两块烧饼,烧饼叠在一起,刚被咬过几口,剩一个大月牙。李小巴发现,村长咬烧饼的口很大,很有力,咬一口,腮巴鼓起来,下颌骨一蠕一蠕动,嘴还不时咧两下。李小巴记得这烧饼是前天开会烙的。前天开征粮会,村长从征得的公粮里挖了一口袋麦子,让李小巴磨面烙饼。村公所有锅灶,李小巴烙了半天,一总烙了二十块,烙得鼻梁上瘦猴脸上尽是白面黑灰。干公事吃公食,正分。李小巴干这活儿,虽说苦些累些,但毕竟可以沾光揩油,也很乐意。此刻李小巴细细盯着村长,见那烧饼碎屑不时从村长黑胡子拉杂的口角处落下,鼻里就起了焦香,禁不住咽下一大口唾沫。李小巴眼溜溜,一下发现村长身边那个半开的坏抽屉里竟藏着好几块烧饼,都是前天剩下的。李小巴只觉得无数小虫子在嗓眼上爬,口水一口口往上满,忍不住悄悄伸过手。

叭——!村长一巴掌打到李小巴手背上,虎着脸道:

"饼也没吃过呀!饿死鬼一般。"

李小巴缩回手,讪讪的,脸上腆着笑。停了停,村长手伸进抽屉抓起一块,扔向李小巴。

"去去去,你不看到我忙?没叫你别来打扰!"

李小巴拾起落到地上的饼,大口嚼着。饼好香,李小巴才嚼了半块,就满心欢快起来。

"晓得呀村长,李憨头回来了。"李小巴一边将顺下巴落下的烧饼屑往嘴里撸,一边兴奋道。

"回来回来吧。"

"他,发大财了!"

"发大财?他发什么大财?"

"真的,我看到了!"

村长李有恒停下手里拨拉的算盘,抬起头:"看到了?看到什么啦?"

李小巴见村长目光落到自己脸上,心里不由得意,刚要突口说出,眼珠一转，却又觉得有些不妥，目光躲躲闪闪，舌头有些打结。村长见状，脸立刻森黑，目光冷剑似的直劈下来，沉沉道：

"吞吞吐吐，怎么不说？"

"不，不是。"李小巴有些气急，额上冒出几粒细汗。"我看到了，真的看到了。李憨头傍晚时进的村，他抱着个箱子，挺大的箱子。里头尽是银元，白花花的，一大堆！晚上他跟桂花坐在床上数，我亲眼看到的！"

"有没有看真？"

"真真的！"

"哪来的？"

"不晓得。八成抢来的。他狗六的耍过枪！"

村长沉默了。

"好，好。"村长沉吟道，"这事向我汇报过就行了，出去不要乱讲，听到吗？"

李小巴手里抓着剩下的一角饼，唯唯诺诺往后退，两眼怔怔地望着村长，心里竟有点莫名其妙。

李憨头三年前因村长李有恒做手脚，被一支过路的乱兵抓去当了壮丁。李有恒当时之所以做这手脚，全因李憨头的老婆桂花。

桂花本在后村黄家坝子一个大户人家做丫环，因被东家威逼失身，东家太太泼天大闹，逐出门户。桂花深感羞辱，哭泣回村后，一头跳进了村前的扁担河。天可怜见，正背个畚箕在坡上拾粪的李憨头见了，卟嗵跳下水，拼死拼活拖她上来。桂花得救后，一头哭倒在憨头怀里，从此死心塌地跟上李憨头过起日子。

村长李有恒见桂花竟嫁给个憨头，只觉得一朵鲜花插到牛屎上，心里发狠，要弄她上手。五黄六月，李憨头出外帮工，一去几日，吃住不回，李有恒觉得机会来了，有事没事总到李憨头家转转。桂花见村长光临，自然沏茶端凳，有说有笑，一口一声大叔。后来见村长窝藏坏心，别有所图，也就不再客气，把那笑脸收收迭迭打入十八层箱底。李有恒见状，哪会甘心，总以为桂花破罐一只，这么乔模乔样，作古正经，全因憨头在她身上伏着。其后，刚巧一支乱兵打村里过，李有恒于是同队伍串上，以两块大洋的身价把李憨头卖了，神不知，鬼不觉。李憨头到了部队，本该扛枪打仗，可他稍息不会稍息，立正不会立正，班长喊"向左——转！"他一个大趔趄，身子摔个仰八叉。一旁穿马靴的营长见他老实巴交憨得好玩，就哈哈大笑，拉他过去，要他给他牵马担行李。穿马靴的营长对手下弟兄从不客气，行军打仗抓到逃跑的，一枪崩掉脑袋，凶神恶煞似的，但对憨头倒有笑脸，赶上打了胜仗，喝酒吃肉，还挑两块肉骨头杵到他手里。李憨头跟穿马靴的营长三年，喂马，牵马，挑箱笼，牲口似的，糊里糊涂。李憨头只有一点觉得奇怪，穿马靴的营长每过一处村镇，那担箱笼总要变沉几分。营长曾经瞪着眼给他交代，打仗的事没你的份，你只管死记一条：我到哪你跟到哪，脑袋丢了可以，肩上的箱笼不能丢！1948年年底，穿马靴营长的队伍不知跟哪路的干上了。这一仗打得很恶，打了一天一夜，人死了很多。夜里，月亮出来了，一直趴在一个炮弹坑里的李憨头，只觉得身下有个硬硬的东西硌着，伸手摸摸，是箱笼。李憨头晓得队伍完了，想找穿马靴的营长，把箱笼交给他，如果得便，就求求营长，恩准他回家。可李憨头转头望望，周围尽是死尸，尽是血腥味，除了一些半死不活的人哼着，就是呜呜的风声。马也死了，直挺挺倒在三尺开外地上，马腿指向空中，像一根树棍。地上被炮弹掘开一个塘，泥土中夹着白生生的冰碴子。李憨头晓得没法子找到穿马靴的营长了，想到人家给他吃过肉骨头，待他的好，眼里有些发湿。到后来，李憨头觉得总蹲在坑里不是事，就抖抖地把箱笼担起往外走。李憨头走到天快亮时，饿得实在走不动了，就在一个坡上坐下。李憨头坐在坡上，望着脚边箱笼，愣愣地想，这里头装的什么呀？李憨头愣怔了半天，想把它打开，又有点怕。可到后来，李憨头还是小心翼翼地把它扒开了。黎明淡白淡白的光亮里,李憨头奇怪地发现,箱子里满满纳着女人细软滑腻的衣物,衣物里还包着一只铜香炉,一只银观音,几只盆盆罐罐。李憨头不晓得穿马靴的营长带着这些派啥用。李憨头又开那只铁箍柳条箱。箱子锁着,李憨头扒它,扒了不几下,扒开了。原来一路颠簸,箱上锁早坏了。李憨头掀开箱盖,解开里面打着结的两个包,不由吓傻了。

——尽是银元!

村长李有恒是在第二天晚上来到李憨头家的。李憨头正趁月色在屋前垒鸡窝,见村长上门,连忙站起,恭恭敬敬叫:"村长。"桂花在给憨头做下手,搬土坯和泥。见了村长,脆生生地叫了声大叔,往屋里让,又是倒茶,又是搬凳。村长作古作经地向李憨头问了些在外的情况,不时拿眼瞄瞄桂花,总觉得这女人待在旁边闷气,于是故意掏掏口袋,对桂花说:"大侄媳,你叔身上烟吸完了,劳你跑个腿,替我买包烟。"

村里没店,买烟要到西村的黄家货栈,挺远。桂花望望村长,眼珠转了转,有些迟疑,但临末还是一迭声道,没啥,我这就去。就接了钱。

村长见桂花脚步响出去,响远了,就把目光转到李憨头身上。村长虽知道桂花一时半刻不会回来,但时间毕竟有限,就立刻发话道:

"憨头大侄子,今儿我抽空来,一是你离家三年,回来不易,大叔看看你。二是有句要紧话,大叔不能不找你讲。"

一直坐在靠墙一张矮板凳上的李憨头,见村长口气一下变重起来,忙抬起头,两眼巴巴地望着村长。

村长叹一口气,拖着腔,一脸严肃道:"你还蒙在鼓里呢,有人告发你啦,说你做了盗匪,谋了人家钱财。"

李憨头两眼圆瞪,急得一时说不出话,隔半天,吃吃道:"没,没这码事。我,我从不曾谋过人家钱财。"

村长目光从他脸上移开，语调突然宽缓下来："你也不必这么紧张嘛，说起来都是本家侄子，一百个膀子往里弯。大叔找你说话，不为别的，是想给你解难。只是一条，你跟大叔说话，不能弄谎，不许绕弯，有一句，说一句。事情既发了，嘴长在人家身上，挡不住人家乱说。而且这事，上面已差人下来向我传话了，都是有根有据的。你想想，你大叔大小一村之长，就这脚盆大的一个村子，哪个旮旯旯旯的事瞒得了我？"

李憨头两眼巴巴地望着村长，肩开始发抖。

村长一脸慈祥地望着憨头，语重心长道："你出去多时，不晓得眼下形势呀。这如今，村村都在打土豪，登记家产，有钱有势的都做狗做耗子了。黄家坝子黄占魁，前些日家里一抄，抄出几百块大洋，占的田亩又多，政府哪会放过他，立马拉到西大岗子毙了！"

李憨头卟地跪到地上："村长，我，我真的不曾……"

村长两道霜刃似的目光一下刺到他脸上：

"那你那么多银元哪儿来的？"

"我……"

"这都是丢脑袋的玩意！"

"村长，我真的不曾……"

"好了，你也不必说了。只是这事让你大叔很难办。要是抖出来，你大叔纵保得了你一条命，也保不了你不坐牢。掩着盖着，过得了一时，过不了长久，到临了，你大叔丢了村长事小，你憨头还免不了那个下场。"

李憨头一把抱住村长腿，呜呜哭起来。

村长让他哭了一会，抚着他肩道：

"罢了罢了，这事大叔给你费了好些脑筋，想来想去也只剩下一个办法。——记住，你要听大叔的话，这事发生就发生了，但日后，任凭是谁，即使皇帝老子，你也不能对他说！只当没这个事！你要对人说出一句，对不起，你大叔就没法保你了。好了，你把那银元拿出，我替你悄悄交到上面去，别的事就全由大叔我替你兜着了。"

村长讲这番话时，两眼一刻没离李憨头脸。话讲过，见李憨头只是犯傻，身子抽了筋似的直往地上瘫，立马面孔一板，腔调冷硬道：

"人要知好歹，大叔说这些，全是为救你！"

李憨头抬起泪巴巴的眼：

"村长……"

"银元拿出来。"

李憨头目光畏缩，浑身发抖。

"你真的不想活啦？你要不想活，大叔也由你！"

"村长大叔……"

"快快拿出来。迟迟疑疑的什么？还舍不得？告诉你，那不是什么好东西！那是标标准准的脏东西！臭东西！是人身上的垢！是害人精！正大光明的人从不把它放在心上！要知道，这如今天变过来了，变成咱老百姓的了。一个人，但凡只要好手好脚，一门心思奔日子，往后什么图不到？——听大叔的，拿出来。对，对，拿出来，拿出来。这就好了嘛。"

村长从李憨头家出来，禁不住抖抖地嘘了口长气。村长仰头望了望天，天很晴，月亮星星亮亮的，一看就知明天准是个好晴天。村长走了一段，忍不住将夹袄下的包袱取出来掂了掂。妈的，好沉！包袱里很清越地发出一派细碎声，美得像仙乐！村长掂了两下，立刻收起往袄里夹紧，两眼同时往周围扫扫。村长走到巷口，突然觉得身后有脚步跟着，便扭头看。相距丈把远，月光地里，有个人影躲躲藏藏一闪。村长浑身汗毛一竖，闷声喝问：

"哪个？"

没人应。

"人不做做鬼，出来！"

黑影从墙根下的月影地里出来。

"村长,是我。"

"李小巴?黑更半夜的,又出来鬼转什么?"

"村长……"

村长汗毛再次竖起:

"滚一边去!"

事隔三天,李憨头上吊死了。

这太奇怪了。村里人都想,李憨头在外充了三年军,好不容易回来与桂花团聚,安安逸逸奔日子才是,怎一下上吊死了?大家弄不懂怎回事,七七八八挤到李憨头家看。李憨头直挺挺横在铺上,脸上盖一张黄纸,脚头点一盏油灯,桂花披头散发,瘫在地上,叫天喊地,哭成疯人。劝,劝不住。想问问憨头为什么寻死,又不好问。一帮女人离开后,就立在巷头,七嘴八舌议论,以为憨头在外三年,桂花熬不住,弄了野汉,憨头回来觉察了,想不开,走了绝路。于是可怜憨头,暗骂桂花,贱坯!破鞋一只!克死了屋里男人!

村长李有恒得知李憨头上吊是在早上。村里征粮工作有了进展,村长想到日前区里派人下来催交粮食,想把粮数统计统计,因此一早来到村公所打算盘。村长正埋头忙着,李小巴缩着肩,两手抄在袖管里,微微气喘地跑进来。

"村长,出事了!"李小巴一进来,脚还没站稳,就叫。

村长拨拉着一颗算珠,头没抬道:

"你个鬼,一大早就这么一惊一乍的!"

"李憨头死了!"

村长打了个愣,头一下抬起:

"你说什么?李憨头死了?"

"死啦,直挺挺地躺在屋里呢。"

村长目光一时有些散乱，愣怔了半天才又聚起，勉强稳住神道："好好的怎就死了？"

李小巴两眼盯着村长，声音细溜溜道：

"不晓得。桂花嫂在家只是哭，都快哭死过去了。"

村长避开李小巴目光，脸对算盘。村长没有立刻拨拉那上面紫红发黑的珠子，脸阴阴的，那上面似乎要下雨。过了半天，村长突然幽幽地说："自家死了男人自然要哭，有什么大惊小怪的。"

李小巴一直盯着村长脸。李小巴觉得村长说话的腔调及脸上的神情有点怪气，就声音越发细溜溜地补上一句：

"不光哭，还骂了人。"

村长发觉李小巴居然一直盯着自己脸，并且目光鬼鬼的像麦芒一般尖利，立刻很不客气地对李小巴瞪起眼，低声喝问：

"她骂什么？"

李小巴怕冷似的缩了缩肩，不肯说。

"有话直接讲出来，别衔着个死老鼠！"村长火了。

李小巴有点害怕了。李小巴一向害怕村长这副咄咄逼人的架势。李小巴目光躲躲闪闪，细声嗫嚅道：

"没听真，只是乱骂，不晓得骂的什么……"

村长显然不满意这个答案，脸上越发阴沉。村长脸上很少这么阴沉。村长脸上阴沉了一刻后，立刻觉得这样阴沉着不大好，就尽量使自己平定下来，低声叹道：

"这个李憨头，真是个憨头呀。"

过了一刻，村长见李小巴还站在旁边，心里禁不住一阵起毛，火气冲冲道：

"好了好了，你去吧，没事别来打扰我工作！"

李小巴没法再站下去，往门口退去。

工作队员老严是在冬至前一天进村的。张家村是个大村,人有几百口,田亩两千多,土改搞了个把月,一直温吞水,区里很不满意,于是派老严下来督查。老严北方人,五十多岁,黑胡子大脸,在东北搞过土改,很有经验。老严进村后,没有一脚去找村长。老严先串了几个穷农户家,了解了一些情况,然后才到村公所跟村长李有恒照面。根据老严的意思,张家村当晚就召开了村民大会。李小巴多日不满村敲锣了,只觉得丢了身份,心里正感到寂寞,这刻听到村长吩咐,立刻拎着那破锣满街满巷起劲地敲:"哐当——哐当——!"会是在村公所院里开的,人只到了一小半。会由村长李有恒主持。李有恒知道老严的来头,就依船下篙,顺着他的意思先讲了讲。老严对他的讲话不太满意,但他讲时,也不打断。李有恒讲过,轮老严讲。老严不兜圈子不绕弯,开口就是土改,讲土改的意义,土改的方法,土改的好处,当中还不时纠正一下李有恒讲偏了甚至讲错了的地方。老严讲话很注意下面的反映,老严发现站着坐着或蹲着的农户,听他说话像听天书,一个个木头木脑,晓得一时半刻起不了作用,话一讲完,就让李有恒宣布结束。

老严晚上就住在村公所。村长亲自送来铺盖被褥,并把李小巴拨给他烧茶抹桌答应事情。

晚饭后,老严一个人坐在铺上抽烟。老严不习惯坐凳,没有炕,就盘腿坐在床上。老严抽的是长杆子大烟锅。老严想到这半日在村里了解的情况以及傍黑开的会,心里在盘算,下一步工作该如何着手。老严正抽着烟,见那个黑猴子似的青年送水进来,就叫住他:

"你叫什么?"

答:"李小巴。"

"啥子?"

"李小巴。"

老严哈哈大笑:

"李小巴?这是啥个名字,难听死了!"

老严见他破衣烂裳，一个穷户，就拉他到床边坐。李小巴受宠若惊，尖瘦的脸有些红亮，老严问一句，他答一句，屁股只在床边坐了半个。老严见状，哈哈大笑，拍拍他肩道，怕啥子？我老严跟你一样，都是穷棒子出生，早先还挨过财主的马鞭子呢！李小巴见老严待人和善，不威不狠，胆子慢慢大起，话也稠了。老严见他村里事知道蛮多，挺高兴，就把自己用着的烟嘴递给他吸。李小巴望望老严，抖乎乎接过烟杆，放到嘴里轻吸了一口，烟呛得一阵咳嗽，两眼冒泪。

"严……严同志，有个事，我不晓得该不该讲。"

"该，该，没啥子不该讲的，工作嘛。"

"我想说说我们村长。"

"村长？村长的事也该讲。"

李小巴望望门，目光畏怯，轻声道：

"他，霸了人家银元！"

老严身子坐直起来：

"噢？咋回事？"

李小巴话一出口，身子竟又怕冷似的往起缩。

老严猜透了他的心理，也不急，起身把门关上，重新回床上盘腿坐下，点起一锅子烟道：

"没人听到，细细讲。"

李小巴头上汗下来了，心里一时发乱。但想到村长平日对他摆一副死脸，大老爷作风，尤其想到给他狗日的传送消息，他却临了一脚把他李小巴踢开，一个人将银元独吞了，半个子儿不给他，心里越发十二分委屈。他想，此刻索性一不做二不休，就把整个的情况全抖露给严同志！不怕你村长再狠，难不成还斗得过上面下来的人？我李小巴虽在你手下做二事，狗腿子，人不像人，夹着尾巴过日，可什么都晓得！我就要让严同志治治你！看你还把我牲口似的吆来喝去！李小巴想到这，浑身烘烘发热，心怦怦急跳，一双刚被烟熏出泪来的小眼越加滑腻腻发亮，随即小溪急流似的哗啦啦一五一十向老严细说起李有恒霸占银元的整个过程。

村长李有恒拎着一瓶酒两只烂熟的猪耳朵往村公所走。村长觉察到工作队员老严有些来头，想今晚跟他喝两盅，趁便探探口风。村长倒不是怕他。村长压根儿从来不曾怕过谁。记得立秋那阵，区里也曾派下过一个工作队员，又是开会，又是调查，他李有恒整天不得不围着他转，家里老酒陪掉几瓶，最后把那工作队员糊弄得处处满意，处处点头称是，临了一阵风，走了。这回这个老严跟以前那位虽有些不同，但顶多也不过一个半斤，一个八两，只不过村长心里窝着银元的事，觉得还是谨慎为好。

村长拎着酒和猪耳朵走进村公所院子，见里边静静的，门掩着，淡黄的油灯光从门缝透出。村长让脚步轻下，凝了凝神，蹑着脚往门边黑影里蹩了蹩，正巧听到李小巴声音颤颤地向老严汇报。村长只听了两句，立刻恨恨得上下牙咬得几乎要断，心里恶骂一声：

这小狗日的！

夜深人静，睡得死死的桂花被一个声音惊醒。桂花揉揉眼，望望窗口。月亮下去了，窗洞漆黑。桂花迷怔了一下准备再睡，只听"卟卟卟"有人轻敲窗户。桂花以为又是那些杀千刀的勾魂惹事，就骂："敲你妈魂！"可是桂花缩进被里不一会，那敲击声又响起，轻悄而急促，似怕被人听到。桂花觉得奇怪，麻着胆子问：

"哪个？"

外面一个声音轻答：

"我，你大叔。"

桂花一下听出是谁，恨得直咬牙，又怕惊动四邻，低骂道：

"你个挨千刀的！怎不死！"

外面静了静，低声叹："大侄媳，憨头死了，我晓得你难过，可活人还得看开，日子要往前过。今儿你大叔来，一来是看看你，问个安，二来是有个紧要事对你说。"说到这，声音停住了，身影似乎更紧地往窗上靠了靠，低声嗡嗡道："大侄媳恐怕也看到了，村里来了组织上的人。这两天，人家正查憨头的事，查得很紧。没法子，都是本家，我不得不兜着。今晚我给你透一声，你也不要太怕，只是凡事都要多个心眼，留点神，别上人的当，把话给人套去。一千条胳膊往里拐，大叔不帮你帮哪个？我这话你可要记住呀。"

大清早，工作队员老严一路问着来到桂花家。桂花家两间矮趴趴老屋都快倒了，朝南的墙上贴着一块块当烧柴用的牛粪饼。老严走进屋，见一个三十岁不到的女人坐在凳上打草鞋，脸上虚肿里透出憔悴，猜定就是李憨头老婆桂花。老严坐下聊了几句，见这女人目光躲闪，神情畏缩怪气，再聊也聊不出名堂，就直截了当挑出了银元的话题。桂花一听，两眼泪汪汪望定老严，拍腿打掌呜呜大哭起来，有一把没一把地抹起眼泪鼻涕：

"他个苦命鬼，在外充了几年军，拣一条命回来就不易了，何尝见过金呀银呀。他个死鬼，脚一蹬，自个儿图快活去了，留下我在这世上活受罪呀……"

老严离了桂花家，一脚去找李有恒。

李有恒家四间瓦屋，带个院落。老严还没进门，就见一条高大雄健的黑狗呜呜地向他蹿来。老严怕被狗咬，人没进门，站在院外喊村长名字。李有恒听到喊，连忙迎出，一边喝退狗，一边请老严进屋坐。老严与他子丑寅卯了几句，一个单刀直入，问到银元的事。李有恒几乎没有打愣，立刻仰脸大笑，笑了一阵，说：

"都是李小巴瞎添乱！这事我早查过了，哪有什么银元。他李憨头从部队逃回，背了半口袋山芋干，两口子晚上坐在床上嚼吃，李小巴没

- 211 -

事出来乱转,趴在人家窗缝上看,心里想钱想疯了,就把那白生生的山芋干当银元了。"

李有恒大大咧咧笑说着,一边叫老婆,给老严炒两个菜下酒。

老严说吃过了,坐了一会,就离开了李有恒家。

一连几天,李小巴都在家里倒头睡觉,睡得灰头灰脑,昏天黑地,像霜打过的番瓜叶。李小巴不晓得该怪严同志没本事,没能耐,空心大萝卜,也不晓得是他李有恒腰板硬,有威势,老天护着,反正他只觉得这天地有点昏暗,没点儿正道,让他正做得香喷喷有花有叶有滋有味的一个好梦凭空遭了一盆冰水!其实老严并没怪他,老严仅仅批评了他几句,要他以后做人要沉稳,别毛毛糙糙,见风是雨,乱添麻烦。老严批评之后,对他仍是温温和和,当个人看。可李小巴见了严同志,总觉得别扭,尴尬,像说谎的孩子被老师戳穿了似的难堪。到后来李小巴索性眼一闭,心一横。去他妈的老严!去他妈的村长!咱李小巴都不见他们!走在村道上,李小巴一路打鸡骂狗,立目横眉,把老大的瓦砾砖块踢飞起来,一脚踢猛了,烂鞋片子飞到天上,飞得老高,像只被枪子打下的乌鸦。

再接下来,村里就悄没声儿地出了一桩事,这事独独让李小巴发现了。

时间是喝腊八粥那天。李小巴半夜被尿胀醒起来撒尿,开开门,抖抖地正缩在墙根处猛"哧",却听到近旁响起两声狗叫,狗叫之后,隐隐有脚步声从巷头响过。李小巴伸头探脑,看不出名堂,心里觉得奇怪。李小巴冬天睡觉有个习惯,只脱外面一件裤子,里面烂袄并不离身,因此这刻站在外面并不太冷。李小巴把裤腰刹刹紧,轻脚急步往巷头蹭去。腊八这天上弦月,天很黑,人站定了,远远近近房子树木只能辨个轮廓。李小巴一口气狗蹿猫跳赶到巷头,低头哈腰往前细看,只见往村外伸去的路面上,歪歪斜斜有个黑影在移动。李小巴只觉得中断了好些天的夜游习性一下全都复活了，身子顿时轻起，飘飘忽忽如一片风中飞叶。李小巴抖抖的，满身灵感，轻捷活脱，眼睛鼻子耳朵都像大喇叭似的朝前张开。天呀，李小巴突然发现前面黑影不是一个，在那歪歪斜斜往前移动的黑影前面，还有一个。李小巴发现，两个黑影隔着一段，都轻轻的，都没有声音，区别只是，前面的高些，大些，后面的矮些，小些。李小巴尾随了一会还发现，前面高黑影走一会就停下，往后看看，而后面矮黑影在前面高黑影停下的同时，立刻就不见了。李小巴尾随着黑影，不知不觉村子已远远落在后面。李小巴猫着腰发现，最前面那高黑影影影绰绰爬上了牛头岗子。牛头岗子是村西的一片坟场，尽是草，尽是坟旦，荒得很。李小巴见那高黑影上了牛头岗子停住了，后面相跟着的矮黑影一下又不见了。李小巴肚里忍不住咕咕笑，得意道，你们都不晓得，在你们后面，还有个人跟着呢。

　　李小巴在杂树丛里蹲了一刻，听到前面远远的牛头岗上隐隐传来铁锹的声音，那样子，似乎挖地，因为锹口入土时不断碰到碎砖瓦块，发出一阵阵尖锐而沉闷的声响。是盗坟，李小巴立刻这么认为。村里一些大胆毛贼，时不时偷挖人家刚葬不久的新坟，剥死人衣服，找陪葬钱物。可李小巴看了一刻，觉得又不像。因为就在这时，李小巴看到一直伏在草棵里的矮小黑影一下蹿出来了，朝那挥锹挖土的高大黑影扑去。

　　高大黑影仅仅身子趔趄了一下，就把矮小黑影摔倒了。矮小黑影由地上爬起后，竟丢下高大黑影，直往地上扑去，似乎地上有什么重要东西。就在这时，李小巴只听到砰地一声响，矮小黑影闷闷地哼了哼，就像一块黑布片子在暗夜中飘浮起来。

　　李小巴确定，矮小黑影是被高大黑影用锹劈倒的。

　　李小巴趴在杂树丛里一动不动，嘴张得像一只喘气不赢的蛤蟆。

　　李小巴在那冰冷的地上趴了许久。高大黑影把伏在地上的矮小黑影扛到很远很远的大河边，扔下去，回来又到原来的地方忙碌了一阵，然后从牛头岗上消失了。

李小巴一直趴在那里不敢动。李小巴直到确定高大黑影在夜幕中远远消失了，这才猫着腰爬上牛头岗。李小巴找到了刚才高大黑影捣古忙碌好长一气的那个地方。李小巴蹲在地上四处摸，摸了半天，发现有一片草地土有些松软，就用两手扒，扒得指甲缝里塞满了泥，胀胀地痛。李小巴扒了一刻，扒到一个碗口大的圆圆硬硬的东西。又扒了扒，蹲身往上一拎，拎出一只瓦罐。李小巴晃了晃瓦罐，瓦罐沉沉的，里头哗哗响。李小巴急手急脚扯开罐口上蒙着的破油布，手伸进去一抓，抓到一把冰凉滑润的东西。借着稀薄的夜光，李小巴举到眼前一看，傻了——

银元！

第二天早起，村里一下滚锅了。赶早放牛的孩子在牛头岗子北边大河边上扯破了嗓门嘶喊：

快来人呀——！有人跳河啦——！

冬日的野地清旷寒肃，无阻无碍，这充满恐怖的喊声一下传出老远老远。村里轰动了，村民们前呼后拥，夹七杂八，乱纷纷奔到牛头岗上，一看，都呆了。一个女尸被河浪冲到滩上横在那里，细看去，竟是村里的小寡妇，李憨头的老婆桂花……

工作队员老严在张家村蹲点一个多月，土改工作终于有了突破性进展。村里首富张有仁被定成地主，另两家定作富农。农户们分到田地牲口及实物，欢天喜地，正月里喊来一个戏班，唱了两天大戏。村长李有恒由于阶级界限不分，常到地主张有仁家坐吃坐喝，与张有仁二姨太关系暧昧，且有调戏贫苦农户李憨头老婆桂花之嫌疑，工作上官僚主义，办事拖拉，免掉了村长职务。村民李小巴，虽办事毛糙，缺少经验，但出身贫苦，积极上进，老严将他推荐到区里参加乡村干部培训班学习。培训班开学是在三月，目前李小巴仍在村里敲锣烙饼，跑腿做事。工作队员老严临走，见李小巴拎着包袱送他，拍拍他肩道："从今往后，你就是给组织上干事的人了，处处都得有个样儿。我看你这名字太碍口，得改改，改个响亮的！这如今，天下都是咱们的了，就叫李有天，怎样？"李小巴高兴得脸蛋通红，两眼望着老严，激动得就差冒水。送完老严同志往回走，村道上玩耍的孩子见他样子滑稽，在他后面一条声喊：

"李小巴，屎巴巴！"

李小巴眼睛瞪成牛蛋，挺胸凸肚骂：

"你爷爷才是李小巴！咱叫李有天！"

白光情结

其实茂仁地主平常并不到关帝庙前晒太阳。茂仁地主这天之所以来,纯粹是一种偶然。他本来是到庄子南头张记杂货店结烟叶账的,账结完回来从关帝庙前过,那条相随了他几年被他叫做大黑的黑狗,因见一条黄毛母狗在庙前晒太阳,就挺骚情地奔过去,拱它,咬它,撩撩逗逗不肯走。茂仁挺喜欢大黑。茂仁觉得一公一母两条狗斗得好玩,就站下来看。其时正是正月底,野地的风虽不大,但尖溜溜如银针冰碴。茂仁站了一会,一股寒气就从脚板底往上升了。茂仁见关帝庙前黄毛母狗睡过的地方太阳好,又干净,就走过去了。这儿有挺高的庙墙挡风,又朝南向阳,茂仁一过来就像进入了小炕房,不一会浑身上下就暖和起来了。茂仁知道冬日里庄上常有人到这儿晒阳说话。茂仁见墙根下有两块摞起的土坯,上面垫着一团被人坐过的压平的草,就走过去坐下。大黑在一大片冬日的阳光里一直追逐着那条黄毛母狗并抒发着春情。黄毛母狗在高傲拒抗的过程中,不断被大黑温柔而有力地扑倒,在地上翻转滚动,张牙舞爪,并以呜呜之声激发黑狗更大的热情,与此同时,地上时不时蓬起一缕缕灰白的泥土,极轻盈,极细密,在阳光下金粉一般灿烂。

就在这时,茂仁地主隐隐听到了一阵马蹄声:

得儿!

得儿!

得儿!

茂仁地主的目光离开了大黑与黄狗。

关帝庙前横一条泥土官道,路面弯弯曲曲伸向远方,在冬日阳光下如一条蛇壳灰白闪光,远远的,一匹马正由那上面往这边过来。不一会,近了,是一匹枣红马,骑在马上的是一个穿黄衣服的兵。

枣红马很快奔到关帝庙前,马的四蹄在坚硬冻结的泥路上击出一片得得之声显得健劲有力。马上那兵显然没注意到关帝庙前晒太阳看狗斗闹的茂仁,因为要不是大黑那突起的吠叫,他已骑着马一直奔过去了。枣红马的孔武高大似乎并不说明它同时具有过强的胆力,大黑仅仅低伏前爪迎面一吠,它就顿时前蹄扬起,不敢前奔了。与此同时,那个乘在马上的穿黄衣服的兵一下收住了缰绳。茂仁立刻发现,他不是一个普通的兵,因为他的腰间挂着一个盒子炮。茂仁还发现这个挂盒子炮的兵帽子在眉前压得很低,并有些歪斜,紧擦着马肚带的高统马靴又脏又破。茂仁没有看这个挂盒子炮的兵的脸。不知为什么,茂仁从不喜欢看兵的脸。

很奇怪,枣红马停下不走了。

茂仁发现那个挂盒子炮的兵从马上歪着头看他。

嘿嘿嘿,那兵突然发出古怪的冷笑。

茂仁不得不集中目力注意他了。

茂仁迎着阳光,两眼有点发花,不得不将一双眼细起。

茂仁一下怔住了,因为他碰到了两道很古怪很特别的目光。像做噩梦一样,茂仁一下子晕眩起来。那是两道凶邪的狡猾的如泥中黄鳝一般滑腻有力的目光。茂仁觉得这目光有点熟悉。茂仁脑子里迅速闪现出一连串他希望永远从记忆中抹去的可怕画面。茂仁很快想起一个人,想起一串事。不,这不大可能。茂仁认为那是发生在很久很久以前的事了,它距离今天实在是太遥远远太遥远了,远得近乎五十年,一百年,几个世纪。

不,不是他,不会的。茂仁抖抖地想。

可是,背盒子炮的兵狼似的盯着他。

兵又一次嘿嘿冷笑了。

兵突然从腰间拨出盒子炮,并将它举起,乌幽幽的枪口缓缓移转。

茂仁脸刷白。茂仁使劲挤着眼等待那一声枪响。枪并没有就响。枪口缓缓移转着。茂仁突然掉进了冰窟窿——他分明看见了那黑乌乌的枪口正对着他的脑袋!茂仁站在那温暖灿烂的阳光里脸色立刻稀黄惨淡如深冬树上的一片枯叶。

劫数!

命呀!

两颗老大老大的泪从茂仁眼睫间滑下。

砰——!

枪响了。

随着一阵锤心剧痛,茂仁只觉得脑骨碎裂,血浆迸溅,身子摇晃了两下死掉了……

半天,茂仁睁开眼睛。

没有一丝风,天空很晴朗很明净,阳光照旧灿烂,照旧炫目,远处单调的村景在冬日的阳光下泛起一层宁静的光泽。大黑在腿间钻来钻去,嗓底发出一声声倔强而屈辱的低吠,两眼恶狠狠地盯着马。一只刚从树上击落下来的乌鸦在地上抖索着,黑乌乌的毛羽上洇满了血。

兵正把对着树上的枪往回收。

枪口有烟。

兵撅着嘴将枪口的烟吹开。

泼剌剌！泼剌剌！一阵清越的击水声将二炳从熟睡中弄醒。二炳睁开惺忪的眼，伸了个大大的懒腰，发现自己睡在一片青草地上。二炳觉得很奇怪。我怎么在这野山野岗上稀里糊涂睡了一大觉？二炳四仰八叉地躺在草地上不想动，两眼望着高远的天。天嫩黄发亮，颜色就像刚出炕房一两天的鲜活娇嫩的小绒鸡。西边树林黑昏昏的，林子上面的天空微红鲜亮，几道蚕丝一般细的云静静浮着，一动不动。时辰不早了，西南方那颗又大又亮的黄昏星已跳出来。二炳脑子灵醒了些，这才想起，自己打的一担柴还撂在岗子上呢。其实这担柴早已打好，可他就是不想挑回——早挑回去，那一大把年纪却像老叫驴一样又邪又凶的爹一定会赶他到山里再打一担。十七岁的二炳在他娘死后的几年里练就了一套套对付老爹的本领。

　　泼剌剌！泼剌剌！那清越的击水声又一次响起。二炳突然想起，刚才把他从梦乡里拽出来的就是这泼剌泼剌声。二炳觉得挺奇怪。二炳一个鲤鱼打挺，身子立刻蹲在草地上，蛇一样灵活地把头伸向发出水声的地方——

　　白晕晕的一团。

　　闪闪的光。

　　一个人的身子！

　　雪白雪白！

　　女人……

　　二炳嘴大大地张开，两眼铁丝一样直了。

　　二炳手脚轻捷得像只山猴，一下隐入一丛杂树。

　　二炳仅仅伏在那里窥视了片刻，立刻就明白了，那个女人是在洗澡。二炳似乎有生以来就没想到过一个女人也会像男人一样需要洗澡。二炳十岁那年死了娘至今十七岁脑子里一直没凑出个完整的女人的形状。二炳两眼大胆地死盯着女人的身子，发现那女的身子很白，尤其此刻，周围有肥乌乌的大荷叶和白闪闪的水光衬着，而天又是黄昏时的朦胧宁静和嫩黄,那白简直就是刚挤出的牛奶了。二炳还发现,那晕晕闪闪的白曲折绵长婉转有致,舌尖上渐渐有了一种柔滑细腻甚至甜润的感觉。二炳有点喘不过气来,觉得自己快要死了,禁不住直想叫娘。天呀,二炳看到她把水往身上撩了!二炳平生第一次发现池水被撩起的时候竟会那么好看,它们像无数小银鱼儿在那白闪闪的胴体上欢蹦欢乱!二炳恨不得一下融化掉,成为水,流到那白闪闪的身边,紧紧附在上面,吸在上面,不下来……二炳再也受不了了,浑身像树叶似地直抖,脚下一滑,身子歪倒,弄出的声音传到了池塘里,那白晕晕的一条倏地没入水中,一张俊俏俏的脸从水面上向这边扭过,随之而起的是一连串激烈且恶毒的詈骂。

二炳傻了。

二炳见过她,她叫翠姑!

就因为翠姑,就因为接下来与翠姑之间发生的一大堆如麦秸草一般乱七八糟的故事,使得几年后的今天二炳鞭着枣红马回来,对着茂仁地主恶作剧地举起了枪。

砰——!

枪声在冬日宁静的阳光里很清脆。

枪声传得很远,一直传到茂仁地主家青砖院落里。

当时翠姑正坐在廊檐下给自己房里的丫环小莲子篦头上虱子。翠姑本没有丫环,小莲子是正房太太房里用的,正房太太年前死了,小莲子就被拨拉过来侍候翠姑。小莲子不是她的名,这地方上但凡在大户人家做丫环的都叫小莲子。小莲子蹲在满是太阳的廊檐下,一颗脏兮兮的头直挨到翠姑胸前。翠姑手抓篦子不停地篦,每篦一下,都把篦子举到阳光里正面看看反面看看,一发现上面有小黑点子爬,就在蒲凳① 旁的铜火炉上敲敲,让那黑点儿掉进炭火里爆出细细脆脆的声儿。翠姑不时地

① 一种用蒲草编成的坐具,圆形,高度如一般板。

放下篦子，抱住小莲子头左扒右扒细看，挺高兴地在一缕发丝上找到了残余的虱蚬，把发丝细心挑出，指甲掐住使劲一抹，手指上就有了一小撮白色的碎米屑样的玩意。翠姑把它举给小莲子看，然后放在两个大拇指间使劲一挤：咯吱吱！翠姑觉得这声音比先前小黑点落到铜炉里爆出的声音更清脆更好听。

就在这时，那尖厉而脆亮的枪声传进了院子。

"砰——！"这一声枪声，将冬日宁静的空气骤然撕裂，在宁静而灿烂的阳光下盘旋回荡。

听到这枪声最先作出反应的是翠姑四岁的儿子秋宝。秋宝穿一身洋缎小棉袍戴一顶狗皮小棉帽，手抓一截竹竿正在太阳地里专心地玩，听到这一声撕裂般的锐响，小脸一下木住了，两只乌溜溜瞪着的眼里盛满惊惧，随即歪巴趔趄地向翠姑跑来，嘴一咧：呜哇——！

翠姑一把将秋宝揽到怀里，哄拍道：

"别怕，别怕，有妈在。"

小莲子扭过脸道：

"甚的声音？多怕人呀！"

翠姑把脸从秋宝头上抬起，两眼望着院墙上青碧的天空，一时变得神思恍惚。

"可是放铳？"小莲子望着翠姑低语。

"放铳？哪个在这刻放铳？"

"迎新娘子？"

"今儿几？今儿二十三，不会。"

正说着，管家福庚一头一脸的米灰，白狼似的从左边暗昏昏的仓房里钻出。福庚刚才是在翻米的，袖管上、肩膀上、头发上尽是白白的米灰。福庚在院心站着，一动不动，眼瞪着院墙外，直着脖颈往上伸，那样子，似乎要变成长颈鹿，一下把脖子伸到院墙外发出枪响的地方去。福庚以这种长颈鹿式的姿态在院心站了好久，见那声音并没有再一次响起,这才转过头看着翠姑。翠姑在他一钻出米仓门就注意到他了。翠姑不喜欢他甚至有点怕他。翠姑怕他主要是因为他那双望住她的眼睛。翠姑发现他在没有别人在场的情况下,眼中不止一次隐隐显出一种对她的疑问。翠姑心里起毛,但对福庚没有一点办法。就因为这疑问的不时出现,翠姑立足在茂仁地主的青砖院里,心里暗揣着几分紧张,甚至不安。

"少奶奶,你请进屋,奴才出去看一下就回。"福庚做出恭顺的样子,微微低着头对翠姑说。

大约过了一个时辰,福庚跟茂仁地主一同回来了。茂仁走进院门时,苍白、孱弱、无半两力气,像刚刚生过孩子的产妇,这让翠姑与小莲子暗暗吃惊。茂仁穿过开井往正屋走时,看到秋宝抓着一根竹棍蹲在地上玩,心里一柔,嘴唇哆嗦,弯腰将儿子揽入怀里,搂得紧紧,以至秋宝小脸通红,口里微微发喘。茂仁抱着秋宝往正屋走时,见翠姑坐在廊檐下让小莲子梳头,心里一阵躁乱,灰白的脸上升起大片红亮的怒色,劈头盖脸骂道:

"贱货!你这贱货!给我回屋里去!老老实实在家待着!"

翠姑望着他,觉得好奇怪。

翠姑回屋后,一直两手捧着小怀炉出神。翠姑问小莲子,刚才那清清脆脆的一声响到底是什么?小莲子愣愣地望着翠姑,隔半天回道,不晓得。小莲子见翠姑蹙着眉一个劲地想,就问,你为啥老想那声音?翠姑不答,空空地望着前面,隔半天,幽幽道,我觉得那声音响得奇怪。小莲子惶惶地望定她,问,那该是什么声音呢?

掌灯时分,翠姑见茂仁和福庚进了西边夹道里的耳房。那屋在院子最里头的拐角上,一般人走不到那儿,日常都是锁着的。翠姑见他们去那儿觉得奇怪,立刻急手急脚离开厢房找小莲子。只一会儿工夫,小莲子就从里屋出来了。小莲子在那渐浓渐深一如淡墨的夜色里轻捷得像一条猫,擦着屋檐下的墙,无声无息凑近了西边夹道耳房的窗户。

"他们在谈什么？"翠姑如坐针毡似乎等了一个世纪终于等回了小莲子，第一句话就这么问。

小莲子刚从提心吊胆的谛听中潜回，一脸的惶惶不安，轻声气急道：

"听不真，不晓得他们谈什么。"

"一句没听到？"

"听到几句，断断续续的，是说一个人。"

"一个人？什么人？"

"老爷说，他看到他腰间挂着盒子炮。"

"盒子炮？那一声响是盒子炮里放出的？"

"福庚告诉老爷，说城里扎着一营兵。"

"兵？"

"老爷老是讲那个挂盒子炮的兵，声音低低的，听不真。"

翠姑心有点跳跳的。

"还有什么？"

"还有？没有了。噢，老爷好像老是叹气。还说什么五年，五年，不止说了一遍，后面我就听不到了。"

五年？

盒子炮？

可会是他？

难道他回来了？

翠姑脸一下刷刷白。

应该说，翠姑最初对他是充满仇恨的。

翠姑记得第一次认出他来是在五年前的一个早上。当时太阳还没有出来，东边天上飘着一道道红绫似的朝霞。翠姑站在齐小腿肚深的冰凉彻骨的河水里，用趟网① 在河面上捞猪吃的绿萍，岸上忽地有了声响，翠姑一抬头就看到一双眼睛，一双直勾勾的狼似的眼睛。

——是他。

他站在河岸上放牛，一直直勾勾地看她。翠姑一碰到那目光，就晓得那天黄昏躲在树后偷偷看她洗澡的就是他。翠姑当即心头火起，两手执着水滴滴的"趟网"哗哗啦啦奔上岸，往他面前一横，将他劈头盖脑一顿臭骂，从他顶老的娘一直骂到最小的妹子，骂得毒毒辣辣，句句见血。可是，翠姑骂着骂着声音禁不住小下去了，因为翠姑发现对方什么也没听进，只是死皮赖脸地盯着她，目光挺邪乎挺热辣。

翠姑有点害怕了。

翠姑记得，自那以后，但凡到地里挖猪草，或上林子里拾柴，一扭脸，一抬头，总看到他。翠姑当时光晓得他是邻庄的，还不知道他叫二炳。翠姑记得，自从洗澡被他偷看后，每次遇到他，他总那么死皮赖脸地盯她，目光放肆大胆，邪乎热辣。翠姑受不了这样的目光，一次又一次地骂，可怎么也骂不走他。翠姑记得有一次他还把他挖的猪草倒到她篮里，气得她将篮里猪草叭地一下扣到地上，照上面狠吐了一口唾沫，扭脸就走！

可是二炳照旧追她。

他像一条尾巴，与她半步不离。

他从春天一直跟到夏天。

他从夏天一直跟到秋天。

秋天，草黄果熟的秋天，五色斑斓的秋天，甘甜富足的秋天，它太让翠姑喜欢了。秋天的田野里，有一种叫叶母草的，模样长得像芝麻，秆儿高高，开紫红花，结的籽黑黑的，细溜溜像油菜籽。到了秋天，翠姑拿一把磨得亮烁烁的镰奔到野地里割这种草。翠姑在野坡野滩野岗上

---

① 一种三角形、用一根竹竿做柄的渔网。

转半天，能够割上一大捆。翠姑将这一大捆背回家，散在扫得干干净净的屋场上晒。晒干了，秆归秆，籽归籽，分门别类。过些日子凑多了，拣个好天气挑到县城药材店一卖，秆是秆价，花是花价，籽是籽价。卖得的钱，翠姑一半交给家里，另一半，除了给自己扯两块花布，多余的还能替娘买几绺洋线，为爹买一扎烟叶，给大妹二妹三妹四妹买几粒红红绿绿的像玻璃一样的糖球。如若还能余点碎钱，翠姑就放入一只特地缝制的用线绳收口的布口袋，挺神秘地压在箱里层层叠叠的破衣物下，去装点十八岁姑娘的梦了。

　　应该说，这一年的秋天在翠姑的心目中尤其显得金黄灿烂。那是一个很美好很绚烂的黄昏，地点在村子西北边的大草滩。草滩离村子挺远，周围没有人，荒得很。一个夏天过去，大草滩上的草简直长疯了。记得六月里翠姑来过一次，一眼望不到边的是滚滚的绿浪，浪往她身边扑来，那浓浓的扑鼻扑脸的清郁草香，差一点没把她熏倒。这一刻是秋天，草红了，黄了，灰了，白了，满天满地五色斑斓。秋风从草上款款走来，一片瑟瑟清响，这里那里时不时飞起几点灰白的絮花。翠姑太喜欢这儿了。这里的叶母草不光比别处多，而且秆儿高，壮，籽实饱满。翠姑从没割得这么欢畅过，都有点担心挑不回去了。翠姑不时直起腰，一手抓着刀柄，一边用手指勾一勾垂到眼前的那绺湿晶晶的乌发。远处草滩上涌起了浪，一阵风刮过来，呼呼地直往小褂里拱，好凉快呀！翠姑又站了站，就扭头往后看。翠姑这么看，自然会看到二炳。翠姑对他的眼光已不像先前那么怕了。有一天他又把他割的叶母草往她架子上放，翠姑眼瞪了瞪，不由一下笑起来。翠姑满心得意地想：是他送我的，我也不曾向他要，不收才呆呢！在这又远又荒的大草滩里割叶母草，如若仅是翠姑一人，翠姑还真有点怕呢。

　　时辰不早了，太阳在大草滩的最西头只剩半竹竿高，四周草棵子里已有点朦胧灰暗。空气像知了的翅膀，透明，银亮，静谧。一群针尖大的蠓虫在草上飞，转，舞成团。除了虫子叫，没一点声音，天空鸡蛋黄子似的，嫩嫩的有点鲜亮滋润。风小了，满滩的草不再起伏，那些呈剑形呈椭圆形的长长短短宽宽扁扁纵横披离的草叶儿，或明或暗或深或浅地涂抹着夕阳的黄光。往西蔓延铺开去的草海上，薄薄地笼一层半透明半朦胧的雾气，在寂静的平和中微微闪烁，看长了让人目眩。远处的草滩一片灰暗，标明着时间已进入黄昏。翠姑觉得该回去了，开始把割的一大堆叶母草往起捆。绳子太短，不好捆，翠姑用膝盖抵着，使劲收绳。就在这时，翠姑听到身后哗啦啦草响。翠姑突然觉得憋闷起来。翠姑抬起头，只见二炳直勾勾地盯着她，目光蛇一样在她身上缠来缠去。翠姑突然害怕了。翠姑还没来得抓起镰刀准备抵抗，身子已一下被扑倒。翠姑只觉得乾坤倒转，天覆地翻，无数草秆苇叶雪片似的在面前飞舞乱扑。翠姑踢！抓！咬！蹬！与那个被她咬牙切齿地骂为"狗"的二炳狠狠拼斗。翠姑与他拼斗了好半天好半天，最终一点力气也没有了，手脚不那么听使唤了，甚至脑子也不那么听使唤了。翠姑晕晕乎乎什么也不知道了。后来翠姑挣扎着从地上坐起，发现身边的乱草被压平了一大片，身上衣裤乱七八糟，在她坐着的草地上，有一小块鲜红鲜红的血。翠姑下身突然透出一阵剧烈的疼痛……

　　起风了，大草滩上一涌一涌地滚起了灰红色的浪，一只鹰在很高很高的天上飞，西边天空粉粉的红，又圆又大的太阳在极远处滚着，跳着，如一团血，转眼就要跌进深墨绿色的草海里了。翠姑双膝跪地张开两臂哭着大叫：

　　"好哥哥，你过来——！"

　　翠姑是被一乘花轿抬进茂仁地主的青砖宅院的。抬轿子的人上门时还放了铳，散了喜钱。翠姑上花轿时并没有哭。翠姑自小就看到过新娘子临上轿时朝爹娘咿咿呀呀哭的情景，有的还哭得顿手跺脚，七死八活。翠姑听娘说过，这叫"哭嫁"。翠姑看到茂仁家送来的聘礼在家里那张油泥发亮黑不溜秋的破桌子上堆得像个五彩的山，再想到作为老大下面还有四个妹妹的自己，日后可以笃笃定定地吃细米白面，穿绫罗绸缎，不要天天再起早摸黑烧锅煮饭拾柴割草到老远老远的田里累死累活地受苦，不光哭不出来，相反心里还有点高兴。

翠姑意外地碰到二炳，并被劫进玉米地里，是在翠姑进了茂仁家后的九月里的事。

细细拨拉起来，翠姑已有好长时间没见到二炳了。翠姑后来听二炳说，这段日子他跟一个过路的皮货商去远处贩皮货了。那个皮货商进村收皮货时，身上穿一件黑马褂，脚上蹬一双高筒靴，腰间挂一把镶宝石的刀，那样子太惹眼，太气派，让二炳看得禁不住发傻。二炳跟着那皮货商离村时，与谁也没讲（二炳爹在二炳走后急疯了，并且不到半年就一命呜呼）。二炳跟着那皮货商走了很多很多地方，那些地方的名字翠姑都是有生以来第一次听说，翠姑并且坚定不移地认为它们都在北边，很远很远的北边。二炳是带着一块触目的伤疤出现在翠姑面前的。二炳额上这块锅铲形刀疤使本来就有不少野气的二炳，越发平添了若干蛮霸之气，以至翠姑有点害怕。二炳告诉她，这块疤是那个狗日的皮货商（二炳这么骂他自然有他的道理）给他留下的。那天他们卖完皮货住在一家客栈，半夜里皮货商强奸一个靠一把二胡走四乡的女孩，二炳实在看不下，挺身相救。谁知狗日的皮货商（二炳又一次这么骂）是个凶猛又有武功的家伙，他从枕头下掏出一把镶宝石的刀子直向二炳刺来，就在这一刺中，这锅铲形的疤永远历史性地留下了。

二炳向翠姑讲说起这些，时间上是在二炳将翠姑拦截到玉米地里之后。

翠姑那天是回娘家。

翠姑进茂仁地主家两个月了，才第二次回娘家。

是一条灰扑扑的土路，路两边地里的玉米青郁郁的，玉米秆长得一人高，密匝匝的无边无际。那灰白细长的土路就在这玉米地里七拐八弯往前延伸。

- 227 -

翠姑膀弯上挎一只紫红方巾扎成的小包，正在穿越玉米地，二炳突然跳到路上横阻在她面前。

二炳两眼直勾勾地对着翠姑，目光又一次肆无忌惮地在她身上盘绕舔噬。

翠姑对这目光熟悉又害怕。

这一年多来二炳上哪去了，翠姑竟然一点不知！

翠姑望着他，心里充满仇恨！

可翠姑突然觉得自己轻得像一片羽毛被抱起来，不，准确地说不是抱起，而是被一双狮子一般凶猛有力的手臂挟持着奔向青郁郁的玉米地。奇怪的是，翠姑这一回并未作丝毫的挣扎拒抗，相反内心底里竟升腾起一股因长期的惦念、牵挂、等待的焦躁、失望的怨恨而形成的一种错综复杂的情绪。而正因这番如打翻了五味盆一般错乱复杂的情绪，致使玉米秆玉米叶在地上瑟瑟作响弄出无数萤火虫似的闪烁跳跃的光斑，二炳凶蛮有力得如一堵墙向她压来时，翠姑突然抬起头，狠狠地在他黑红流汗的胸上咬了血糊糊的一大口！

茂仁地主直到某一天晚上发现翠姑的肚子微微隆起，这才知道翠姑已经怀孕。翠姑怀孕三个月了，竟只字未说，这使茂仁暗暗奇怪。茂仁在翠姑进入这所青砖宅院前，跟他的原配太太辛勤耕种了几年，竟颗粒无获，便顽固地认定是那块地干涸，贫瘠，地脉不和，没点劲道，而绝非犁铧或种子的缘故。茂仁五十出头，儿花女花均无半朵，就急，就怨。茂仁自从用一顶花轿抬回翠姑后，索性就把那块板结不化的地撂荒了。

茂仁在发现翠姑怀孕的第二天，就让福庚用牛车请来了甘泉山大名鼎鼎的刘半仙。刘半仙摸摸翠姑脑门，说她福星高照；看看脸相，扒扒手，又说她龙凤皆生。茂仁喜之不尽，问眼下这胎是男是女。刘半仙闭目宁息号了号脉，曰：当为贵子。茂仁激动得眼泪鼻涕都快下来了。

此前，茂仁晚上长期以来有个抽水烟读黄纸经书的习惯，但如今，那一本本让他咂摸不尽的陈年经卷已由翠姑丰隆高突的肚子代替了，晚上一吃过晚饭，天塌下来也不管，急乎乎上床。茂仁上床时轻手轻脚，很规矩很老实地紧挨翠姑睡下，安分得像只猫。茂仁睡下好一会，这才轻轻将手抬起，伸向翠姑肚子，极温柔地在上面停住。摸着翠姑丰隆的肚子，茂仁只觉得一朵很鲜艳很富丽的花在他心中开放。茂仁太兴奋了，禁不住浑身一阵阵发热。有时，茂仁手脚会变得毛糙起来，不管不顾地揭开被子，让翠姑丰圆的肚子整个裸露在灯光下。茂仁先是呆望，然后笨拙地侧转身，慢慢将耳朵贴上去。茂仁渴望从那里听到胎儿的声音。茂仁听了半天，除了不时听到一阵咕噜噜肠子蠕动的声音，别的什么也听不到。茂仁脖子歪得有些发酸，但仍然挺渴望地谛听。茂仁做这一切的时候，翠姑感到肚子上凉阴阴的。

就在这之后不久的一天，茂仁地主家出事了。

当时已经半夜，整个院里静静的，翠姑睡了，茂仁手摸着翠姑的肚子，也睡了，整个大院笼罩在一片熟睡的寂静中。就在这时，一阵呜呜啦啦的挺刺耳的怪声在茂仁地主家屋顶上响起。茂仁听到那声音，一开始以为猫叫，但过了一会，觉得不对。那声音挺怪，时高时低，或大或小，像哭，令人汗毛直竖。茂仁有点害怕了。茂仁见翠姑被惊醒，就格外怕。茂仁麻着胆子坐起抖抖索索点灯。屋里一亮，怪声立刻停了。茂仁坐着，两眼盯着窗户。窗纸被灯光照着，黄亮亮看不到外面。茂仁坐了半天，见再没有声音，就熄灯准备睡下，可是透过满屋黑暗，茂仁看到灰蒙蒙的窗户上映着一个阴森森的怪影。

鬼——！

鬼呀——！

随着茂仁的一阵恐惧惊叫，窗外爆起一片喳啦啦瓦响，黑影转瞬消失。

第二天夜里，福庚安排了佣人在院中提着灯笼巡夜。

连续安静了两天。

可是第三天夜里，鬼又一次出现。

乒乒乒乒！

沙啦啦啦！

呜呜呜呜！

……

次日早起，茂仁嘴不漱，脸不洗，灰头灰脑坐在大厅中一张太师椅里，松松泡泡的脸上泛一片灰黄。福庚走进门将一块小碗大的灰不溜秋的石块递上前说，这是刚才在西屋顶上发现的，屋瓦被打破三四块，后院井栏旁落着一块石头，上面糊满了牛屎。

茂仁眼瞪着石块，额上沁出一层细汗。

到第五夜，鬼终于被抓住了。

当时院里人声杂乱，茂仁拥着被子身子抖抖地坐在床上，两眼盯着映有福庚头影的灰白窗纸，抖擞道，好，好，先把他关着，明天再说吧。茂仁说这话时，身子在床上不敢动，生怕惊了翠姑胎气。

茂仁去看被抓获的贼是在第二天早上。

贼被关在牲口棚旁的一间草料房里。福庚把贼从暗昏昏的门里拽出来时，茂仁发现他被老粗老粗的麻绳横着竖着绑得像只粽子，就猜定是出自福庚之手。贼的身子在绳子下很难过很受罪，这足以证明福庚为人的狠毒。

贼身上穿一件大鸟翅膀一样破烂飘忽的对襟布褂，领口大大敞着，腰间怪里怪气地扎一条不知从哪拣来的坏皮带，皮带上的扣眼豁裂。茂仁向前靠近了半步。是一张很年轻的脸，脸上残留着不知在哪里蹭出的黑泥，额上有一块挺触目的给人以凶狠之感的疤痕。茂仁两眼禁不住盯着他细看。茂仁越看越觉得这张脸在哪见过。茂仁感到很奇怪，想回忆出一点子丑寅卯，可就是回忆不起来。茂仁这么细细注意他的时候，那贼的脸一直别着。他的脸之所以别着，是因为他刚从暗昏昏的草料房里出来，两眼要回避青砖院墙上射进来的晨光。不一会，贼适应了外面射来的光，于是两眼对住了茂仁。茂仁迎着那贼的目光，竟然有点害怕起来。那是两道很凶邪，很古怪，甚至夹带着若干仇恨的目光，射出这目光的两眼肆无忌惮地对着茂仁，直勾勾的，一动不动。茂仁望着他，头皮发紧，脊背上忽地有了一种十二月老北风刺溜溜从上面走过的感觉。

福庚后来告诉他，那贼已被家里长工认出，是西王庄老光棍王老六的独子。王老六前年死了，就剩下他一人。福庚还说了他的名，可茂仁咕噜咕噜吸着水烟，搜肠刮肚地想到底在哪见过这贼，根本没听到福庚说的什么。福庚见老爷心事重重，便闭上嘴巴准备退下。福庚才要走，茂仁叫住他。

不要打他，就问问。茂仁关照。

翠姑是在早饭后到后院看小莲子磨粉面，顺带拐到草料房门口看稀奇，十分意外地看到贼的。

翠姑看到他，猛地一愣，脸上先是刷刷白，接着转成灰色。

翠姑一声没吭，低着头，脚步乱急急地走开去。

翠姑不知道，福庚早已过来，一直不声不响地守在旁边。

福庚偷偷盯视着翠姑低俯的脸，目光针锥似的，像要把她一下穿透。

福庚整个上午都在阴郁地琢磨翠姑的神态，一双幽幽炯炯的眼里不时爆出鬼火似的闪光。

茂仁一直坐在厅堂里那张太师椅里呼噜呼噜吸水烟。茂仁一口一口呼出的烟渐渐使他成了一座云雾之山，而他的脸简直成了云雾山中阴森湿漉爬满苔藓的峭壁。茂仁直坐到傍晌午，这才想起那贼的来历。

那是一年前的一个热天，茂仁赶车去县城办事，半路上在一个茶摊歇脚喝茶，刚巧碰到了挑一担药草上县城去的翠姑在树阴下歇脚。当时茂仁根本不晓得她叫翠姑。茂仁一边喝着苦涩苦涩的大麦茶，一边盯着翠姑，见她胸脯挺挺的，腰杆细细的，屁股肥肥的，是个生儿的好坯，心里挺顺溜。茂仁看着看着，胸中就有一股东西往上泛，越泛越凶，越泛越激烈，柔柔热热，弥漫全身。茂仁定了定神走过去，问翠姑上哪去，让她搭他的大车。翠姑正嫌这大热天挑一担药草走那么远的路挺费劲，又见这车主儿面目慈和样子不恶，就挺爽气地上了车。翠姑用袖头揩了揩脸上汗，扭过脸来喊，你也上呀！被她喊的是一个年轻小伙，肩上也是一大担药草。他没有上车，只是站在那，望她，又望茂仁。茂仁碰上了他的目光，心里凛了一下。茂仁奇怪地发觉，这小伙的目光挺邪，挺硬，石头似的。此刻茂仁完全认定，一年多前与翠姑一同搭过他车的小伙，就是这个贼！

福庚是在傍晚时分走到茂仁身边，悄悄向他禀报这一天里他的独到发现及其研究成果的。茂仁几乎没有让他效忠结束，就很烦躁地打断了他话头，轻轻摆了摆手，让他出去。福庚因此进一步确信无疑了他的发现并毕恭毕敬地退了出去。福庚在退出去时，又回头深望了一眼老爷的脸。福庚发现老爷的脸很灰暗很沮丧，委实需要独自静息。

茂仁从黄昏一直坐到夜晚。

福庚再一次像猫一样轻手轻脚走进屋是在晚饭以后。福庚轻手轻脚把门掩上，屋子便越发陷入了一种古庙般的沉寂了。福庚在老爷身边默默地站了许久，几乎站成了一棵树。福庚终于忍无可忍了。福庚说，奴才去把他做了。

茂仁一惊。

什么？你说什么？

福庚恶狠狠地做了个用手掐死的动作。

茂仁的脸在灯光下漂浮起来。

不，不能，不可以这样……

那就把他送到县城号子里去，然后再做点手脚。

不，不……

留着总是个患呀老爷。

……

你要狠不下这个心，还有一个办法。

茂仁脸上浮一层汗，两眼直直地望着他。

福庚说，昨晚开来一支队伍，扎在大刘庄。他们到处抓丁，抓了好一些，还要。奴才捆上他，悄没声儿往那儿一送，就没事了。

这，这个……

老爷，留他个活口，够仁义了。

……

就在这天后半夜，茂仁家宅院里突地爆起一阵脚步声，很急，很碎，雨点似的。茂仁家大黑急吠起来，吠声从院里一直响到院外。熟睡的人们被惊醒，转脸窥窗，窗外是一轮冷幽幽的蓝月，蓝月在狗的吠声里不断漂浮，满空的清辉透明寒彻如同蓝冰。不一会，大黑的吠声引起周围庄上许多狗的响应，于是，这里起，那里落，吠声在蓝夜里起伏不断。

天麻麻亮时福庚回来了。福庚圆口黑布鞋上沾满了泥水草汁，手上膀上有一两道干硬的血痂。福庚看了一下老爷的脸，就晓得他这一夜丝毫未睡。福庚在老爷身边站下，知道老爷什么也不会问。福庚在口袋里摸了摸，摸出个东西，递到茂仁手上。

什么？茂仁没看，问。

兵营里给的，三块大洋。

当啷啷！大洋落到地上。

茂仁脸灰白灰白。

隔半天，茂仁低声哼哼道：

托人捎到他家里去吧……

福庚说，他老子过世了，没有家人。

五年过去了。

茂仁绝没有想到，五年后的今天他会回来。茂仁并没有巴望他死，但自从五年前那个犬吠声声月亮发蓝的夜晚之后，茂仁只以为他消失了，永远永远地消失了。自那以后，茂仁确实平定了好些日子，至如今，整整过去五个年头。

然而五年后，二炳回来了。

二炳不仅回来了，而且人模狗样地骑着高头大马，腰间挂着盒子炮。

二炳竟用那盒子炮半天半天地瞄着他，这在茂仁的脑子里定格成一幅立体的图画。

茂仁从关帝庙前那片晒暖儿的太阳地里回来后，耳边老是回响着那声令树上一只乌鸦猝然坠下黑血涂地的清脆枪声。

整个茂仁家，除了护院的狗大黑和茂仁那刚刚五岁的龙蛋儿子秋宝，几乎没有一个不感到茂仁突然变了个人。当然在这所有的人中，对茂仁的变化最为敏感、最为吃惊的，当数翠姑。可是翠姑在感觉到茂仁发生变化的同时，自己一下也与以往判若两人了。翠姑整日无声无息像个影子。茂仁进了房，她总连忙起身，眉眼顺下。翠姑并不看他，但整个感觉都在他身上。翠姑见他半天半天坐着，什么话也不说，不由有点害怕。茂仁有时半天半天盯着玩耍的秋宝，突然把他揽到怀里，搂着，搂得紧紧，眼里柔软如水一闪一闪发亮。晚上总是上床很早，执拗地让秋宝与翠姑一左一右睡在他旁边。茂仁一动不动地躺着，两眼久对着头顶的黑暗，待秋宝睡着后，突然拗起身来压向翠姑。翠姑早已习惯了他在床上做的一切便放平身子闭上眼睛，头微微往里歪着。茂仁以往这时总要久对灯光下翠姑的脸如对一朵静静开放的鲜花。茂仁今日却没有，他只是吹灭油灯，让自己很快沉入一片黑暗。茂仁在黑暗中竟前所未有地焦灼躁乱，亢奋热烈，一下变得年轻了似的竟有些迅猛，这使翠姑暗暗奇怪。更使翠姑奇怪的是，他今天急猴猴做了半天，最终竟没成功。像一团麦秸草烘了一团火剩下的只是一摊灰烬，茂仁很快萎顿下去。茂仁满心怨恨，咬牙又做。仍没成功。第二天，第三天，乃至第四天，都是一样。翠姑手碰到他腰，滑腻腻像碰到鱼的背——那上面淋淋漓漓尽是汗水。翠姑心有不忍，侧转身子去点灯。灯点亮，翠姑碰到了茂仁正要逃避的一双眼睛。翠姑吓了一跳——那里面空空洞洞满是恐惧。

　　福庚是在黄昏时从县城回来的。

　　福庚进院子拴好骡子，脚步没有停，一直进了茂仁屋里。

　　福庚告诉茂仁，城里确实有一队兵，就住在华夫学堂。二炳第一眼就把福庚认出了，当年就是他用一根小麻绳把他双手反剪捆扎着送到兵营的。二炳好像一点儿不把这事放在心上，相反笑哈哈地拍拍福庚的肩说不怪你，一点不怪你，你是代人办事，放在我也会那样做。再说了，没有你，二炳我也没有今天的好日子，妈的，谢还来不及呢！二炳接过茂仁送给他的大洋，二话没说灌进腰包。二炳灌了银子后问福庚，一共多少？二炳显然嫌不够，说，怎就送了这么一点，屁眼也塞不满呀。你回去告诉他，这事刚刚开始，离结束早着呢！接下来就拖福庚下馆子喝酒。

　　福庚当然只是选择性地把二炳讲的话带回一部分。茂仁在福庚讲完准备退出去时又叫住他追问，还有啦？

　　福庚说，就这些，没了。

　　很显然，茂仁真正所渴望听到的内容一个字没有，茂仁于是眼皮塌下，脸上松垮得像一片被大潮冲击后的沙滩。

　　静默了许久，茂仁幽幽自语似的问，队伍几时才能走？

　　福庚说，这说不准。

　　整个茂仁家青砖宅院落入一种神秘的氛围之中。细究起来，这情形的出现与那黑衣人的出现不无关系。腰扎宽牛皮带手臂上刺有青龙的黑衣人，是骑着马进入茂仁家青砖小瓦高门楼的。黑衣人属于那种又凶又狠的北方老伧，眼里射出的光煞像冬夜黑漆漆天空中的两颗寒星。黑衣人只要把人看上一眼，就会让对方从头冷到脚，冻成冰柱。

听到黑衣人进院子的马蹄声，茂仁很快地从屋里迎出，那状态，就像一位重症患者等来了替他治病的大夫。黑衣人是由福庚请来的，茂仁与他素不相识。茂仁把黑衣人让进屋，福庚招呼佣人上烟上茶。平常待客，客房的隔扇门总是开着，可这回福庚却把它们一扇扇关上了。他们一直在屋里说话，说了半天。黑衣人压低了嗓门声音还很粗响，但他蛮腔侉调，外地口音，让人不懂；茂仁与福庚的说话声则轻如落花，无法分辨。

到晚上，黑衣人没走。

第二天，也没走。

黑衣人住下了。

到了晚上，黑衣人下榻的那间屋里总有肉香酒气冲涌而出。

院里几乎所有人都暗暗感到奇怪。翠姑除了奇怪外，还暗揣了几分不安与惶恐。翠姑时常半天半天地坐着，两眼直对着前面。翠姑很想知道事情的究里，却没法知道。这些日，茂仁晚上上床后不再像前些日子要她身子了。翠姑记得，自她那次划火柴点灯看到他脸上汗淋淋的，双眼中满是惊恐害怕后，他就不那么要她了。翠姑很苦恼，眼一闭就看到一个黑森森的可怖的东西向她逼来。这以后，翠姑发现茂仁天天下午跟黑衣人出去。茂仁出去时骑着马，黑衣人以及相跟着的福庚，也都骑着马。茂仁跟黑衣人一出去就是半天，有时直到天擦黑才回。翠姑有一天晚上突然闻到一股火药味。翠姑发现，这火药味是从茂仁身上散出的，十分浓重，十分刺鼻。翠姑觉得这味儿只会和两样东西有关：过年放的炮仗和打老鹰野兔的铳。翠姑在黑暗中瞪大了眼睛。

第二天，翠姑将小莲子叫到屋里，要她想天法也得弄清，老爷跟黑衣人天天出去干什么勾当。

连续三天没结果。小莲子苦苦地说，她没办法尾随他们，因为他们骑的马。

又过了三天,秘密终于揭开——

老爷跑到老远老远的地方,是做一件让翠姑八辈子也想不到的事:学打枪。

二炳再一次骑着枣红马出现在村头关帝庙前,不像上回单枪匹马,而是带着两个背着长枪的随从。很显然,二炳这次回来是有预谋有目的的。他一脚来到村头小酒馆,马缰绳撂给店小二,进屋挑一位置坐下,立刻让一个背枪的兵进了村子。

茂仁得到兵的传话,先是在屋里唉声叹气,接着让小莲子给他套上一件厚厚的棉袍,立刻从水磨青砖的门楼里出来。福庚想让黑衣人做他护从,茂仁不要,福庚放心不下,要跟着他去,茂仁不答应。福庚十分生气,见黑衣人坐在屋里喝酒吃肉,也就索性不管不问,走进去跟着吃喝起来。

茂仁之所以坚持一个人去,是因为觉得这事别的任凭什么人都帮不了,相反搞不好会把事情弄糟。

酒店小老板见茂仁进门,仰着一张笑脸,屁颠屁颠地把茂仁直往里请。茂仁对小老板的一脸春光视而不见,眼前尽是二炳上次进村时骑在枣红马上打落一只鸟撅着嘴吹开枪管上烟气的样子。茂仁不愿想起这些,但又由不得不想,而且栩栩如在目前。茂仁禁不住小腿有些发软,进门时脚在门槛上磕绊了一下,差点没有跌倒。

茂仁立刻看到二炳了。二炳坐在一张桌上跟两个兵喝酒掷骰子,见茂仁进来,手一拍笑哈哈道:"来了?来得好呀来得好,坐!喝酒!"要坐在下首的一个兵倒酒。

茂仁站着说:"我不喝酒。"

二炳用一双被酒烧得发红的眼睛瞄住茂仁:"干吗不喝?喝!都是男人,也就那点事,好说!"

茂仁不可能喝他的酒:"有什么话,你说吧。"

二炳"骨笃"喝了一大口酒，杯子往下一顿："好，痛快！既然老东家不喜欢绕圈子，那我也就直来直去了。今儿我回来事情就一桩，带我女人。告诉你，五年前在你用大轿把她抬到府上前，她就是我女人了！我在村北头荷花塘看她脱光了衣服洗澡，你看过吗？她的身子那个白哟，啧啧，像牛奶，发出一种白的光，哈哈，白光，晃人眼睛的白光，你见过吗？你跟她第一回上床没见到红是吧？嘻嘻，先让我干了！她是我的女人，知道了吧？妈的，我让她陪你白睡了五年，亏死了！不过，今儿我要带她回去了！"

茂仁肉乎乎的脸上青一阵白一阵："你不可以瞎说，她是我老婆。"

二炳嘻嘻笑："你老婆？不让我带走？"

茂仁不语。

二炳哈哈笑道："妈妈的，舍不得是吧？也难怪，给你焐被子焐了几年，焐出感情了？不怪你，都是男人，理解。"二炳目光碰到骰子立刻起了赌瘾，"这样吧——"抓起骰子"哗啦"往桌上一撂，"我们让骰子说话，一人掷一次，我掷的点数大，翠姑让我带走，反过来要是你的点数大，嘿嘿，那就好商量，满意了吧？"

说实在，茂仁很怕这一天到来。不过茂仁很清楚，这一天迟早会到，肯定的。是祸躲不过，既来了，倒不如来个干脆的。茂仁这一路上已做过各种预想，但万没想到二炳会提出掷骰子这么个歪点子。茂仁说："不，我不想掷，我可以给你银子。"

二炳早猜到茂仁会这么说。二炳这次来，其实就是为的银子。老实说，二炳眼下太需要银子了。去年前年，山东山西那几仗，金银财宝虽捞了好些，可花到如今手里早已空空。他要赌，要喝酒，尤其隔三差五要去春香楼会会当红的头牌小香玉，银子花起来像流水，他不找银子不行呀。

二炳脸上刀疤绷起："给我银子？我要银子干什么？我要的是我的女人，让我欢喜陪我睡觉由着我干的女人！你要不答应掷骰子，我就直接带人去了！"

茂仁脸上立刻冒汗："不，别去，别去……"

二炳抓过骰子往桌上一丢："好，你先掷吧。掷不掷？不掷我掷了。"骰子抓到手里摇了两摇，头一仰，叫一声"九点"，"卟碌笃"掷到桌上。是六点。"看真了，我二炳是六点。六六大顺的六。你掷不掷？不掷算是认输，翠姑我带走了。"

茂仁叫起来："慢，慢，我掷……"手抖着去抓骰子，眼闭着，额头沁汗，手在空中举了半天，散开，骰子"卟碌笃"在桌上翻滚。

两个兵头勾上去，待看清了骰子的点数，不约而同把眼转向了二炳。

二炳两眼早瞄住滚了两滚静止住的骰子。妈的，居然八点，心里窝火。眼珠三转两转，手往茂仁一伸："好了，人归你，拿银子来。"

茂仁傻愣了："我的点数大，人归我，为什么还要银子？"

二炳嘻嘻笑道："人是归你，可她本来是我的，我是把我的女人让给你，没说不要银子呀。"

茂仁咬咬牙："你想要多少？"

二炳头一仰："不多，一百两，少一个子儿不行。"

茂仁眼瞪住了："一百两？拿不出。"

二炳脚往凳上一踏，露出一脸邪气："一百嫌多？我还没向你要两百呢！"

茂仁吭吃："八十，就八十，不能再高了……"

二炳手往腰间盒子炮一拍，起身对两个兵吼："不听他鸡巴啰嗦，带人去！"

茂仁慌得起身绊倒一张凳子，扯住二炳一迭声道："好，好，我答应，我答应，一百两，就一百两。"抖抖索索从怀里掏出一张带来的银票，一点一点展开，抹平，双手捧着递上，"这是金鑫钱庄的银票，六十两，对不起，我就这么多，你先收下，剩余四十我立个字据，三天内我凑齐让人送到宝宅，决不会有误。"

二炳对事情的结果非常满意，可当他将银票与带着墨臭的字据往胸袋里纳时，突然觉得整个过程太简单了，于是哼唧："不过，这事只了结掉一半，那个孩子是我的种，过一天我再找你说话！"

茂仁突然像遭了雷击，眼瞪着，张嘴结舌，脸由灰白渐渐变为灰黑，两腿一点点发软，整个软面条一样瘫下去……

二炳哪里管他，打着酒呃，与两个兵跃身上马，马蹄"得得"离开酒馆。

天要落雪。很怪，已经二月头，应该是断雪的日子了，却要落雪。太阳还是前一天出来的，那光线落在地上，落在冻得发乌的小麦苗上，稀淡稀淡如同白水。这之后，太阳就没有出来，整个天空灰白暗淡，像一匹裹尸布。有风在树枝上瓦楞草上走，寒瑟瑟的。人在外面缩头哈腰，手往袖筒里塞。老人们仰头望望天，说，逃不过今夜，雪是非落不可了。

这又一次的枪声，就在这落雪前的那个寒冷而宁静的午后响起：

砰——！

较之上次，这一回的枪声越发尖厉，沉闷，声音响过半天，仍在冬日寒冽的空气中滚转、回荡，经久不散。

茂仁当时正在屋里抽水烟看书。茂仁已好长时间没这份心境坐下来碰一碰那些黄纸经书了。茂仁听到枪声，书"叭"地从手中掉到铺有罗底方块的地上。茂仁以为自己出现了幻听。茂仁不肯相信，在他送了六十两银票又四十两现银后，竟然再一次枪声响起。

黄昏时分，一个佃户拖着一条死狗走进茂仁的院子。狗是前几日跟茂仁一同去张记杂货店结烟叶账回转时在关帝庙前与那条黄狗骚情打斗了半天的大黑。大黑身上中了一枪，紫黑紫黑的血濡湿了肚上一大片皮毛，枪眼清晰可见灿若桃花，肉红鲜鲜地翻出，淤血结在创口处黑晶晶发亮。

佃户撂下死狗掸了掸身上雪，将一张纸条递给茂仁。

是一张皱巴巴的香烟纸，上面歪七八扭地写着一行字：

老东西少（速）把我女人与孩子还我牢（饶）你一条命

福庚发现，老爷胯裆处颜色突然变深变黑洇出一块尿水落下……

茂仁离家上县城已经是二月尾，大地开始脱去寒冷的冬衣返暖还阳，庄前一溜儿沟坎里，朝北的一面虽还附着薄薄的雪，阳坡上朝南的泥土已黑油油地张开毛孔，星星点点的嫩草芽如小绿珠子似的悄悄顶破潮乎乎泛着阳气的地皮。

茂仁是在早上离家上路的。茂仁离家前翠姑分明感觉到了什么，脸黄白黄白，两眼里尽是游移闪烁的害怕。翠姑老是不声不响地跟着他，两眼直直地望着他，目光里极罕见地有一种苦巴巴的近乎哀求的神气。茂仁清楚地知道这一切，但他不看翠姑，始终埋着头继续默默地进行着所有上路前的准备。翠姑浑身一个劲地抖，怎么控制也停不下。翠姑在他临行前终于禁不住双膝跪地，两臂死死抱住了茂仁的双腿，哭道，求求你，别去，别去……

茂仁木桩似的站着，不看她脸。

茂仁抬眼看到秋宝，心里一柔，伸手过去在他马盖顶的头上摸了摸。

茂仁出门时，翠姑坐在里屋地上绝望哀哭的声音一直响在茂仁的耳里，使他脸上掩藏不住地流溢出一大片沮丧。

到县城四十华里，茂仁傍晌午就赶到了。

茂仁的骡子车是歇在丰乐客栈的。茂仁要福庚在客栈等他，自己一个人走了。福庚很不放心，他对老爷此行的目的始终没搞清楚。你如果是想结果那无赖，可以把教你打枪的黑衣人请回（茂仁在他付清了二炳的一百两银子后就把黑衣人辞了），他做这事会做得天衣无缝十分地道。你如果不是为这，而是想再一次求他，那就大错特错了，那个混蛋会让你人财两空。福庚问了不止一次，老爷始终缄默不语。福庚到最后索性不问了，由他去。

中饭是在翠花春吃的。翠花春是一爿百年老字号，茂仁进去拣了个干净桌面，要了一碟水晶肴蹄，一碟呛虾，一盘清笋干丝，一笼由翡翠烧卖、三丁包、蟹黄包、西沙包组成的精细杂色。茂仁享用时不断遇到熟人，不断点头打招呼。茂仁今日觉得他们都出奇地亲热，出奇地和善。茂仁慢慢悠悠地吃，吃得很香。茂仁感到这一天的口味比以往任何一次都好。茂仁临走时吃惊地发现，盘里碟里除了落下一点汤水，所有的都被吃得精光。

茂仁下午去了一下永盛米行，又去了一下李记绸庄。年前茂仁刚从李记绸庄量了一批丝绸布料，账还没结，茂仁今日把银子带来了。绸庄掌柜晓得茂仁素重言诺，见他今日特地送银子，很过意不去，连说，莫慌莫慌，改日给不迟。茂仁在李记绸庄小坐了一会，就出门去了永盛米行。永盛米行欠茂仁两百担米的银两，掌柜见茂仁进门，又让座，又奉茶，热乎得像腊月里的火盆子，容不得茂仁有半点的空儿开口说话。面对这十二分的热情和无微不至的款待，茂仁心里软乎乎，倒不好意思提那两百担米的银两了。——这事还是下次让福庚来办吧，茂仁出门时脑袋经冷风一吹，这么想。

茂仁离开永盛米行后就又回到街上。茂仁在街上走的时候突然下意识地仰了仰头。茂仁看到了灰蒙蒙西街尽头天空中的夕阳。茂仁觉得那夕阳有些古怪，颜色竟是黑的。茂仁从未见过黑色的太阳。茂仁使劲睁着发花的眼睛，竟觉得有些晕眩。

接着茂仁来到华夫学堂门口。福庚了解的情况不错，里面的确住着一营兵。学堂门口有站岗的，没精打采拿着枪，样子像晒蔫了的黄瓜。

茂仁没进去。每年正月华夫学堂搭台子演大戏，茂仁总要进去看两场。茂仁对里面太熟悉了。

茂仁再一次来到华夫学堂，已经是晚上，门口悬着的那盏羊角风灯昏昏地发着黄光，站岗的比白天多了一个，各背一杆枪，挨门口站着。茂仁给了他们一人一块大洋，就进去了。

院子里很深，房子前前后后十几进，黑森森的，屋顶的鱼鳞小瓦上落了霜，泛着清辉。往里，有一间房子还亮着灯，地点方位与福庚所讲的一点不差。很显然，福庚深知此事的重要，踏勘工作做得十分细实。茂仁扒着窗，果然看到里面有几个兵。兵们围着一盏洋油灯斗纸牌。茂仁借着昏黄的灯光，很快从那三四颗人头里辨出了二炳。茂仁发现他面前的桌上堆的银子最多，而旁边两个兵似乎输了不少并且有些怕他。二炳他们斗一会纸牌就抓起桌上的酒瓶往嘴上举。茂仁看到一个兵身子趔趔地站起，跌跌歪歪挨到床边趴下去了。茂仁见二炳脸亮光光的，一双眼睛十分精神地瞪着，似想再赌，可那个兵挺沮丧地一再朝二炳摇头。二炳冲他们晃了晃拳头，把大洋哗啦啦装进钱袋，一口吹灭油灯躺下了。

屋里灯一熄，茂仁什么也看不见了。

茂仁过了好久好久，这才依稀从那高高低低臃臃肿肿的黑影里找到二炳。二炳躺在铺上，黑乎乎像一只灰狼。不一会茂仁就听到那狼扯起鼾声。茂仁听到那鼾声望着那黑影，想象着自己走到二炳面前对二炳说，求你看在菩萨的面上，无论如何行行好别动秋宝的心思，千万别动。你动秋宝的心思就是要我的命！秋宝是我的儿，是我们家的血脉，我指望着他日后摔盆子烧纸呢，没他我见不了祖宗，你千万不能动他，你动他我就活不成！茂仁想象着自己跪下去抱住二炳的腿，求你了行行好，放了秋宝吧。银子我可以给你，给，给，这是家里最后的两张银票，共计八十两多一点，你拿去，都拿去。你不能缠着我不放。不能。你还要怎样？怎样？我再把……天爷老子哎，我再把翠姑让给你，总行了吧？这是我最后的一条路了，你千万别拿秋宝来逼我，你再逼我就无路可走了。好了，就这样结了吧？银子，翠姑，都归你，都归你，总该满足了吧？总该结了吧？……什么？还不行？

你怎么能还不行呀？

你怎么能还不行呀？

你怎么能还不行呀？

府上的人围过来了。一双双眼睛。尖利利的眼睛。翠姑。福庚。小莲子。还有秋宝……刚才的话他们都听到了？这些话千万千万不能让他们听到呀。你的丑事让他们知道得太多了。老婆被人睡了。花了无数冤枉的银子。种……人家的种？天呀，我的儿是人家的种，人家的种呀……

茂仁不知道什么时候把枪掏出来并握在手里了。茂仁浑身是汗像站在一片汹涌的大水之中。茂仁在一阵激烈的砰砰砰的心跳声中把枪伸进了窗口。茂仁突然怔住了。黑暗中，那狼的眼睛亮烁烁地睁着，直对窗口。

茂仁握枪的手发抖。

茂仁整个身子抖起，如风中的树叶。

"哗"地一声，狼一个鱼跃从床上翻起，黑暗中闪出一道亮光。茂仁只觉得身子猛地一震，一下跌入一片空洞虚无的深渊。

茂仁的感觉并不准确，因为事实上他不是一下跌入，而是慢慢屈曲，瘫痪，汩汩流血，最后才整个身子呈八字扑倒在冷冰冰的地上。

茂仁在他生命的血液即将流尽的那一刻，整个意识里所余留的，仍是那一声尖锐而空洞的枪声：

砰！

就在这天夜里，翠姑上吊死了。

翠姑是在茂仁坐着马车远远离开村子后把小莲子叫到屋里的。翠姑将一只早已准备好的青布包袱塞到小莲子手里，滴着眼泪央求小莲子替她把秋宝带走，带得远远的，越远越好，永远不再回来。包袱里是老爷这几年给她的所有细软，够小莲子与秋宝几年的嚼用。翠姑到最后跪下来抱住小莲子腿，求小莲子看在观音菩萨的面上无论如何把秋宝带好，今生没有机会，来世一定做牛做马报答！

翠姑是用的一根红腰带悬在卧室里那根横梁上上的吊。横梁挺高，翠姑搬了一张椿凳，椿凳上放上小机，小机上再摆一张小凳，然后轻轻爬上去。

翠姑临死前隐隐听到一阵马蹄声由远而来向这里逼近。冥冥中翠姑预感到这马蹄声与她有着某种关系。但翠姑已无法弄清它到底是怎么回事了，因为就在那一刻，她的脖子已伸进了绳套并蹬去了脚下那张小凳……

捕 捉

1. 电话

靠近三点,老游午睡起来,小便,洗脸,叼一支烟,蹬着自行车往文联骑。这是一辆永久牌自行车,至如今老游已骑了十年,早已油漆斑驳,灰不溜秋,骑一路响一路,咯吱咯吱。老游骑着它慢悠悠来到单位,下车把车锁上。

文联是一幢灰不溜秋的小楼,在整个机关大院,就数这幢楼最矮最小,最破最旧,整个看上去像个破衣烂裳的小脚老太婆。老游笃笃笃上楼,双脚在挂着"创作研究室"招牌的门口立住,手伸进裤子口袋摸钥匙。钥匙一大串,上面有许多早已作废却又无暇清理的无用钥匙,状态极像一大串透熟了的秋葡萄,足有半斤,老游一不小心,哗啦一下,脆生生动听悦耳地掉到地上。

老游打开办公室门。办公室里空空,与老游同一办公室的同事胡老头子没有来。胡老头子不可能来,都老头子了,每天上午来一下,喝喝茶,翻翻报,消磨消磨时光,下午就在家陪陪老伴带带孙子打打麻将。

胡老头子不来老游心里窃喜，他这下可以定定心心踏踏实实打一串电话了。老游下午三点钟起床，在家本可以从从容容与朋友通话，可在家打电话毕竟花的私家银两，而老婆因家里电话80%都属老游专用，一直觉得过分，因此制定政策：每月话费由老游缴！而老游每月工资到手向老婆上缴一笔铁定数字后，所剩无多，还要抽烟，还要泡澡，还要时不时心痒痒地一咬牙到发廊洗个头甚至敲个背什么的，这就使得老游在诸多生活琐事上不得不例行节约了。

老游将办公室门一关，点上一支烟，开始坐下来打电话。

老游第一个电话打给郑清。郑清是他大学同学，大学四年一直睡上下铺，彼此的臭袜子味都很熟悉。郑清如今混了个正处，虽说位置不算多高，同学中副厅正厅的都有，可在市委组织部，了得！是一艘标准的海下核潜艇。老游因此动不动对他来一句"苟富贵，勿相忘"呀，隔三差五骚扰他一下。

电话通了，老游开口就摔给他一句，郑大官人，忙什么呢？

是老游呀。在开会。

哎呀呀，现在什么时代了，你们怎么还搞文山会海那一套？

郑清笑，你小子，又站在高岸上说风凉话了。

岂敢岂敢，我们小民百姓哪敢对领导不恭敬呀。冒昧问一句，前两天就跟你预约了，今儿周末，郑大官人晚上不至于又有什么公务吧？

怎么，阁下想捣什么鬼？

你看看，一开口说话就这态度。你是领导，对领导我们敢捣什么鬼，无非不就是想巴结一下，请郑大官人赏光吃个晚饭呗。

又哪个？

不是跟你说过吗，刁大嘴。总不至于又没空吧？

噢，对不起，今儿我还真有事。

哎呀呀，你什么意思哎，请你吃饭，又不是逼你吃毒药，干吗推三阻四的？人家上个星期就请你了，你说有事，好罢，有事就有事吧，可今儿还不肯把光,这架子也有点太大了吧?

哪里哪里,阁下言重了。不过老游呀,你我老同学,不必绕弯子,坦率地说吧,我不想吃那个什么刁大嘴的饭。还有一句话我说了你老弟可能不高兴,我劝你从今往后少给我下套子,没事还是安安心在家写你的文章。

老游听郑清这么说话,心里不快活,郑公你应该是知道的,我这人最讨厌人在我面前指手划脚作指示。

郑清连忙打哈哈,你看你,又乱想了。

是的,我喜欢乱想。有什么办法呢,我们这些小公务员就这么个心胸境界。

又说远了。好了好了,你给刁大嘴说,那个事我会放在心中的,等一等我会想办法的,但干吗要吃饭呢?

你当然啦,肚里油水厚,一个晚上几处请,吃饭要像皇帝老儿翻牌子。

你别激我,你怎么激也没用,饭我肯定不去吃。

老游脸苦成了倭瓜,你这就让我太被动了,我都答应人家了。就在"又一春"。又没有别人。来吧来吧,吃过了还可以……

不能玩噢,我提醒你阁下,这两天正严打,你别往枪口上撞哟。

罢了罢了,别又给我上课,老游把电话往下一挂。

老游第二个电话打给桃子。

与前面相比,老游这次通话完全换了一种风格。对郑清,老游是直来直去,摔摔掼掼,有时甚至拖枪夹棍。可跟桃子,则一百八十度大转弯,一下变成了江南丝竹,委婉缠绵,低回温婉,其用词吐语,甚至每一个"嗯",每一个"呀",都不像从唇齿间发出,而是从油管里流出,细腻而滑溜。

你好呀桃子,想我啦?

死东西!下午打你手机为什么不接?

嘻嘻，在路上，没有听到哎。生气啦？

小气鬼，几角钱都舍不得花！跟你说的事办好呢？

哪那么快，人家华总这两天出差，电话里说不方便，我得等他回来跟他面谈才行呀。

你别跟我玩花样，你十有八九把我的事撂到脑勺后去了。

阿弥陀佛，你这可把我冤枉死了！这世上天大地大，没有你的事大，你就是借我个胆子，我也不敢把它忘了呀！

你别说的比唱的好听，你给我尽快办！

是，遵命！一有情况就向我的小桃子汇报！喂喂喂，你先别急着挂电话呀，我话没有说完呢。

有屁快放！

嘻嘻嘻……

又想作怪？

我，我想，吃桃子……

别想！

什么时候可以？

看你表现！

老游第三个电话打给华总。华总是北极云光电器集团的副总，一人之下，众人之上，大权在握。

华总，今晚的事没有撂到脑勺后吧？

今晚？什么事？

你看你，又跟我卖关子了，我说呀，现在的人就是没意思，位置一高，就变得假了。不错，你是大忙人，但我前天就跟你预约了，你怎么忘性这么大呢？

噢，噢，你是说刁老板请吃饭？

这不明明在脑子里装着？人家刁大嘴可是把你当作头一道菜呢。

哎哟，这就有点为难了，不是我推脱，今晚有两个客商在我们公司，我要陪客的。

你别给我编故事了。再说，即使有客商，你集团里不是有接待处？有公关部？他们干什么的？放心，少了你天塌不下来。况且，你不是一直想会会组织部的郑处长吗，今晚为了你，我特地把他拉来了，好了，人家来了，你阁下却来个缺席，像什么话？告诉你哟，以后我是不会再给你拉这个纤了。

华总在电话里笑了，了不得，了不得，我们游大作家的刀子嘴，都快赛过王熙凤了。好的好的，答应你，今晚皇帝老儿请我都不理，专陪我们游作家。还是又一春？

又一春。六点半。

老游第四个电话打给刁大嘴。刁大嘴是民营企业的一个老板，生意做了好几年，手里有一个很不错的公司，主营建材，有机会当然也搞些旁门左道，宗旨是只要赚钱。如今想往更高更大的山上爬，很想攀上一些头头脑脑，开拓一条地下通道。

刁老板呀，恭喜发财呀。

是游大哥呀，你好你好。晚上的事没有问题吧？

没有问题，全摆平了。华总本来要陪客商，脱不了身，我把他骂了一通，乖乖地答应了。郑处长今儿一早还没上班，我就跟他又通了电话，硬把他拖过来了。他是大忙人，虽早跟他约定了，但不三请四邀不行呀。地点不变，还是又一春。那一家环境挺不错，上次在那里郑处长吃得挺对胃口，不过他要我向你刁老板打招呼，晚上他先得去应付另外一个饭局，没法子，省委组织部来了几个头头，应付完了，立刻过来，不会太迟。你想找他的那件事，酒桌上谈。

还是六点？

推迟半小时，六点半。

让老哥费心了。

哪儿话，又不是一天的交情了。

老游第五个电话打给左大发。左大发何等了得，他是本市赫赫有名的款大爷，刁大嘴跟他比，孙子都算不上。左大户暴富后，举家迁居上海，但因家乡还有产业，经常回来客串。

　　老游电话一接通，就是一句老话，在哪呢？

　　上海，跟朋友搓麻将。

　　你那臭手，肯定又输。

　　就万把块，消消遣嘛。

　　什么时候回来？

　　怎么，想喝酒啦？

　　你还好意思说喝酒，上次请我们喝的茅台，假的！

　　瞎说，不可能。

　　绝对假的。

　　罢了罢了，上回不算，这次回来改喝五粮液，好了吧？

　　老游嘴里冒酒香了，什么时候？

　　过两天。到时提前给你打电话。

　　说话算数？

　　你这家伙，我哪次跟你放过空炮？

2. 桃子

　　桃子与老游通完电话，忍不住骂了句村话，×养的！

　　桃子到这城里已四年了。她老家在乡下，但心气很高，从小不喜欢做农活，对整天两脚泥一头扎在田里的父母不怎么看得上。桃子很小的时候就知道，在离家很远很远的地方有个城，有事没事，喜欢花几块钱乘坐农村长途公交车进城转转。城里的马路多宽多平呀，城里的楼房多高多大呀，城里人穿的多鲜多亮呀。转多了看多了，桃子心里就有了一种愤怒：都是人生父母养的，咱要脸蛋有脸蛋，要身段有身段，凭什么城里女孩乘轿车，住洋房，光光鲜鲜花姿招展，动不动进肯德基麦当劳，吃这个洋餐那个大菜，而我们却在乡下受穷？

其实桃子进城开始那几年运气并不坏，她一进城就碰上了左大户。桃子先是在左大户的一个门市部站柜台，每月工资1800。左大户看上了她，觉得她不光漂亮，更有一种难能可贵的清纯，不像城里一些女孩，虽长得好，但花里胡哨，一个个像小妖精，因此经常背地里给桃子钱，有时一高兴，还带她逛逛商店，买买时装。刚从乡下进城的桃子谈不上什么人生经验，但原始而质朴的生存要求以及乡镇小录像馆乱七八糟的片子所培养出来的简单而切实的价值观，使她清楚地知道如何面对眼前的一切。左大户样子并不好看，肥头大耳像个白面大馒头，脖子粗得赛过人家两个，但桃子觉得好看不好看并不要紧，男人光好看有什么用，好看能当衣穿能当饭吃？左大户凭啥被人叫"大户"？因为他有钱，很多很多的钱。他手中不光有厂，而且还有一座酒楼，一爿服装店，在本市商业街还有三个长期出租的门面，作为一个男人，这还不够吗？

桃子正当青春，自然怀着梦想。桃子悄悄注意左大户的老婆，她叫徐静，虽说是个上海人，也就皮子白些，也就脸仰得高些有点看不起人，长得并不好看。到后来，桃子还暗暗高兴地弄清楚了，徐静比左大户大，整整大上两岁呢。桃子觉得，女的比男的小才对，哪怕小上十岁八岁，怎么能大呢？桃子还有更重要的发现：左大户根本不把徐静当回事。你看他对她说话，腔调总是硬硬的，一副嫌烦的样子，有时还发脾气吵架，声音硬得像铁块相撞。每当这时，远远站在柜台后面的桃子，耳朵总竖得高高，想到左大户对自己说话时那种轻柔的声调语气，心里就禁不住暗暗得意。

因为左大户真心对她好，桃子也就不再扭扭捏捏，很快遂了左大户心愿，陪他上了床。左大户自然很满意，但满意之余开心之余同时又暗暗失望：刚从乡下进城的桃子本应是一片未经开垦的处女地，可不是，完全不是。桃子很会看人脸子，知道左大户心存疑问，就编谎哄他，你别瞎想哟,我是上初中时,一次体育课上翻单杠,下身疼了一下,膜子弄破了,裤头上洇了一大块血。当时我都不晓得怎回事。告诉你,我可是百分之百的处女哟。

桃子与左大户的事很快让徐静知道了。该知道了,再不知道就有点怪了。原因全在左大户,他也太大大咧咧了,动不动把车开到店门口,直通通地找桃子,不问什么时间,一点不回避。桃子开始还有些顾虑,可见左大户对什么都不在乎,完全一副老子天下第一的样子,也就把顾虑担心搁到一边,处处依顺着他了。

徐静知道后并没有闹。徐静没有闹,这让桃子很奇怪。按桃子的想象,这种事徐静不晓得便罢,晓得了,第一要跟左大户吵架,第二要甩她桃子的嘴巴子。可是徐静并没有。徐静在人前什么话也不说,徐静看都不看桃子一眼。徐静冷冷的,像一块冰。徐静这样,反而让桃子搞不清深浅,心里虚虚的,怯怯的。

这之后不久,桃子就被辞掉了。

为什么?桃子冲左大户轮起眼睛。

为什么?桃子眼里满是泪。

左大户不看她,哼哼道,这表面上是坏事,其实更便于我们在一起,天大的好事呀。接着安慰道,没事的,没事的,我都跟黄强说好了。黄强知道吗?是做灯具生意的,跟我从小一起玩的,靠得住的朋友,你到他那里上班,工资还是1800。另外,我给你找了一处房子,一年的房租我都缴掉了,条件还可以,你先住着。这是一张银行卡,上面有几万块,你直接用。生活上有什么难处,随时找我。

桃子盯着他,你就这么怕她?

左大户头微微仰起,口角抽动了一下,似笑非笑,怕她?随即哈哈大笑,是的是的,我怕她,我怎么可能不怕她呢?我打又打不过她,骂又骂不过她,我他妈的挣钱又挣不过她,我怎么会不怕她呢?

桃子早就认识老游了。左大户钱多了烧得慌,动不动请客,隔三差五地请。为什么请客？请的哪门子客？桃子搞不清，桃子也没法搞清。左大户多复杂的人啦，凭她桃子的那一点点小脑子能把他搞清，那岂不怪了。那段时期，左大户跟她关系特密，对谁也不避，逢到请客，总把她捎上。桃子跟了几回就发现，被左大户请的这批吃客虽流水般地转，但有一个雷打不动，每次必到。这人瘦瘦的，戴一副眼镜，嘴特别能说，好像跟谁都熟，跟谁都是挺热乎的朋友，桌上客人对左大户几乎没有一个不客客气气，唯独他动不动拿左大户逗乐子，开玩笑，拍肩打膀的，有时还在一杯酒两杯酒上较量一下，这人就是老游。

桃子本以为老游是左大户生意场上的朋友，原来不是，他在市直机关一个叫文联的单位工作。文联是什么东西？它跟乡政府镇政府比谁高谁低？桃子一点不懂。可桃子不敢小瞧老游，因为听左大户说，老游会编书，会写文章，就是人们说的作家的那种。桃子早年上学时捧着语文课本心里曾想，那些把文章写出来印在书上让人看让人读的人多了不起呀！没想到，今儿竟让她碰到了。

接下来桃子很快发现，老游是个脸皮很厚的人。就那次酒桌上碰过一次面，老游居然老熟人似的，经常踏着自行车到她店里找她，跟她逗闹说笑，隔三差五还带一两本言情小说给她看。桃子平常并没有看书习惯。桃子把老游送来的书选着跳着看完，往老游面前桌上一掼，撇嘴指责，作家怎么就写这些东西呀，下流死了！老游就寻她开心，我是让你长长见识，你不能把我的好心肠当作驴肝肺呀。

桃子真正跟老游近乎起来，是左大户举家搬迁到上海之后。老游早就把桃子看做一只甜蜜可人的鲜桃了，左大户既去了上海，老游自然施展起他最擅长的老鹰捉小鸡的绝活，一步一步向桃子进攻。桃子当然不再是刚从乡下进城的乡妹子，桃子这两年长大了，他把老游的那份鬼心事看得透透的。但桃子觉得老游这人其实并不十分讨嫌，尤其一条，老游生意场官场上朋友不少，日后碰上个什么事找他没准儿还挺有用，跟他好起码没有亏吃，于是慢慢地就向他敞开了门户。

桃子对于在黄强店里站柜台并不怎么满意。黄强不是左大户，每月除了1800，一文不可能多给。桃子觉得光靠人不行，靠人只能靠一时，不能靠一世，要得腰板硬，自己必须干点儿事。刚巧这时，桃子认识了小龚。小龚早她几年进城，做生意虽没有成功，但世面熟，脑子活，便给桃子出谋划策，追你的那个老游不是本事大嘛，你去问问他，有没有企业界的朋友，注意，最好国有大型企业。你不晓得呢，大企业总有些外包工的活儿，里面油水很大，你只要逮住一个，我帮你一转手，包你发财！

桃子知道老游跟华总关系不一般，华总是北极云光电器集团的副总，手下肯定有小龚所说的那种活儿。你老游要钱没钱，要貌无貌，动不动占我便宜，凭的哪条？你今儿个怎么说也该给我卖点力了！

因此这段日子，桃子死死盯着老游，动不动打电话追问。

桃子心中有一句话——

这事你要不给我办，往后别想碰我身子！

3．华总

华总与老游交情深厚，是因一段笔墨情缘。九十年代初，华总在北极云光电冰箱厂（北极云光电器集团的前身）仅仅是厂办的一个小干事。北极云光是市里家电行业的龙头老大，改革处于同行业前列，身在厂办的华干事刚好有个舞文弄墨的嗜好，因此经常将厂里的改革举措写成通讯或报道，往市报省报寄，隔三差五也能发上一两篇。而老游那时刚提拔为创研室副主任，正打着文联旗号主办一个全市范围内的文学创作学习班。老游早就晓得北极云光电冰箱厂有个华某，写作热情很高，因此想方设法转着圈儿与他联系上，大红请柬发过去通知他参加。华干事接到请柬，感激涕零。他早已知道文联有个游作家，写诗，写散文，出版过不止一部长篇小说，电视台对他作过专访，是本市文学界响当当的一个角儿，华干事早想拜见他了，只恨没有机会。华干事虽出身布衣，父母都是普通工人，但心气一向很高，目光一向远大。立足现实，华干事摸清了重要一条，北极云光厂党委书记一把手，是干宣传工作出身，对媒体这一块非常重视。华干事因此坚信，只要自己墨海苦航，多写些宣传北极云光厂的文章，不久的将来定能踏上新的高地。而游作家虽没有实权，撑死了文联一个小科长，但他跟新闻媒体报刊杂志很熟，想发篇把文章，绝不像他华干事要走很多弯路。果不其然，华干事跟老游混熟后，经他帮忙，很快在市报省报及相关的行业性报纸上发表了一连串文章。而这时，刚好又赶上企业改制，北极云光厂变成了北极云光集团，轰轰烈烈，喜事不断，华干事一路鼓噪呐喊，这就使信誉本来就很不错的北极云光集团越发名声大振，省市电视台络绎上门，报道，采访，做专题片，一时名闻遐迩。集团老总就是原来的党委书记，他乐哈哈地对大家说，干事业嘛就得这样，仅仅黑皮灯笼里面亮，成何体统？华干事于是一家伙被调到直属集团领导的宣传部任副部长。华部长颇有现代意识，你给他一份付出，他必给你一份回报，这回报纵然一时无法兑现，但早晚他总补上。就说九六年，老游三文不值二文搞了个书号，编一本企业报告文学集，找了十家企业，每家出资一万。华部长被逮住，老游狮子大开口，一家伙要五万。五万也太多了，不就登一篇宣传北极云光集团的报告文学嘛。但华部长最终还是替他争取了三万。华部长是在去年坐上副总位置的。做了副总后，老游又狠狠招惹了他一次。省电视剧制作中心要拍一部连续剧，到处寻找投资商与广告单位。老游逮住华总，要给八万。华总毕竟上任伊始，处处还得小心为妙，因此有些顾虑。可老游哪里答应，直接进攻，你怎么官越大倒越小气了？八万又不是八十万，何况还给你们插播那么长时间的广告，就那么难？华总没法，最终还是给了。华总晓得老游从他这里弄了不少钱，华总想，你弄也无妨，反正你不弄他弄，是水总要流到一个地方。只是，你得了那么多，总得为我再做点事呀。华总觉得自己作为一名现代企业家，除了具有经营业绩，还应具有理论建树，要达到这一目标，捷径一条：弄几篇论文发发。而这事正是老游的长项。一次在休闲中心洗澡，俩人躺着，华总就对他说了。老游一听要他写论文，立刻面有难色，两眼直翻道，这有些难办，这就等于明明是只公鸡，却要它下蛋，怎么做得了呢？华总哪肯放过，你别给我念苦经了，天下文章都是人做的，你游大作家那么高的学问，什么样的文章做不出？你放心地写，这两年我也认识了好几家期刊主编，写了包用。另外，我不妨给你说个大话，他们给你发多少稿费，我华某拍双补上，写一篇再额外犒劳两条扁555，总可以了吧？老游牙痛似的哼哼，扁555不行，起码红中华。华总见他答应了，自然也爽快，好，好，红中华就红中华。到最后，老游不光给写，而且左一篇右一篇，写了好一些，大有点"乱花渐欲迷人眼"的味儿，华总的大名接二连三在企业管理及经济改革类刊物上亮相，把个华总搞成了编外学者特聘教授，时不时被这一所大学那一家企业请去作报告，从而在全市乃至省里赢得了现代学者型企业家的称号，市领导还给他颁发了"当代优秀企业家"奖状。当然，老游也挺开心。妈妈的，什么狗屁论文，现在报刊上这种玩意多的是，你只要一把剪刀一瓶糨糊，一天十篇也做得出，稿费还乐得以一乘三，外带好烟源源不断，更重要的一条，他华总从今往后纵飞得再高，总有线绳在我手中捏着，找他办事，量他再也不敢回牌。这种一箭三雕的好事，呆子才不愿意干呢。

除此之外，老游帮华总还做了一件事。华总花八万元进入G大学经济学博士班深造，可学业期满面临考试，华总头疼了。华总不是学不会，华总实在太忙，整个学习授课他只去过开头的两次。没法子，华总于是请老游喝酒洗澡。他小子就好这，华总早把他的脉搭得准准的。你别说，文人虽说没多大本事，但在字墨相关的这些事上还就顶用。你说古代达官贵人养那些清客干什么？不就图的一时之需？果不其然，临到计算机与外语考试，华总人都没有到场，老游却顺顺利利替他把大红的经济学博士证书拿到了。

4．又一春

又一春门面并不豪华，但"骨里肥"。第一，在这里你可以吃到许多在别处吃不到的好家伙，比如猴脑，河豚，穿山甲，娃娃鱼。不光吃得痛快，而且包你正宗，安全。第二，这里软件设施好，小姐都挺嗲，挺可爱，可以陪你喝酒，陪你唱歌，酒喝起来左一杯右一杯，流水不断，你要一来劲想把小姐拉到怀里亲一下摸一下或做点什么，小姐不光不会拉长脸让你扫兴，相反乖巧可人得像只小羊羔。

第一个到的当然是刁大嘴。刁大嘴今儿请客，主要请两个人，郑处长，华总。刁大嘴这两年生意做大了，纰漏也闯大了，偷税漏税十几万，上面查下来了。刁大嘴从老游那里了解到，郑处长跟地税局的头关系挺熟，很想请他帮帮忙。至于华总，他是北极云光电器集团的老总，虽不是一把手，但毕竟有他的势力范围，刁大嘴凭着他那蜗牛触角一样天生敏锐的特殊神经了解到，北冰洋集团最近正着手进行办公大楼改造，而偏巧，这事正属华总负责，刁大嘴做梦都想吞下这块肥肉。

办酒容易请客难，约的是六点半，刁大嘴在大厅里一直坐到六点四十才看到老游推开玻璃门进来。

怎么，都还没到？老游一边往里晃，一边问。

还没到，不着急。刁大嘴殷勤地递烟给老游。

等到六点五十，华总来了，刁大嘴笑嘻嘻站起来迎接，让座，喊小姐上茶。

又是一根烟抽完，看看表都已七点十分。刁大嘴觉得时间已经不早，再等对华总有点不恭，但要是先吃起来郑处长来了又不像话，左右为难。老游知道刁大嘴心思，边掏手机边说，老郑怎么搞的呀，我来再打个电话催催，看他走到哪儿了。嘴里说着，两脚往开晃了晃，装出拨

号的样子,其实根本没拔,手机贴在耳上,高声大气道:

"郑公呀,你到哪儿啦?你真比梅兰芳还难出台呀。告诉你,我们等了将近一小时了,真是贵人来迟呀!——什么?来不了了?开什么玩笑呀,不是跟你说得好好的嘛,六点半,又一春?你说说,什么事?噢……噢,就这事?什么大不了的,就不能推一下吗?人家刁老板今晚特地宴请你,我还给你把北冰洋集团的华老总请来了,难得一起聚聚,你这就太扫大家兴了。真的脱不了身?唉——,好的,好的,我来代你向他们打招呼哎。不过,光空口打招呼是不行的,改日你要请我们喝酒!好的好的,你忙你忙,再见再见!"

手机盖合上,老游向刁大嘴和华总手一摊,不好意思,刚才的话你们也都听到了。人在江湖,身不由己,官场也是一样。

刁大嘴说,没事没事,改日等他有空再请,今儿我们聚聚也蛮好。

华总不说话,两眼望着老游。

老游已三四天没打牙祭了,嗓眼里一阵阵满馋水,扭头高声喊,小姐,上菜!

5. 幽 会

左大户是自己一个人开着车回来的。左大户在上海忙生意忙应酬忙乱七八糟的事忙烦了忙厌了,每当需要从硬硬的茧壳里钻出来嘘一口闷气再吸上两口新鲜空气时,他就回来了。上海高天阔地,市场广大,生意确实比Y市好做,两三年下来,新老客户发展了好一批,商界也交了些不错的朋友,但不知为什么,左大户内心深处总有一种飘忽,一种虚浮。左大户不满意这种状态,非常不满意。论发财,早发了,住的是别墅,开的是名车,喝的是好酒,正宗上海佬一百个站出来九十九个不及你!可是不行,就是有一种虚浮,骨子里头的虚浮,挥之不去,驱赶不掉,时不时冒出来咬你一下,败坏你兴致。到后来,左大户索性给自己找了个台阶,中国不是有句老话,一方水土养一方人嘛,在上海你再有钱再成功,毕竟是个外来户,你的根在Y市呀,Y市才是你的衣钵地!因此左大户过一段日子就回来一下,再过一段时间又回来一下,雷打不动。左大户每次回来都是一个人,自己开车,独往独来。徐静自从离开Y市回上海后(这一直是她梦寐以求的事),似乎就与Y市划清了界限,一直没有回来过。左大户并不怪她。左大户知道自小在上海长大的徐静不可能喜欢Y市这样的小城,婚后短短几年的生活不仅不可能改变她对江北人偏狭的看法,相反只会更强化她的"大上海主义"。左大户觉得这样也好,这样,你在上海,我到Y市,各得其所,各具其乐,彼此倒也自在。

老游自作聪明,以为左大户每次回来第一个电话都打给他,其实根本不是。左大户回到Y市一家星级宾馆住下,所有重要的事情做完,有些无所事事了,这才跟他老游联系。

桃子每次接到左大户电话,都不敢怠慢,立刻骑车赶往宾馆。此刻桃子已陪左大户睡过,开始坐起来穿衣。左大户摸着她腰上细白的肉说,忙什么,再陪我躺躺嘛。桃子不答他,系上胸罩纽扣,将一件米色圆领内衣往头上套。左大户到这时才发觉,今儿桃子从进门到现在一直郁郁不乐,脸上有一层阴影,就拉拉她膀子问,遇上什么烦心事啦?

桃子仍不说话。

左大户无可奈何地点烟,猜想着桃子近期的生活。

不一会,桃子从卫生间出来,在窗口沙发上坐下。

左大户发觉桃子哭过了,眼角湿湿的有些泪。

哎呀呀,怎么啦?你说话呀。

桃子低着头,用纸巾拭眼角。

是不是没钱花了?没钱跟我说。

桃子低着头含泪道,我爸老毛病又发了……

左大户打个哈哈,发了再治嘛,说,要多少钱?

医生说拖不得了，这次非做手术不可，要预交两万。

左大户嘘了口气，哎呀呀，不就两万块钱的事嘛，跟我说好了，犯得着这么丧着脸哭鼻子？

桃子泪又下来了，我晓得你对我好，可这样子跟你在一起，我心里总不踏实。

干吗不踏实呀？左大户声音提高了八度，我跟你说过不止一次，路有两条，一条路，就这么跟我过下去，委屈是有些委屈你，但我左大户不是那种没心没肝的猪狗，你桃子只要待我好，我绝不会亏待你。第二条路，去找个如意郎君结婚，找好了告诉我一声，嫁妆我给你办，绝不会差。

桃子撇嘴撒娇道，除了你，我能找什么人？

左大户笑了，这就蛮好嘛。

6. 幕后交易

刁大嘴终于把北极云光电器集团的办公楼改造业务拿下了。刁大嘴觉得这事还得感谢游大哥，没有游大哥，他认识不了华总，这笔业务他八辈子也沾不上边。刁大嘴做生意做了七八年，总结出一条，生意场上待人接物，当精明时要精明，当厚道时要厚道，否则生意做不好。他游大哥虽没有什么实权，可他同学多，关系硬，平常你只要隔三差五请他喝个酒，洗个澡，逢年过节再送上几条烟，你遇上什么麻烦请他帮忙，保管顶用。朋友之间，玩的就是交情。

但那天在又一春的酒桌上，刁大嘴一开始向华总提出想在他手下做点业务，华总哼哼哈哈，含糊其辞，似乎有点不大乐意。直到后来洗过桑拿，刁大嘴陪华总躺在包厢里喝着龙井，老游到按摩房享受去了，刁大嘴对华总又说了几大箩热乎乎的话，华总才对他透出话道，刚才酒桌上我没答应你，是有些话不方便说。你刁老板不知道，他老游最近也正缠着我，想从我那里撬一点业务，我没答应他。刁大嘴听华总这么一说，心里不由一哆嗦，但嘴上却说，噢，原来是这么回事。不过，游大哥也不是外人，你方便就把一点给他做做好了。华总笑，他做？他除了能写点不值钱的文章，还能做什么？他是给人拉皮条，从中捞回扣。可是，我们这种国有大型企业，一切都得规范，让他弄个不三不四的人来做事，出了纰漏，我不是自己给自己掘墓吗？刁大嘴一颗心落回肚里，连忙给华总递烟点火。刁大嘴身子侧起，头靠向华总，正想把要紧的话说出，包厢门推开，老游身上的条纹浴衣一飘一飘，一脸疲惫和舒坦地晃进，只得把话收住。华总两眼瞄住老游取笑，我们游老兄就是会生活，总能不失时机地风流潇洒一下呀！老游满脑子都是与小姐在按摩房里做爱的细节，懒得搭理，脸上一派满足的笑，沉沉地往沙发床上一倒。

　　刁大嘴与华总最终把事情搞定，是在惜余春茶楼。此前刁大嘴已找了华总不止一次，可每次谈到要害处，华总嘴上虽说问题不大问题不大，但就是没有一个准说法。刁大嘴知道要把这锅饭烧熟，还得加上一把火，没有这把火，任凭他什么人都不行。因此在惜余春茶楼最里面那个僻静包厢里，刁大嘴从皮包里掏出一只饱满硕大的牛皮信封，轻轻杵到华总面前。华总哪里肯收，哎呀呀，你刁老板也太见外了，不可以这样，不可以这样。推推拉拉半天，最终还是收下了。

　　这之后，刁大嘴又跟华总大大小小做了几笔生意，煤，铝锭，草皮花木，着实赚了一家伙。刁大嘴极懂规矩，每次都是一如既往，及时奉上一只饱鼓鼓的牛皮纸大信封。不过华总对刁大嘴一再叮嘱，日后所有业务上的往来，都不要向老游透露一丝一毫。刁大嘴心领神会，胸口拍得咚咚响，请华总一百个放心，一千个放心！

　　北极云光电器集团的业务拿下了，刁大嘴接下来解决令他头疼的税务上的麻烦事。刁大嘴本来税务部门有靠山，可没想到那位老哥年前出事，戴了铐子。刁大嘴偷税漏税十几万，并不是一个多大的数字，可加上几倍的罚金，就吓人了。那天在又一春请郑处长喝酒，郑处长忙，没有赏光，之后刁大嘴又专诚请了两次，可郑处长都回说没空，总是不肯大驾光临。刁大嘴琢磨来琢磨去，觉得还是自己方法不对。你想，郑处长什么人？郑处长是政府官员，在组织部供职，经常大会小会抛头露面，他不认识人家，人家能不认识他？如果不注意身份，不注意影响，随便进出宾馆酒店娱乐场所，让人看到怎么办？刁大嘴这么一想，全明白了，于是转过头来又请老游吃饭喝酒洗桑拿。

怎么，你要上门？老游问。

刁大嘴哑哑嘴面露难色，没办法哎，请他吃饭他又不肯赏光。

你打算送什么？老游问。

我就是搞不清，想请游大哥仙人指路。

老游在沙发上翻了个身，我说你算了，我跟老郑什么关系，我对他还不了解？他是不会收你钱的。他不缺钱。

那就没法子了？

也不能这么说。你不懂，这官场不同于商场，官场有官场的游戏规则，官场打的是太极，凡事急不起来，你要给他时间。

刁大嘴觉得游大哥说得在理，只是这事拖不起，到了期限，罚金不缴，税务局的霸王眼睛一翻，没准儿再给他翻番。因此刁大嘴一口一声游大哥，你就把他府上的门牌号码告诉我，哪怕是碰一鼻子灰，你就让我试一次吧。

老游吸着烟，一副很无奈的样子。好吧，我给你指一个路子，不敢说百分之百有用，但只能说是试试看。

太感谢游大哥了，游大哥对我的大恩大德永世不忘！

老游眼珠在镜片后面转了转，你有没有搞字画的朋友？

字画？刁大嘴本来就很大的一张嘴，张成了大瓢。

对，字画。

刁大嘴脑子一激灵，你是说郑处长喜欢字画？

字画是什么？字画是一种艺术品，其价无形却又有形，出手可大可小，可高可低。我的这位郑兄，平生无他嗜，就好个字画。越是有名的，越是离现在远的，越是爱得要命。这如今，送钱土了。送字画不是送钱，不属于行贿受贿，送者好送，收者好收，风雅又不扎眼，多好！

刁大嘴经他这么一点拨，喜得就差下跪磕头了。隔了两天，按游大哥的指点上了一趟郑处长的门，事后不到一周，税务上的那点麻烦果然全部解决。

在此需要补充说明的是，刁大嘴书画上一窍不通，没法，还是拜托的老游。老游做这种事小菜一碟，跟搞书画的朋友拿了一张，价码五万，跟刁大嘴说成六万，厚沓沓一百张老人头进了腰包。刁大嘴花小钱办大事，何等开心，之后又夹了两条红中华向老游叩谢。

7. 下 棋

不下了不下了，老游将捏在手里的棋子丢在桌上，用手推推眼镜说。

瞎说哟，我都憋了多少天了，才下两盘，怎么就不下了？下下下！至少再下五盘。左大户撂根烟给老游，急猴猴地摆棋。

滥下，不好玩。老游说。

才下两盘，怎么叫滥下？

两盘正好。

两盘太少！

老游摇摇头，我真不想下了。

咋回事呀，你小子怎么越来越像个小女子扭扭捏捏的了？

老游翘翘下巴，不是我扭捏，是你那棋太臭，下得我打瞌睡。

又吹牛了，阁下也就赢了我两盘哎。

老游撇撇嘴，你老悔棋。

瞎说，那是明车。

明车也不能悔。

好好好，不悔，不悔。

输赢还得来点赏罚。

左大户笑了，好，来点赏罚。还是老规矩，一盘一包烟。

一包红中华。

好的好的，我马上给你一条就是了。

老游来了精神，你可说话算数？

绝对算数，你着急，现在我就拿给你。

急倒不急，只是怀疑，你这里是不是有整条？

左大户起身打开壁橱，手伸进去摸了一阵，转过身，卟！一整条红中华撂到床上。

老游笑了。

棋摆好，俩人又下。左大户确实瘾大水平差，心力似乎都在生意上用尽了，棋技就比老游逊一筹，才到中盘就开始悔棋，老游不答应，俩人吵。客房的服务员被惊动过来，以为发生了什么事，见是下棋，不好意思地连道"对不起对不起"，退出去。下到晚，一共下了八盘，左大户只赢了两盘，其他都是败绩。虽输了，但很开心。左大户隔三差五从上海回来图的什么？图的一个放松，图的一个好心情，输赢在他本无所谓。棋瘾过完了，左大户还想过过牌瘾，就对老游说，也不早了，你打电话叫两个人来喝酒，喝过酒打牌。老游坐着不动，眼睛在镜片后面转了转，声音低下道，今儿就不能换个节目玩玩？左大户自然明白他的意思，故作不解问，有什么好节目？老游立刻来了神，去唱歌呀！头往左大户跟前凑凑，告诉你，水仙花歌厅前几天换了小姐，一个个要盘子（脸蛋）有盘子，要条子（身材）有条子，绝对好家伙！左大户微笑摇头，没多大意思，没多大意思。老游见他没兴趣，就刺激他，你现在废掉了？怎么一点激情都没有？要不要找个老军医治治？左大户心里暗笑，这个骚公鸡一定是憋得难受了，他哪晓得我一回来就跟我的小桃子玩过了呢？嘴上却笑道，废掉还不至于，不过找小姐实在是令人腻味，提不起劲。老游怪声怪气奚落，算了算了，前两年天天晚上泡歌厅嫖小姐的是哪个？还好意思说这种话呢！左大户仍旧摇头，真的没多大意思，现在的丫头一个个都是狐狸精，除了想掏你腰包，没半点真心待你。老游奚落道，哟，没想到一向牛皮哄哄的左大户也学会算小账了。罢了罢了，今儿我请客，总可以了吧。左大户摇头苦笑，不是这个意思，我实在是觉得无聊，玩的时候确实很疯，但玩过了想想，一点意思没有，傻瓜一个。老游怪没趣地打起哈哈，噢，原来如此，想不到我们左老兄成了超人了。左大户撂根烟给他，你过奖了，我哪有那么高境界，跟过去差不多，除了搂钱，剩下的就是稀里糊涂地过，有时简直如同做梦，都不知道在干什么。老游一听这话，又眯眯笑了，你这话算说对了，人生如梦，本来就不必太认真，能快活时则快活嘛。跟你说呀，水仙花有个湖南小姐，身高一米六五，包你看了走不动路！左大户问，你认识她？老游答，当然。左大户说，那这样好了，你打个电话给她，喊她过来吃晚饭，我这里有的是房间，你要怎么快活就怎么快活，不就得了？老游两眼发亮，但又迟疑，这，这不大好吧？左大户这一下反过来奚落他了，喽，还是你不行吧，我代你花钱，还免费提供房间，你却吓得往后缩了。老游嘻嘻笑着直摇头，不能莽撞，不能莽撞，那个丫头鬼精，我跟她玩了几次，没敢向她透露一丝一毫我的底细。弄到这里玩，万一被她发现什么蛛丝马迹，日后不高兴，敲起我来，我不要跳河？罢了罢了，还是慎重为妙。左大户见老游最终钻了自己套子，忙说，就是嘛，今晚还是弄个酒喝喝，打打牌，不要心花花的呀。老游并不死心，盯着左大户问，那就今天打牌，明天唱歌。我们就明天下午去。下午人少，包厢多数空着，很安全的。左大户权且漫应，先打牌，明天再说，明天再说。

什么再说，一言为定！

好好好，一言为定。

8. 代　价

　　桃子思来想去还是一咬牙，将左大户给的两万块合上自己的积蓄在西门大街租了一个店面开了一家美容院。店面稍事装修后立马开张，交给小龚经营。桃子觉得在黄强店里站柜台也好，陪左大户睡觉也罢，都是露水关系，要想在这个城里立稳脚跟，就得要有自己的根。桃子相信自己的眼睛，小龚虽说没有钱，但脑子活，经的多，对这城里角角落落的事都知道，尤其重要的一条，他体贴桃子，理解桃子，对她桃子真心实意，绝不是只想讨个便宜取个巧。美容院不要多大投资，就买几张按摩床，安几面大镜子，门口立一个蓝白条纹不停转动的柱形灯箱，至于洁肤水、摩挲膏、洗面奶，以及各种各样的洗头液，先买一批，之后可以陆续进。美容院生意的好丑，关键在丫头，丫头脸盘子好，长得亮，再风骚，这生意就火了，至于什么美容水平，护肤效果，都是活见大头鬼。而桃子偏偏又运气好，从她老家跑到这城里做美容行当的女孩很多，桃子不费事就从那些店里挖来两个。再有一条，黄强那边门市部关门早，而美容院生意主要是在晚上，春夏时节有时做到下半夜，桃子白天把店撂给小龚，晚上下班吃过晚饭刚好过来顶替，两头不耽误。

　　桃子对老游真的有点来火了。那次电话后，他跑到她住处不止一次，除了想睡觉，没别的事。桃子想，你要跟我睡，可以，但要作些贡献。你红口白牙对我说，跟华总不是一般交情，我就不相信，北极云光电器集团那么大一个单位，大生意我也不想，边边角角的小生意多的是，可你怎么一个都没给我找来，成天说的比唱得好听，一来就想往床上爬，公狗似的，天底下哪有这样的好事？

　　一日，美容院遇上一件麻烦事，小龚跑了许多腿解决不了，到最后出于无奈，桃子只得硬着头皮找老游。

老游没想到桃子打电话给他，无比兴奋道，哎呀呀，是桃子呀？我一次次打你手机怎么不接？你在家吗？我这就过来？

桃子正在宿舍，却故意骗他，我们这些苦命人，哪有你们悠闲呀，我在上班呢。不是我不接，是我人机分离。我找你有事呢。老游以为还是那件事，就说，我知道我知道，我跟华总说了，没什么大问题。你不能急，心急吃不得热豆腐。

桃子忍不住打断他，你别骗我了，这话我都听了一百遍了。

老游急了，我怎么骗你啦？我从来没有骗过你呀。华总真的答应我了，年底办年货，让你做一笔，绝对不会假。

桃子心一下跳起来，他真答应了？

哎呀呀，我的桃子，你怎么这么不相信人呀？

桃子只觉得太阳从西边出来了，连忙腔调柔和下来，好的好的，我相信你，我相信你。你放心，我桃子不是木头人子，你只要真心帮我，我会好好待你的。不过，眼下我遇上一件麻烦事，左想右想没有办法，你游大哥官场上熟人多，朋友多，还要你伸手搭救一下。

什么事？

是这样，我的表哥——就是上次你在我宿舍碰到过的小龚，他开了一家美容院，生意做得规规矩矩，照却被公安上收去了。我表哥跑了几趟，要不回来。

老游沉吟了一下，缓缓道，公安上的事有点复杂。这样吧，中午我到你住处，你把详情细细对我说一下，我给你想办法。

桃子知道他卖关子，但又拿他没法，只得答应，那我在家等你了。

老游吃过午饭，一向雷打不动的午觉都没睡，踏着咯吱咯吱叫的破自行车来到桃子住处。桃子故意怪他，你这人也真是，不到我这儿吃饭说一声呀，害得我等了半天！老游眯眼笑道，我的小乖乖，真的等我啦？搂着桃子就要亲。桃子推开他，别猴急猴急的，你不看我正在收碗？老游嬉笑道，收碗有什么要紧，收过碗可以再吃嘛。桃子知道他说

- 268 -

的下流话，就不睬他。碗收完，桃子在水池边洗着手问，你公安上到底有没有熟人？老游心不在焉，熟人？什么样的熟人？噢，我倒忘了问你，是不是小姐接客被逮住了？现在严打，出这样的事不好办呀。手又去拍桃子屁股。桃子不高兴，你说的什么话哎，你怎么动不动就把事情往龌龊地方想？我表哥的美容院刚刚开张一个月，也就做做美容和保健，是他没去孝敬服侍那帮龟孙子，龟孙子们故意过来找麻烦！老游云云雾雾，什么话都听不进了，急猴猴道，上床再说上床再说。桃子不答应，你每次都这样，也不管人家心里急的。老游满打满包道，急什么急，不就是这么大点事吗？包在我身上！桃子对他的话不可能放心，紧盯着说，你别糊弄我呀，这事你再跟我打水漂，我可饶不了你！老游头仰了仰，打着哈哈道，哪里话，公安局我有同学在那里，一个电话打过去，立马解决。先上床，上床再说嘛。两手直往她衣服里伸，解她胸罩扣子。桃子想到小龚，有点犹豫，嘟着嘴道，不行嘛，我"三号"还没有走尽。老游哪肯放弃这样良机，嘴拱到桃子耳边央求，别骗我了，都多长时间不跟你亲热了，想死我了！桃子被他缠不过，只得把门栓死，脱衣上床。

9. 世上总是藤缠树

郑处长被老游左一个电话右一个电话打得头疼，问什么事，他又不讲，只说要面谈。郑处长迫于无奈，到最后只得答应上班前在家等他一下，只能一刻钟，过期不候。郑处长想，这大学同学四十多个，亏得像老游这样难缠的只有一个，要不然，简直不能活了。老游太难缠了，他不光动不动拿事情找你，而且稍不满意，还眼睛一翻，百般挖苦怪怨。郑处长给他办过的事不下一火车，可越办他的事情越多，越办他的胃口越大。你是一个作家，你在文联搞你的研究写你的作品算了，揽那么多乱七八糟的事干什么？不错，给人家办事，人家会请你吃吃喝喝送点香烟老酒，可你要晓得，这砸你的牌子。你在你那个圈子里毕竟是个人物，你在市报省报乃至全国性报刊登过好多文章，你要爱惜自己的羽毛。可这话郑处长一直压在心里没对他说。长期以来，对老游这种难缠的角儿郑处长也发明了一套对付方法：太极拳术。不论什么时候，郑处长手机一响，只要见是老游的号码，就一家伙说得很远，在省里开会呢。可老游锲而不舍，总追着问，什么时候回来？郑处长感到头疼，只得糊弄他，说不准呀，大概两三天吧。两三天后，老游又打电话找他，真是躲了初一躲不了十五。郑处长知道，总这么一味躲着不是事，哪天被他撞上，没准儿他的脾气比你大。

老游踏着破车，准点赶到郑处长家。

坐在客厅沙发上，老游大腿跷二腿，也不客气，取过郑处长撂过来的一包红中华，三把两下拆开，抽出两支，撂一根给郑处长，自己叨上一根。

什么事，说吧。郑处长开门见山。

老游笑了，你看你这家伙，好像我找你除了谈事，就没有别的话好说了。

郑处长说，你别给我耍花腔，没事你会这么追我，我又不是漂亮妞。

老游没法，就把桃子求他的事说了。

郑处长眉头皱起，沉吟道，公安上收照，肯定他们违章经营。

没有违章，就是没去孝敬他们。

会这么简单？

就这么简单。

真的没有卖淫嫖娼？

没有。

郑处长头扭开，我不相信。

绝对真的，人家才开张几天。

郑处长盯住老游，店老板是个小女人？

我跟她仅仅是朋友。

仅仅朋友？

仅仅朋友。

没有玩过？

老游嬉皮笑脸，哪里话，没有的事没有的事。

你小子的德性瞒得了别人，瞒得了我？

你问那么多干吗呀？审犯人呀？我是实在没办法，找不到别的路子，这才过来找你的。我晓得你公安上有熟人，不然我也不会扰你。就屁大点事，立马打个电话，帮我解决一下嘛。人家新开的店，一大笔钱砸进去了，要吃饭，挺艰难。我给你拍胸脯，这当中绝对没有违规行为，你一万个放心。

郑处长翻翻眼，放心？——我都怕你了！

怕我？我又不是鬼。

是鬼我倒不怕了。

老游哈哈大笑，眼镜从鼻梁上滑脱下来，你这是拿话腌我了！你是处长大人，大权在握，脚一跺房子都要抖三抖，我游某一无钱，二无权，两手空空，无用文人一个，坐在你这儿，早两股战战了，怎么成了怕我？

郑处长撂了支烟给老游，摇摇头，慢慢点上，复又摇头，我说老游呀，你我不是一般的关系，有句话也许不中听，但我一直堵在心里，不说出来总觉得不快活。我觉得你老游这两年也变得太堕落了，你说你成天忙的什么事？喝酒，洗澡，打牌，泡茶馆，找小姐，给人家这个老板那个老板拉皮条……都成了什么啦？——好了好了，你别这么看着我，你只当我没说好不好？你做的那一切你以为我不晓得？你瞒得了天下，瞒得过我？

老游不说话了，脸上渐渐有点颓唐，低头吸烟。

过了半天，老游仰头吐一口烟，怅然道，你刀子扎得准又狠。可是郑公呀，文联这种破单位，政府不重视，老百姓看不上眼，想做官做不了，想发财发不起，你说我能干什么？

做文章。

文章？狗屁！

郑处长瞪大眼望住他。

老游手一摊，激动道，我写了十几年，书出了，奖得了，名也有了，可结果怎样？我还是我，仍然受穷，仍然窝窝囊囊，连个住房都解决不了！都四十出头了，一家三口，竟还挤在六十多平米的狗窝里，你说我是什么心境？

多写点，总可以挣点稿费嘛。

老游苦笑，稿费？不说它便罢，说到它作气。就说小说吧，磨出一篇万把字的，至少总得三五天，可稿费多少？五六百。你不要嫌少，遇上有些刊物呀，对不起，就这一点仅够塞牙缝的钱都给不起，今年拖到明年，明年拖到后年，到最后，寄一捆杂志给你了结。

郑处长一时没了声音。

不过你还是应该写下去，郑处长说，在大学时老师不是讲嘛，曹雪芹绳床瓦灶，举家食粥，在西山创作《红楼梦》，一分钱稿费还没有呢。

老游撇了撇嘴，哂笑，那是什么时代？现在什么时代？不是我游某佛头著粪，他曹公放在今天，大概也跟我们一样耐不住寂寞。

文章乃经国之大业，不朽之盛事，这话好像曹丕讲的吧？

老游眼睛在镜片后面翻起，我们正是中这些毒太深了！

不，不能这么说，人毕竟需要一种精神呀。

老游苦笑，摇头。

郑处长发觉谈不下去，再谈恐怕要落下饱汉不知饿汉饥的嫌疑，就打住。

最终，郑处长还是答应了老游，跟公安上联系，让他们尽快把照还给店主。

老游临行，郑处长拿了两条烟两听茶叶给他。

10. 回老家

左大户又回 Y 市了，但这一次没有直奔宾馆，而是把车子一直开到了他的老家水桥乡。水桥乡离市区一百多里，刚出城还是柏油马路，走呀走，就成了石子路面，坑坑洼洼，七拐八弯，再往前走，远远扑入眼帘的就是一片片矮趴趴的草房土屋了。在这片落后闭塞的旷野上，左大户乳白色的大奔颠颠簸簸扬一路黄尘，成了一道稀罕的风景。

虽踏上了家乡故土，左大户并没有回家。不是不想回家，左大户想，很想，但左大户每次带一腔柔情回来，到临走，心里总怪怪的，有点不舒服。这如今左大户发了大财，乡亲们完全把他当神，他们看他时都笑眯眯的特别客气，目光里有一种直通通半点儿不拐弯的巴结讨好。左大户不喜欢这些。都是大爷大妈大叔大婶，更有些还是小时候一起捉知了逮麻雀的伙伴，这神气出现在他们脸上，使左大户觉得隔膜，觉得一种生分。尤其让左大户心里悲哀的是他的父母兄弟，饭桌上还没轮他把心里要说的话说出，他们就给他敬酒，拘拘泥泥，缩手缩脚，说什么笑什么都放不开，这情景使左大户很不情愿地回想起小时候家里来了公社干部一家人跟着小心翼翼的旧事。财富能使人赢得尊重，财富也会剥夺人的情感，这是左大户没有料到的。

左大户将大奔停在了运河边。

这是古运河的一条岔口，来往船只少，空无人烟。漫漫的河滩上，一望无际的是那一如碧海的苇子。苇子从细白细白碱性十足的沙土中，从清碧碧镜子一样映着蓝的天白的云的水中，从那荇丝，苔蔓，以及各种水草的缠绵纠结中挺立而出，在清悠悠的风中亮出修长柔韧的身子，绿汪汪肥硕硕密匝匝挤满河滩。它们以远处瓦蓝瓦蓝的天为背景，以漫漫的古运河滩为舞台,在金子似的阳光下曼舞,吟唱,五月的风鼓起一层层绿色波涛……

左大户永远也忘不了,小时候他和哥哥姐姐及村里的一帮小伙伴到这里玩的情景。春天,他们把牛放在坡岸上吃草,裤管卷起到河滩上捉小鱼,挖螃蟹,摸螺蛳;夏天裤衩一脱跳下河,扎猛子,打水仗;秋天最美了,秋天,苇花雪白,苇叶金黄,秋风中到处都是飒飒的苇叶声和雪片一样的苇絮儿,他们钻入苇丛拾鸟蛋,用亮烁烁的小镰割苇子。苇子割回可当柴烧,鸟蛋拾回,晚上喝糁子粥时,饭桌上就有了一盘香喷喷的小葱炒鸟蛋……

记得刚结婚时,左大户带徐静到这里来过,还拍过照片。有一张两人的合影左大户特别喜欢,放大后装上相框,一直挂在客厅。可左大户发现,徐静并不喜欢这里。她嫌河边风大,尤其河滩上不时出现的一堆堆牛屎令她恶心。没法子,一方水土一方人,勉强不了。左大户十分愤怒的是,我满足你心愿把家搬到了上海,我隔三差五回老家走走,你不给我面子陪我一同回来倒也罢了,你不该动不动讽刺我挖苦我农民意识。农民又怎样?不是我左大户,你纵回得了上海,你能住得上洋房别墅?你儿子能上贵族学校?出门赴宴,你能穿得起两万多一件的貂皮大衣?左大户清楚地知道,徐静一边在大把大把花他挣的钱(她常去女子俱乐部,按摩师都是二十出头的小白脸),一边又从精神上蔑视他,看不起他。左大户对此已无所谓,使左大户真正感到悲观无望的,是他觉得人活着实在没多大意思。不是吗?你说这每天除了做生意除了赚钱,还有什么?什么也没有。不错,他可以经常开车回来转转,可他感觉得出,桃子虽对他好,心里其实另有他人。这不能怪她。你不娶她,光想霸着她,怎么行?人家一个女孩子家,孤身闯世界,不易,没有一个长远切实的打算不行。老游这帮家伙也没多大意思,跟他们玩,热闹固然热闹,但全靠烟酒钞票帮衬,撇开这一条,你看他们还陪你。因此,每次酒喝过了,牌打过了,一个人躺在宾馆里,左大户总觉得没有意思,实在没有意思。

左大户一连吸了三支烟。

扔掉烟头，他从身边撅了一截苇子。

苇子青青的，嫩嫩的，带着一丝浆汁。左大户用它做了一管苇笛。

他把苇笛衔在嘴上，吹出声响。

他先吹家乡的《秧歌号子》。《秧歌号子》是五月插秧时乡下男女唱的，声音时高时低，像一根钢丝在天上蹦，土味很足。《秧歌号子》吹完，吹《小放牛》，调门悠悠的，闲闲的，有点调皮味，一听就让你想到牧童骑在牛背上驭着夕阳回村的情景；《小放牛》吹完，又吹《莲蓬子》，吹《拔根芦柴花》。笛声清清脆脆，像二月的小溪在地上流。在这笛声中，左大户眼前不时展现的还有故乡的老水车，灰黄的泥土路，围着大红方巾挎着小篮子的新媳妇，以及坐在河岸上一边放鸭子一边吸旱烟锅的老汉……

笛声呜呜咽咽停住了，左大户眼里有一丝亮亮的东西溢出。

就在这时，手机响了。是老游办公室的电话号码。

老游问，你在哪呢？晚上的人我都给你约好了。

左大户耳朵里嗡嗡，一点说话的劲没有，半天，吞吞吐吐回道，我，在老家……